首届向全國推薦優秀古籍整理圖書

〔清〕惲敬 著
萬陸 謝珊珊 林振岳 標校
林振岳 集評

惲敬集

上

上海古籍出版社

圖書在版編目(CIP)數據

惲敬集 / (清) 惲敬 著；萬陸，謝珊珊，林振岳標校；林振岳集評. —上海：上海古籍出版社，2013. 12（2025.1重印）
(中國古典文學叢書)
ISBN 978-7-5325-7053-9

Ⅰ. ①惲… Ⅱ. ①惲… ②萬… ③謝… ④林… Ⅲ. ①中國文學—古典文學—作品綜合集—清代 Ⅳ. ①I214. 92

中國版本圖書館 CIP 數據核字(2013)第 229610 號

本書出版得到國家古籍整理出版專項經費資助

中國古典文學叢書
惲 敬 集
（全二冊）
[清] 惲 敬 著
萬陸 謝珊珊 林振岳 標校
林振岳 集評
上海古籍出版社出版發行
（上海市閔行區號景路159弄1-5號A座5F 郵政編碼201101）
（1）網址：www. guji. com. cn
（2）E-mail：guji1@guji. com. cn
（3）易文網網址：www. ewen. co
上海展强印刷有限公司印刷
開本 850×1168 1/32 印張 24. 375 插頁 12 字數 502,000
2013 年 12 月第 1 版 2025 年 1 月第 2 次印刷
印數：1,501—2,000
ISBN 978-7-5325-7053-9

I·2757 平裝定價：98. 00 元
如有質量問題，請與承印公司聯繫
電話：021-66366565

大雲山房文稾通例

一雜著文諸子家之流也故漢魏以來多自書子集中皆書字用王子淵法也序記文多自書余宋人稱人曰賢自稱曰愚亦入之序記集中皆書名碑志文漢魏本文不入撰人名集中入撰人皆書名用韓退之法也傳文後書論曰用班孟堅法也

一大傳本史書體故韓退之傳陸贄陽城不入本集後人有入本集者或自存史稾或爲史官擬稾而已集中無大傳其小傳外傳傳中必書名祖父及傳中所及之人雖貴且賢必書名祖父賢始見子孫亦然妻

《四部叢刊》影印光緒十年本《大雲山房文稿》

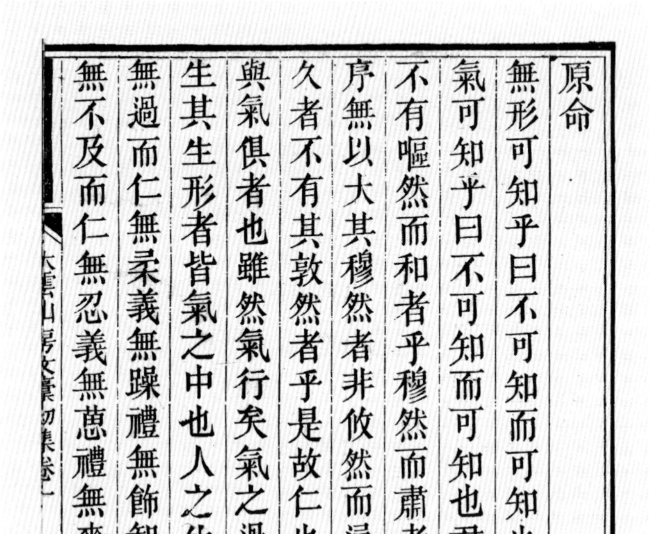

原命

無形可知乎曰不可知而可知也君子以有形知無形無氣可知乎曰不可知而可知也君子以有氣知無氣夫氣不有嘔然而和者乎穆然而肅者乎其嘔然者非秩然而序無以大其穆然者非攸然而通無以久其序而大通而久者不有其敦然者乎是故仁也義也禮智與信也五者與氣俱者也雖然氣行矣氣之過無以生氣之不及無以生其生形者皆氣之中也人之生形也得中之中得中故無過而仁無柔義無躁禮無飾智無詭信無固也得中故無不及而仁無忍義無葸禮無嗇智無蒙信無岐也是故

嘉慶二十年本《大雲山房文稿》

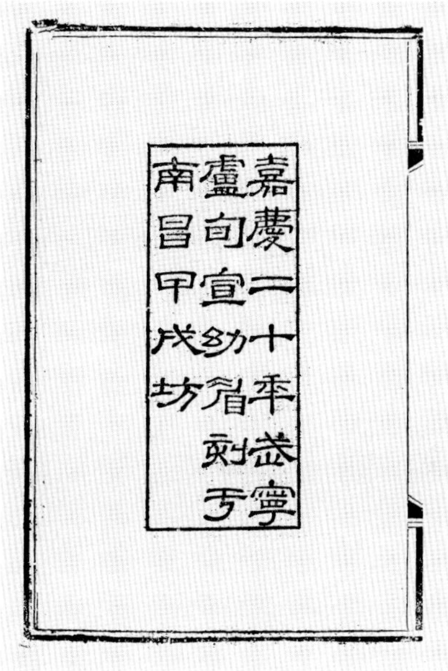

嘉慶二十年本《大雲山房文稿》初集牌記

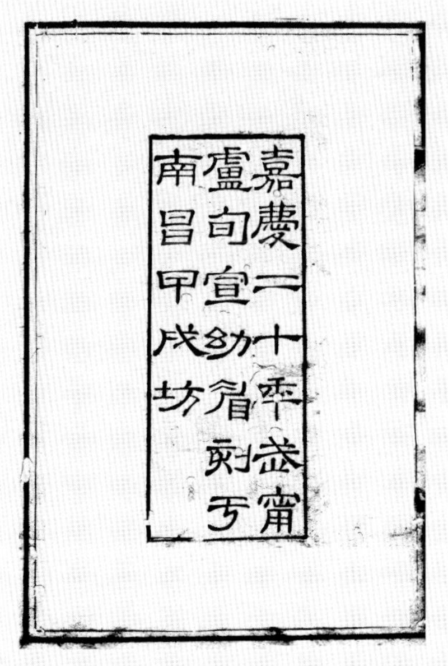

同治二年本《大雲山房文稿》初集牌記

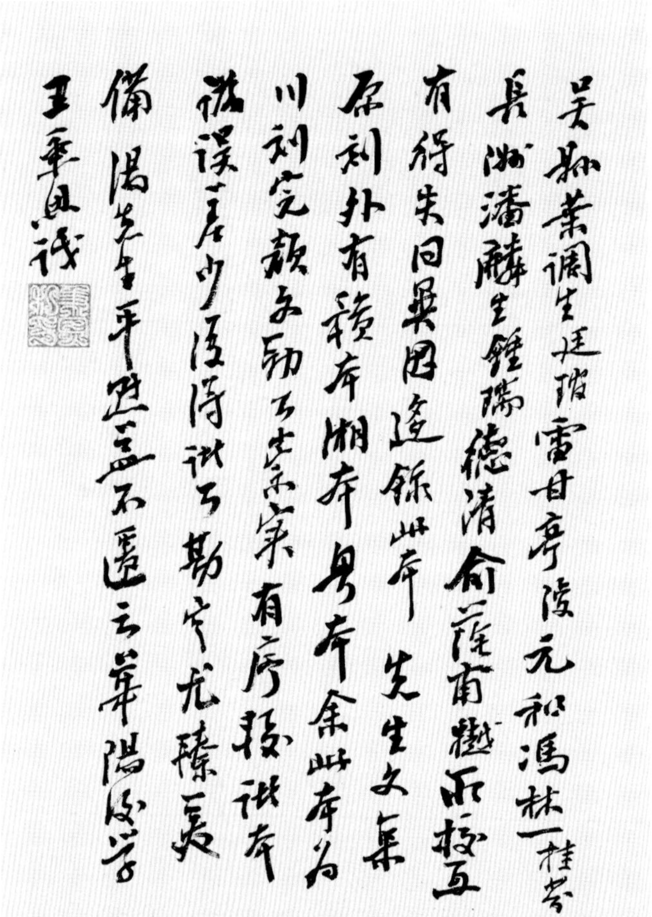

同治八年蜀刊本《大雲山房文稿》王秉恩跋

惲敬集總目

附録二

前言

惲敬，生於清乾隆二十二年丁丑二月初一（公元一七五七年三月二十日），卒於嘉慶二十二年丁丑八月二十三（一八一七年十月三日），字子居，陽湖人（今江蘇常州武進）。

惲敬在文學上主要以散文著稱，尤其是他的散文理論，系統精到，稱一代之雄，被尊爲陽湖派的創始者與代表作家。

自陽湖派崛起於文壇，迄今已逾兩百年。其間，一般人都目之爲桐城派的支派，不少文學史家與文論家甚至將它與桐城派視爲一體。他們在論證自己的主張時，幾乎都毫無例外地引用惲敬《上曹儷笙侍郎書》中的這段話：「後與同州張皋文、吴仲倫，桐城王悔生游，始知姬傳之學出於劉海峰，劉海峰之學出於方望溪。」但這裏説明的只是桐城三祖之間的師承關係，他們與惲、張自己是否存在裔傳則并未明説。相反，若從該文的上下段落看來，惲敬對方、劉、姚的批評之意倒是十分清楚的。如這句的上段，在估評了唐宋以來的古文大家後説：「然望溪之於古文，則又有未至者，是故旨近端而有時而歧，辭近醇而有時而窳。」談及風靡全國的桐城文派時，他則説：「大江南北以文名天下者，幾于昌狂無理，排溺一世之人，其勢力至今未已。」他甚至以自己未沾染「桐城文氣」爲幸：「所幸少樂疏曠，未嘗捉筆求若輩所謂文之工者而浸漬之，其道不親，其事不習，故心不爲所陷，而漸有以知其非。」所以，如果僅據片言只語即斷定惲敬取法於方、劉、姚，進而論定陽湖派爲桐城派之支派，似還可再作討論。

當然，歷史本身具有繼承性，尤其是文學藝術的繼承性更其明顯。毛澤東同志說：「中國現時的新政治新經濟是從古代的舊政治舊經濟發展而來的，中國現時的新文化也是從古代的舊文化發展而來……」（《新民主主義論》）政治經濟如此，文化藝術更其如此；不同思想體系的新舊文化如此，同一時期的文學流派更是如此。而作爲我國文學史上延續時間最長、影響最大的散文流派的桐城派，更不可能對同代的散文家不產生影響。加之自雍正十一年，方苞替和碩果親王編《古文約選》，爲全國各地諸生提供了「助流政教之本志」的示範書，乾隆初又「詔頒各學官」，成了欽定教材，其「義法」更具毋庸置疑的權威性，終至形成了「天下文章，其出於桐城」（姚鼐《劉海峰先生八十壽序》）的一統局面，甚至說：「桐城之言，乃天下之至言也。」（黎庶昌《續古文辭類纂序》）這樣，追隨者有之，附庸者有之，拉大旗作虎皮者亦有之。陽湖派究竟屬於何種情況，自然就應作具體分析了。陽湖派另一個代表人物張惠言說：「余友王悔生見余《黄山賦》而善之，勸余爲古文，語余以所受於其師劉海峰者，爲之一二年，稍稍得規矩。」（《茗柯文編・文稿自序》）以後，陽湖派的後繼人物陸繼輅在《七家文鈔序》中也説：「乾隆間，錢伯坰魯思受業於海峰之門，時時誦其師説於其友惲子居、張皋文。二子者，始盡棄其考據、駢儷之學，專志以致古文……二子之致力不同，而其文之澄然而清，秩然而有序，則由望溪而上求之震川、荆川、遵巖，又上而求之廬陵、眉山、南豐、新安，如一轍也。」由此看來，惲、張諸公接受過方、劉、姚的影響是肯定的。但若要稱同一流派，就不應僅有一般的影響，而應以共同的或者基本一致的政治傾向、藝術觀點、美學理想爲前提。而這一切又只有從其産生的歷史條件、主要文學主張及創作傾向等方面才能找到正確的答案。

一

陽湖派以地域名，這無疑是受桐城派影響的結果。但惲敬、張惠言、吴德旋等人當初并未以「陽湖派」自命，更無與桐城派角逐的意思。他們被稱爲派，是吴德旋以後的事，而且也還只見於朋友的談笑間。《清史稿》説：「常州自張惠言、惲敬以古文名，繼輅與董士錫同時并起，世遂推爲陽湖派，與桐城抗。然繼輅選七家古文（陸繼輅編選的《七家文鈔》選入者除惲敬、張惠言外，還有劉大櫆、姚鼐、方苞、朱仕琇、彭績——引者注），以爲惠言、敬受文法于錢伯坰，伯坰親業劉大櫆之門，蓋其淵源同出唐、宋大家，以上窺《史》、《漢》，桐城、陽湖皆未嘗自標異也。」（《列傳二百七十三・文苑三》）直到光緒元年，繆荃孫遵張之洞之囑編《書目答問》時，才在集部正式立桐城、陽湖兩派。這説明陽湖派出現於十八世紀末、十九世紀初，正式立名，則應是十九世紀七十年代的事。

馬克思曾經説過：「意識，必須從物質生活的矛盾中，從社會生產力和生産關係間的現存的衝突中去加以解釋。」（《政治經濟學批判》）爲了探求陽湖派出現的客觀歷史條件，我們首先需要了解十九世紀初在我國的物質生活中出現了什麽樣的矛盾，社會生産力與生産關係之間發生了什麽樣的衝突。

十九世紀初葉，正值清王朝由興盛的康（熙）、雍（正）、乾（隆）時期逐步轉向衰亡的咸（豐）、同（治）、光（緒）時期的過渡階段。這種過渡，實際上從乾隆後期，亦即姚鼐的晚年便開始了。它是由當時的國内外形勢促成的。這時，國際上，西方各主要資本主義國家的經濟正以空前的速度飛躍發展，西方近代科學和與之相適應的民主思想像所有處於新生階段的事物一樣，顯示着無限旺盛的生命力。在外國資本主義的刺激和影響下，我國從明中葉後即已出現的資本主義萌芽因素便更迅速地增長。特别是人文萃集的江浙一帶，由於和外國經濟、文化交往頻繁，其發展速度更快。如在蘇、杭一帶，清初曾以「抑兼并」爲名，規定每一絲織機户的織機不得超過百張，康熙時便有所突破，并不得不宣布廢除前令。於是「富有機户」便「暢所欲爲」，至道光時「遂有開五六百張機者」（汪士鐸《江寧府志》）。蘇州還出現了雇傭工人，他們與機户商定，「至於工價，計工受值，視貨物之高下、人工之巧拙爲增減」（江蘇省博物館《江蘇省明清以來碑刻資料選輯》）。還有的「賬房除自行設機督織外，大都以經緯交與織工，各就織工居處，雇匠織造」（《吴縣志·物産二》）。這説明新興的生産力和生産關係正在腐朽的封建機體内萌發、生長。清王朝爲了鞏固其摇摇欲墜的統治，便頑固推行「强本抑末」和「閉關自守」的政策，雍正帝認爲「農爲天下之本務，而工、賈皆其末也」，諭令臣下「留心勸導，使民知本業之爲貴」（《清世宗實録》卷五七）。這樣，便使資本主義萌芽因素與腐朽、没落的封建統治之間的矛盾日益尖鋭化、表面化。作爲這種矛盾的表現，其一是政治上招致了國内各族人民的武力反抗，從川、陝、雲、貴等邊疆到湘、楚等内地，由苗、瑶等少數民族到漢以至滿族内部，諸如白蓮教等反抗組織紛紛出現；其二是思想意識形態内，「泰西」文化的影響在擴大，具有唯物主義思想的進步思想家和文學家亦以自己的著述和作品傳達了時代的召唤與抗争。

在進步的思想家中，比較突出的是比惲敬年長卅三歲、與惲敬的故鄉陽湖相距不遠的安徽休寧人戴震。他四十歲中舉，五十一歲任《四庫全書》館纂修官，不但精通文學、音韻、訓詁、考證，而且對天文、地理、曆算的研究也很精到，是負有盛名的學者、漢學皖派的奠基人。他在那種視諸子百家爲「異端詖説」，獨尊宋儒理學，文字獄猖獗的氛圍桎梏下，敢於向被列爲「十哲之次」的朱熹挑戰，認爲世界的本原不是道，也不是理，而是氣，是陰陽五行。他説：「天道，五行陰陽而已矣。」（《原善》）「陰陽五行，道之實體也。」（《孟子字義疏證》）「道猶行也，氣化流行，生生不息，是故謂之道。」（同上）這就不但指出了道、理的來源均爲物質，而且肯定了物質永遠在運動、發展、變化的總規律。他還説：「血氣心知，性之實體也。」「耳之能聽也，目之能視也，鼻之能嗅也，口之知味也，物至而迎而受之者也。」「耳、目、口、鼻之官接於物，而心通其則。」（均見《原善》）戴震的一再强調道、理、性的客觀性，説明它們是可以通過人的各種感官認識的物質，這對當時把理、道、性抽象爲至高無上、不可知的聖道的「道統」與「治統」合一的理論無疑是致命的一擊。

對當時直接秉承最高統治者的鼻息，因而受到當局寵愛的吴派漢學提倡的埋頭考證、墨守師説、崇古復古的主張，戴震更是針鋒相對，提出「聞道」説加以角牴：「君子務在聞道也。今之博雅能文章、善考核者，皆未志乎聞道，徒株守先儒而信之篤。」（《答鄭丈用牧書》）他的「聞道」説，對於把生員士子從故紙堆中引到關心現實生活上來確是有重大意義的。在這裏，他的「道」不但與方苞、姚鼐的直接代之以程、朱「義理」不同，而且和他們讓「考證」直接爲「義理」服務的主張更有本質之别。他雖然説：「古今學問之途，其大致有三：或事於義理，或事於制數，或事於文章。事於文章者，等而末者也。」（《與方希原書》）但他又認爲：「以理爲學，以道爲統，以心爲宗，探之茫茫，索之冥冥，不如返而求之六經。」（《原善》）却不能不説是切中桐城派之時弊的。

恩格斯説：「每一時代的理論思維，都是一種歷史的産物，在不同的時代，具有非常不同的形式，并且具有非常不同的内容。」（《自然辯證法》）如果説，桐城派是適應了爲建立鞏固的統一多民族國家的需要，産生於清王朝的興盛時期，而當時統治者的意願與社會發展的進程是合拍的，因而出現之初起了一定的積極作用；那麽，當清朝政府面臨由盛到衰的過渡，面臨内外矛盾日益加劇、中國歷史的轉折點——鴉片戰争即將到來的新局面，還一味死抱「義法」説不放，就難免要成爲新思想的桎梏了，關於這點甚至桐城諸公自己也深切感到了捉襟見肘之苦。如被稱爲「曾門四大弟子」、曾代表桐城派主全國文壇、編《續古文辭類纂》的黎庶昌就曾哀歎：「自劉向父子總《七略》，梁昭明太子集《文選》，而後先古文章始有所尚。宋歐陽氏表章韓愈，明茅順甫録八家，而後斯文之傳若有所屬。姚先生興於千載之後，獨持灼見，總括羣言，一一衡量其高下，銖黍之得、毫釐之失，皆辨析之，醇駁較然。由是古今之文章，謬悠殽亂，莫能折衷一是者，乃姚先生而悉歸論定，即其所自道述，亦浸淫近復於古。然百餘年來，流風相師，傳嬗賡續，沿流而莫之止，遂有文敝道喪之患。」又説：「桐城宗派之説，流俗相沿，已逾百歲，其弊至於淺弱不振，爲有識者所譏。」（《續古文辭類纂序》）這説明連他們自己也看到了桐城派如不革新主張以適應新的形勢，勢必重蹈他們的先輩唐宋派文人的覆轍。進行這種革新嘗試的其實應首推惲敬、張惠言等一批生活在資本主義萌芽因素較爲發達的陽湖地區的文人，這就是陽湖派。

二

陽湖派的創始人是惲敬。他出身於下層正統知識分子家庭。其父「自祖考皆不仕，以經授鄉里，教其三子。爲人好善而嫉惡，持之甚嚴，辨取予甚力，不取虚美，不逐世法，獨行己志」（張惠言

《茗柯文編·封文林郎惲君墓志銘》)。惲敬自己,三歲學小學,十一歲學詩文,十五歲學六朝文、漢魏辭賦,十七歲學唐、宋諸大家文。他在成年之後,隨舅父鄭環外出,尤其是廿六歲中舉,廿八歲進京科考,後任咸安宫官學教習,在與同鄉莊述祖、莊獻可、張皋文,桐城王悔生的交往中,開始接觸桐城古文,并「漸有以知其非」。據張皋文稱,在京時他們「議論文章,磨切道德,乃始奮發自壯……八年之間,共躓於舉場,更歷困苦,出頫仰塵俗,入則相對以悲……」(《茗柯文編·送惲子居序》)惲敬自己也説:「敬生於下里,以禄養趨走天下吏,不獲與世之大人君子相處,而得其源流之所以然。同州諸前達多習校録,嚴考證,成專家。爲賦詠者,或率意自恣。」(《上曹儷笙侍郎書》)此後,他雖曾出仕多年,但始終只能充任地方小吏,知浙江之江山,山東之平陽,江西之新喻、瑞金等縣。他嚴於職守,持法以正,所以每知一縣,均得士民好評。關於他的政績,《清史稿》曾這樣述評:「選令富陽,鋭欲圖治,不隨羣輩俯仰。大吏怒其强項,務裁抑之,令督解黔餉。敬曰:『王事也。』怡然就道。後遭父喪,服闋,選新喻。吏民素横暴,繩以法,人疑其過猛。已乃進秀異士與論文藝,俗習大變。調知瑞金,有富民進千金求脱罪,峻拒之。關説者以萬金相啗,敬曰:『節士苞苴不逮門,吾豈有遺行耶!』卒論如法。由是廉聲大著。」(《列傳二百七十二·文苑二》)他持節如此,當然得不到當政者的歡心,也容易受陰謀家的暗算。也就在吴城就任時,「坐奸民誣訴隸詐財失察被劾。忌者聞而責曰:『惲子居大賢,乃以贓敗耶!』」(同上)不過,這些經歷使他能與下層士民有較多的接觸,而這正是他能適應時代發展的需要，寫出一批「澄然而清，秩然而有序」（陸繼輅《七家文鈔序》）的散文的重要基礎，也是他的思想藝術之花植根的土壤。

惲敬利用從政的間隙，還「究心於黃宗羲《明儒學案》，有所見輒筆記之」（吴德旋《惲子居先生行狀》）。所以吴德旋認爲，惲敬「之治古文，得力於韓非、李斯，與蘇明允相上下，近法家言。叙事似班孟堅、陳承祚」，「於陰陽、名法、儒墨、道德之書既無所不讀，又兼通禪理」（同上）。這説明，惲敬不像方、劉、姚那樣，言理，離不開孔、孟、程、朱，濂、洛、關、閩；言文，則局限於韓、柳、歐、蘇。加之他的家鄉資本主義萌芽出現較早，發展較快，受西方近代科學技術和民主思想影響較大，他上能取我國古代諸子百家之長，下又體恤民情，洞悉民意，還能兼習「泰西文化」，這也是他能提出在當時堪稱有見地的文學主張，以救桐城之弊的重要原因。因此，他的思想就必然要比居高位、囿成見的桐城大家高明得多。

桐城古文在思想内容上最突出的特點是十分强調以唐宋八家之文去載程朱理學之道，因此他們都把程、朱奉若神明，將他們的思想看成顛撲不破的聖道。方苞以「學行繼程、朱之後，文章介韓、歐之間」（王兆符《望溪文集序》）相標榜，「非闡道益教、有關人倫風化者不苟作」（方宗城《桐城文集序》），甚至説：「人者天地之心，孔、孟以後，心與天地相似，而足稱斯言者，舍程、朱而誰？」（《與李剛主書》）劉大櫆論文時，直接論及程朱處雖然不多，更多的是談「義法」之「法」，但他的「法」是完全爲表現程朱之「義」服務的，他把「義理」稱爲「行文之實」、「作文之本」（《論文偶記》）。姚鼐則比方、劉又更前進了一步，他既明確提出「明道義、維風俗以昭世者，君子之志；而辭足以盡其志者，君子之文也」（《復汪進士輝祖書》），又具體闡發了將「義理、考據、辭章」三者合一的主張，以「考據」充實「義理」之内容，以「辭章」完善「義理」之表達，説來説去，還是把宣揚孔孟之「道」、程朱之「義」放在第一位。

惲敬與他們不同，由於時代、階級，也由於世界觀的局限，他雖不能如黄宗羲那樣提出「無氣則無理」——没有物質則没有精神的唯物論命題（《明儒學案·河東學案》），也不能如顧炎武那樣一針見血地揭穿理學的實質——「所謂理學，禪學也」（《與施愚山書》），或者像戴震那樣徹底戕伐理學的危害——「酷吏以法殺人」，理學家「以理殺人」（《與某書》），「人死於法，猶有憐之者；死於理，其誰憐之！」（《孟子字義疏證·理》）但至少他是堅持對程、朱持批判態度的。在《姚江學案書後一》中，他認爲即使程朱義理當時可立，也會時過境遷，應「合前後之説相較」，「若夫守陳腐之言，循迂僻之行，耳不聞先儒千百年之統緒，目不見士大夫四海之淵源，而曰『吾主朱子』，『吾主敬齋』，『吾主敬軒』，欲與爲先生之説者力抗，至則靡耳」。何況「朱子、敬齋、敬軒撲之聖賢，又有過不及哉」？他甚至把王陽明的「致良知」説譏爲「權救饑」的「道人講義」，認爲「黑固不可以爲白也，夜固不可以爲晝也」，關鍵還在自己要「善觀之而已」。在《姚江學案書後二》中，他雖表示不同意有人完全把「陽明之學」看成「禪學」，也修正了自己認爲「禪有近於朱子理在氣先之説」的觀點，從「學之本源」的探求比較中得出了「朱子本出禪而非禪，力求乎聖而未盡乎聖」的結論。

上引兩文均寫於嘉慶十八年，即自康熙把朱熹抬進孔廟、配祀十哲之列以後，文網大張，告訐者紛起的時期。作爲吴城同知的惲敬敢於「觸網」，剥去朱熹身上「御披」的聖衣，當然不是出於一時激憤的貿然之舉，而是有其深刻的思想根源的。從認識論的角度看，惲敬雖曾自稱「吾之言性，主孔子之言而已」（《喻性》），但仔細分析，我們仍然不難發現其間的差異。即從「性」、「命」這些被歷代思想家反復討論的命題來看，認爲「性」、「命」是有形的還是無形的，或者説「性」、「命」是後天的物質世界決定的還是先天的虚幻世界決定的，便是唯物與唯心的分水嶺。從孔孟到程朱，都把它們歸結於冥冥之中的造化，而惲敬則不然。他曾明確指出：「無形可知乎？曰不可知而可知也，君子以有形知無形。無氣可知乎？曰不可知而可知也，君子以有氣知無氣。」從而得出「以有形知無形，以有氣知無氣」的結論。所謂「命」、「性」、「情」，他認爲「皆形乎氣，止乎形者也」（以上均見《原命》）。在《喻性》中，他更公開對北宋程顥、程頤兄弟的「性之本即理」的唯心主義提出異議，説：「程子之言善，離氣質而言也；吾之言善，不離氣質而言也。」他對夢的解釋也和莊周的主觀唯心論（「夢者，陽氣之精也，心所喜怒，精氣從之」）不同，還是比較接近科學的。他説：「夫覺猶形也，夢猶景也；有形而景附之，有覺而夢從之。」（《釋夢》）通過上、中、下三篇《説仙》，他更反復論證了世界上的萬事萬物，都是由物質的「氣」生成，并以「形」的外表表現的結果：「物之生也，氣與形二者而已。」在其他諸如《説山》、《説地》、《駁史伯璿月星不受日光辯》等直接論述大自然各種物象的文章中表現的對科學解釋的探尋與追求更是十分明顯的。正因爲有這樣堅實的基礎，所以他才能批評程、朱的許多觀點是「不涉其藩，不登其堂，不入其室」而「斷其是非得失」的武斷批評，要「後之君子」「不爲所眩奪」（《五宗語録删存序》）。

對自然世界如此，惲敬對社會生活的認識亦表現了對儒道的突破。仁、義、禮、智、信五德是從孔孟到程朱都認爲是「穆然而肅者」、「唯上智與下愚不移」的東西，而惲敬則認爲「五者」是與「氣俱者也」，「天有時焉，地有宜焉，物有應焉」（《原命》）。面對清王朝日益尖鋭的内憂外患，惲敬曾就如何富國强民提出了不少頗有見地的看法，這些都見于連續八篇的《三代因革論》。如該論之五列出了當時農、工、商三民負擔過重，因而造成「天下蔽」的因由後，提出「三民之力」是天下治亂的關鍵所在的主張，他并且具體説：「聖人之道奈何？曰不病四民而已。不病四民之道奈何？曰不病農、工、商，而重督士而已。夫不病農、工、商，則農、工、商有餘；重督士，則士不濫。士且不能濫，彼十民（指不事生産的十種人——引者注）者安得而濫之？不能濫，故常處不足。十民不足，而農、工、商有餘，争歸於農、工、商矣，是故十民不日減不能。」由「不病四民」，他還論及政策、法度的興廢不是某個聖人個人所能決定的。他説：「夫法之將行也，聖人不能使之不行；法之將廢也，聖人不能使之不廢。」(《三代因革論之四》)這一方面表明他對被儒家正統捧上了天的「十聖」的褻瀆,另一方面反映了他對歷史發展的客觀規律的唯物主義的認識。正因爲如此,惲敬才能對被歷代孔、孟、董仲舒的信徒視爲「異端」的漢代傑出唯物主義思想家王充的《論衡》予以公允的評説:「吾友張皋文嘗薄《論衡》,詆爲鄙冗,其《問孔》諸篇,益無理致。然有不可没者,其氣平,其思通,其義時。」(《讀〈論衡〉》)至此,他會悉心研讀政治傾向鮮明的黄宗羲《明夷待訪録》也就不難理解了。

惲敬的勛績,已如前述。他是反對嚴刑峻法、濫施刑罰的。據《子居决事序》自述,他自「初領縣事」後,即謹奉太夫人的教誨:「折責以四十爲限,爾當止三十五,其五爾母所貰也。」笞杖如此,其他酷刑更極少動用。年過五十,他還時時反省自己决事的樁樁件件,分類輯録,慨歎説:「天道之盛衰,人事之進退,不可不防其流失也。」面對日漸衰敗的「國運」,作爲正直的中下層知識分子,他的努力雖然難以救弊,但他能時時感到「愧汗」以策勵自己,就屬難能可貴了。

陽湖派中,除惲敬外,還有張惠言、吴德旋、錢伯坰、趙懷玉、陸繼輅、李兆洛等人。他們中除張惠言曾任實録館纂修官三年外,其他均爲地方小吏或設館教習古文的老師,屬中下層知識分子,他們的思想均未超出惲敬。所以從陽湖派主要成員的出身、經歷及思想、政治傾向來看,他們實際上是一羣受到進步思想的影響,在一定程度上體現了時代要求的中下層進步知識分子的代表。他們的思想、政治觀點是其文學主張的基礎;他們的文學主張則是其思想、政治觀點的具體反映,同樣折射着時代的光影。

三

桐城派實際上是適應了清朝統治者爲建立多民族的統一國家的需要，繼承了歸有光、唐順之等唐宋派反對復古派的形式主義的主張，以「言有物」、「言有序」相號召，獲得大部分文人的擁戴而漸成氣候的。但由於他們面對發展、變化了的時代，仍死抱「儒者生程朱之後，得程朱而明孔孟之旨，程、朱猶吾父師也」不放，顛倒了内容與形式的關係，不可避免地墮入了新形式主義的淵藪。所以桐城派以反形式主義起家終又被新的形式主義所窒息。這樣，陽湖派要藥桐城派「文蔽道喪之患」，就必然首先要向它的新形式主義開刀。

惲敬曾對方、劉、姚的文章一一加以評説：

望溪之於古文，則又有未至者，是故旨近端而有時而歧，辭近醇而有時而窳。（《上曹儷笙侍郎書》）

近得劉海峰先生集，筆力清宕，然細加檢點，於理多有未足。（《答曹侍郎》）

本朝作者如林，其得正者，方靈皋爲最，下筆疏樸而有力，唯叙事非所長；再傳爲劉海峰，變而爲清宕，然識卑且邊幅未化；三傳而爲姚姬傳，變而爲淵雅，其格在海峰之上焉，較之靈皋

則遜矣。(《上舉主陳笠帆先生書其一》)

承見示《海峰樓文集》,二十餘年前在京師一中舍處見之。今細檢量,論事論人未得其平,論理未得其正。大抵筆鋭於本師方望溪先生而疏樸不及,才則有餘于弟子姚姬傳先生矣。前閣下以潔目之,鄙見太史公之潔,全在用意捭落千端萬緒,至字句不妨有可議者。今海峰字句極潔,而意不免蕪近,非真潔也。姬傳以才短不敢放言高論,海峰則無所不敢矣。懼其破道也。又好語科名得失,酒食徵逐,胸中得無滓穢太清耶?(《與章澧南》)

這些批評,按方苞的「義法」説,不僅涉及「法」,而且涉及「義」,亦即内容方面。他正是從内容與形式統一的角度,以「天成」作爲標準來探尋桐城諸子的得失,并上溯得失之淵藪的。他説:「文章之事,工部所謂天成,著力雕鎸,便覿面千里。儷體尚然,何况散行?然此事如禪宗箍桶脱落,布袋打失之後,信口接機,頭頭是道,無一滴水外散,乃爲天成。……是以敬觀古今之文,越天成越有法度。」(《與舒白香其一》)按照這個標準,他上對桐城派所宗的先師進行了評斷,下對受桐城派影響的同輩也逐一作了分析。他認爲:「袁中郎等乃卑薄派,聰明交游客能之;徐文長等乃瑣異派,風狂才子能之;艾千子等乃描摹派,佔畢小儒能之;侯朝宗、魏叔子進乎此矣,然槍棓氣重;歸熙甫、汪苕文、方靈皋進乎此矣,然袍袖氣重。」(同上)「震川先生……集中壽序八十餘首,皆庸近之言,稍善者以規爲諛而已,不諛者未之見也。本朝魏叔子多結交淡泊奇瑋之士,爲壽序抑揚抗墜,横驅别騖,力脱前人之所爲；然不諛其事諛其志，要之亦諛而已。夫震川先生、魏叔子，近世所推作文之巨擘也，而尚如此，其他則又何責焉？」（《與衛海峰同年書》）再往上，則論及桐城諸公眼中的聖哲，「敬三十後，遍觀先儒之書，陸、王固偏，程、朱亦不無得此遺彼之説。合之《大學》、《中庸》，覺聖賢與程、朱、陸、王下手有偏全大小之分，佛、道二氏之書不足言矣」，認爲程、朱、陸、王等理學家於真正的儒學「其爲門外，斷斷無疑」（《答姚秋農》）。對同輩後學，他則認爲「江右乾隆間古文家如魯潔非、宋立崖皆識力未至，束縛未弛，用筆進退略有震川、堯峰矩矱而已」（《與李汀州其一》）。由此，他總結説：「自南宋以後束縛修飾，有死文無生文，有卑文無高文，有碎文無整文，有小文無大文。」（《上舉主陳笠帆先生書》）究其原因，從内容上來説，是「宋、明以來，士大夫以儒林之聲氣爲游俠，以游俠之勢力爲貨殖，以貨殖之贏餘復附於儒林」（《與來卿其三》）；從形式上來説，則由於「束於體制，塗飾巧僞」，只知「依附其體而爲之」，而不能將「平生之才與學，沛然於所爲之文之外」，這樣用模式套出來的文章，體是正了，但究其實際，却是「自厚趨薄，自堅趨瑕，自大趨小」，即使高明如王慎中、歸有光、劉大櫆、姚鼐也不能改變這種局面（以上見《上曹儷笙侍郎書》）。所以他主張即使對他所贊賞的明末清初幾個名家的文字也需作具體檢擇。他説：「彭躬庵文氣甚和，而鋒不可犯。丘邦士文奇濬，不襲前人一語一意。明季年多異才，吾宗遜庵先生文亦然，然皆非正宗。擇之可也。」（《答陳雲渠其一》）

惲敬文論之可貴，在不但能破，并且能立。他不但提出了以「正宗」來檢擇歷代文派，區其長短、正誤、得失，而且提出了「折之以六藝」以救「百家之敝」、「起之以百家」以藥「文集之衰」的主張。他進而指出，關鍵的關鍵還「在乎人之所性」，這才是挽救「文敝道喪」的根本。其方法即在於「日修六藝之文，觀九家之言，可以通萬方之略」，同時發耳目之用，統事物之賾（以上見《大雲山房文稿二集自序》），「識高則筆力自進，力厚則詞采自腴」（《答來卿其一》）。這樣，惲敬便在營造我國古代文論的寶庫時能够進獻比他的師輩方、劉、姚，同代張、吴、陸更爲熠熠其華的瑰寶！

桐城派在總結我國散文理論，使之系統化，成爲一個較爲完整的體系方面是有着不滅的功績的。其中重要的一點，便是在「文以載道」的基礎上，明確將散文分成「有物」、「有序」，即思想内容與藝術形式兩個方面，并提出了二者并重、相輔相成的統一觀點。爲此，方、劉、姚都特别强調，要把古文和一般散文區别開來。方苞曾説：「辯古文氣體，必至嚴乃不雜也。」（《古文約選·序例》）在辯體上，陽湖派繼承了桐城諸子的主張，在「至嚴」的基礎上提出了「至正」的要求：「古文，文中之一體耳，而其體至正。不可餘，餘則支；不可盡，盡則敝；不可爲容，爲容則體下。」（《上曹儷笙侍郎書》）「至正」與「至嚴」相較，有三點較大的突破：

其一，要「體正」，但不能「依體而爲文」，即要講究文體法度，但不能被法度束縛了手脚，把「法」、「體」當成模式；否則，「爲支、爲敝、爲體下，不招而至矣」（同上）。惲敬説，求法過深，「反不得灑然；稍繚緩之，則所自出可知矣」（《答來卿其二》）。他曾以《史記》、《漢書》中實在前、虚在後的寫法與蘇東坡《司馬公神道碑》相對比，説明由於蘇軾敢於破格，將「實在前，虛在後」，變成「虛在前，實在後」，而同樣收到了「盤空擣虛，左回右轉，令其勢稽天匝地」的藝術效果，説明要敢於「顛倒其局用之」，「變化竊取子長，嚴謹則竊取孟堅」（《上舉主陳笠帆先生書其二》）。

其二，體之「正」、「嚴」與否，要看「法」，更要看内容，「體」以「法」定，更受制於内容。他曾以自己寫《遊廬山序》爲例説明，雖然自己覺得寫成了流於「元明游記習氣」、「格殊卑」的東西，但由於面對「如此奇境，若圖高簡，不下手暢寫，山靈有知，後日遊山必有風雨之阻」（《答方九江》），爲了内容的需要，他没有「削足適履」，寧願落個「體弱」之名，這樣後世才能讀到如此暢達的名篇。他還以韓愈《汴州水門記》爲例，説明何處「小題不可大作」，何處「大題亦不可大作」，并且説：「知此，雖著述汗牛充棟，豈有浮筆浪墨耶？」（《答來卿其一》）

其三，持「法」、辯「體」，目的都在自立。他主張「責己則攻短，論人則取長」（《與李汀州其一》），即使對待「法」、「體」這種相對穩定的東西，也要取衆家之長融於一身。他舉自己的《同遊海幢寺記》爲例，説明此文採用司馬遷《史記》中《河渠書》、《平準書》以及各列傳手法。從總體來説，他的「古文法盡出於子長，其孟堅以下，時參筆勢而已」（《與黄香石》）。取是爲了用，所以「人以惲子居爲宋學者固非，漢唐之學者亦非。要之，男兒必有自立之處，不隨人作計，如蚊之同聲，蠅之同嗜，以取富貴名譽也」（《答方九江》）。只有這樣，才能寫出「無一語不自古人來，無一語似古人」（《與徐耀仙》）的至文。

從上述三點我們可以看到，惲敬比方、劉、姚是更懂藝術的辯證法的。他既重法度，認爲：「體裁所在，亦不可忽。……《易》有《易》之體，《書》有《書》之體，各經皆然，不相雜也。即百家之體，亦不相雜。若一切妄爲之……譬之橫目縱鼻、穢下潔上者，人也；必橫鼻縱目、潔下穢上，新則新矣，奇則奇矣，恐非復人形也。淩雜之文，何以異是？大抵意可新不可奇，詞可新可奇，文之體、文之矩矱無所謂新奇，能善用之，則新奇萬變在其中矣。」（《與來卿其二》）但又主通變，并把「字字有本，句句自造，篇篇變局，事事搜根」概括爲「古人不傳秘密法也」（同上）。重法度、主通變的結果，則文自「天成」。所以他說：「敬觀古今之文，越天成越有法度。」（《與舒白香》）把「天成」、「自然」當成文章格調的最高境界。他曾引張彥遠《名畫記》中的話說：「失於自然而後神，失於神而後妙，失於妙而後精。精之爲病也，而成謹細。自然者，上品之上；神者，上品之中；妙者，上品之下。精者，中品之上；謹細者，中品之中……畫如是，文可知矣。」（《與來卿其一》）這就不僅與法有關，而且牽涉到文章的內容了。

如果說，在藝術形式上還可以看出陽湖派與桐城派的淵源較深，那麼在散文的思想內容方面，它們的歧異便較大也較明顯了。

散文的思想內容，從方苞的「義」到姚鼐的「義理」，中間雖然加了個「考證」以充實之，但放在第一位的仍然是程朱理學，目的全在「明」封建統治者主張的「道義」。如前所述，由於惲敬對程朱理學也是持批判的態度，只把它當成百家之一家、十學之一學來看待，而不是像桐城諸公一樣把它當成「聖哲」加以獨尊的，因此他的「作文之法，不過理實氣充」(《答來卿其一》)和劉大櫆的「行文之道，神爲主，氣輔之」(《論文偶記》)及姚鼐的「神、理、氣、味者，文之精」(《古文辭類纂序目》)，雖在提法上十分相近，但究其實却有質的差別。這種差別首先表現在對「理」與「氣」的内涵的理解上。

何謂理？何謂氣？我們先看惲敬自己的回答：

理實先需致知之功，氣充先需寡欲之功。致知非枝枝節節爲之，不過其心淵然，於萬物之差别一一不放過。故古人之文無一意一字苟且也。寡欲非掃净斬絶爲之，不過其心超然，於萬物之攻取，一一不黏著，故古人之文無一字一句塵俗也。(《與來卿》)

在這裏，他强調的是從「萬物之差别」中求理，從「萬物之攻取」中練氣。用我們今天的話説就是：要在對客觀世界萬事萬物的比較、認識中獲得豐富的知識，掌握其發展變化的規律并培養、鍛煉自己的品德，使自己不致成爲平庸的人。這種估評過高了嗎？我看不會，他自己的下一段話便是證明：

文者，私作也，必以公行之；文者，藝事也，必以道成之。固有賢人君子窮極精慮之所作述，而一得之士可以議之者。(《答伊揚州書一》)

當然，惲敬作爲一個封建皇權統治下的知識分子，而且還是個有頂戴的官員，其「公」、其「道」都含有時代的、階級的局限，我們不能把他「捧」得太高。但我們在看待他的局限性時，是否也應防止責之太苛、求之太全呢？

其次，表現在對「理」、「氣」或者説「識」與「性」和作文的關係的認識上。

我國古代進步的文論家歷來有求文品必先人品之説，這裏的人品是包括作家的思想認識水平和道德品行兩大方面的。關於此，我們前面曾肯定過惲敬「識高則筆力自進，力厚則詞采自腴」一類觀點，除此之外，他還結合自己的實際體會或引他人的創作經驗加以印證。比如：「須平日窮理極精，臨文夷然而行，不責理而理附之；平日養氣極壯，臨文沛然而下，不襲氣而氣注之。則細入無倫，大含無際，波瀾氣格，無一處是古人，而皆古人至處矣。」（《答來卿其一》）「古文之訣，歐陽文忠公已言之，曰多讀書，多作文耳。然必有性靈、有氣魄之人，方能語小則直湊單微，語大則推倒豪傑。」（《與來卿其二》）這裏説的，是他自己的經驗談。下面引的，則是他人成功的先例：「大兄胸次本高，故下語翛然自得。不求異今人，今人自不能及；不求避古人，古人自不能掩。」（《與陳寶摩》）「退之以重望自山陽改官京曹，方有大行之志，故其詩恢悦；子厚負釁遠謫，故其文清瀏而迫隘。」（《沿霸山圖詩序》）從自己的體會和他人的經驗，惲敬得出「邊幅不廣」是枯槁之士的文病之結論，他既用此批評過劉大櫆，而且以此稱許文壇小輩：「吾弟氣逸體縱，有不可羈的之概，而風回雨止，仍復寂然，此得天之最厚者。由是而充之，排金門，上玉堂，與時賢頡頏；再充之，吞曹、劉，奪蘇、李，與古人頡頏，分内事耳。然不可自高，自高則所見浮；不可自阻，自阻則所進淺。浮與淺則下筆俳巧、甜俗、粗率皆來擾之，而且自以爲名家、大家矣。」（《與鄒立夫》）

最後，還表現在他對如何窮理養氣的論述上。

理需窮，氣要養。途徑有二：一曰「看文」，「讀文」；二曰「求於行墨之外」。關於前者，他説得十分明確具體：「看文可助窮理之功，讀文可發養氣之功。看文看其意，看其辭，看其法，看其勢，一一推測備細，不可孤負古人。讀文則湛浸其中，日日讀之，久久則與爲一。然非無脱化也。歐公每作文，讀《日者傳》一遍，歐文與《日者傳》何啻千里？此得讀文三昧矣。」（《答來卿其二》）

看文讀文，面宜廣，貴在自己得之於心，這是惲敬的一大講究。他和桐城諸子不同，後者只把「四書」當作「一字不可增減」的經典，將《史》、《漢》及唐宋八家文視爲模本，不但周末諸子的文章被斥爲「汪洋自恣，不可繩以篇法」，而且韓愈的墓志銘等文體也因「奇崛高古清深」而「皆不録」（均見方苞《古文約選》）。惲敬則曾在多種場合反復强調，要廣涉諸子百家之言，取衆家之長。陸繼輅稱惲敬「泛濫百家言，其學由博而返約」（《七家文鈔序》）。他不同意孟子「詖辭知其所蔽，淫辭知其所陷，邪辭知其所離，遁辭知其所窮」、「此四者皆不達」的説法，認爲「是四者，有有之而於達無害者焉，列禦寇、莊周之言是也……有時有之，時無之，而於達亦無害者焉，管仲、荀卿之書是也」（《與紉之論文書》)。因此,他主張「修六藝之文,觀九家之言」,只有如此,才能「通萬方之略」(《大雲山房文稿二集自序》)。爲此他一正一反,以例佐證。正面的是:「賈生自名家、縱横家入,故其言浩汗而斷制;晁錯自法家、兵家入,故其言峭實;董仲舒、劉子政自儒家、道家、陰陽家入,故其言和而多端;韓退之自儒家、法家、名家入,故其言峻而能達;曾子固、蘇子由自儒家、雜家入,故其言温而定;柳子厚、歐陽永叔自儒家、雜家、詞賦家入,故其言詳雅有度;杜牧之、蘇明允自兵家、縱横家入,故其言縱厲;蘇子瞻自縱横家、道家、小説家入,故其言逍遥而震動。」反面的是:「後世百家微而文集行,文集敝而經義起,經義散而文集益漓。」造成這種局面的原因,就在於學人士子自「少壯至老,貧賤至貴」,只局限於「聖賢之精微,闡明於儒先之疏證」,「附會六藝,屏絶百家,耳目之用不發,事物之賾不統,故性情之德不能用也」(以上均見《大雲山房文稿二集自序》)。更爲難能的是,惲敬自己不但涉百家,廣耳目,而且敢於犯禁,對被宣布爲「異端詖説」的不少明遺民的詩文,如著名進步思想家黄宗羲的《明儒學案》悉心研究。他還引用清初另一唯物論者顧炎武斥責明代學者「出入儒釋,如金銀銅鐵攪作一爐,以爲千古不傳之秘」的話,説:「此病今尚遍天下。」(《與李汀州其一》)

惲敬的力主破門户之見,讀百家書,決不是死讀書,而是强調「淘汰之,播揚之,摩揣之,釁沐之,得於一是而止」(《上舉主陳笠帆先生書》)。他認爲讀古文不能圖輕便,找捷徑,讀批本,所謂「一人獨行,其衢路曲折,皆歷歷可記;隨人行,則恍惚也」(《答來卿其一》)。

窮理養氣之道，惲敬强調了讀書，對讀書的作用他提得還是比較準確的，這就是「看文可助窮理之功，讀文可發養氣之功」（同上）。最重要的，其實還應求於「行墨」之外。他在談及侯某的文章時説：「侯君文清瀏見底，波折皆出天然。以初作，膽未堅，神未固。此事如參禪，必須死心方有進步，所謂絶後再蘇，欺君不得，及當觀時節因緣是也。若止於行墨中求之，則章子厚日臨《蘭亭》一本，書格能不日下耶？」（《與秦省吾》）當年蘇東坡論及文、書時，也曾多次表示過當求工於外的意思。惲敬此處的求於行墨之外的具體含義雖没明説，但統觀有關言論，似與蘇氏主張相通，即指生活積累和思想品德修養。他曾説：「敬自能執筆之後，求之於馬、鄭而去其執，求之於程、朱而去其偏，求之於屈、宋而去其浮，求之於馬、班而去其肆，求之於教乘而去其罔，求之於菌芝步引而去其誣，求之於大人先生而去其飾，求之於農圃市井而去其陋，求之於恢奇弔詭之技力而去其詐悍。」（《上舉主陳笠帆先生書》）這裏除指求教於名家的著作、主張外，很明顯的還向社會各階層，包括下層的「農圃市井」以至於「恢奇弔詭之技力」學習。他還説過：「違心之言，洪涩齟齬，必不能工；工矣，而羞惡之心不泯，則逸之而已。」（《與衛海峰同年書》）所以他反對「有意爲古文」，力主將「平生之才與學」，「沛然於所爲之文之外」，於是「支者如山之立，敝者如水之去腐，體下者如負青天之高。於是積之而爲厚焉，歛之而爲堅焉，充之而爲大焉」，這才是藥支、救敝、治體下的根本辦法。至於什麽是才與學，他引曾鞏的話作了回答：「明必足以周萬事之理，道必足以適天下之用，智必足以通難知

之意，文必足以發難顯之情。」（以上均見《上曹儷笙侍郎書》）

由此看來，惲敬對散文思想内容的論述，不但比方、劉、姚的視野要開闊得多，而且認識也要深刻、精湛得多，其中體現的某些唯物論的因素，更非桐城諸公所可企及。不過，除此之外，要是觀其對文章風格、意境的論述，則與劉大櫆，尤其是姚鼐的「陰陽剛柔之美」相比就未免相形見絀了。是的，他也曾説過「近時袁子才有『格調增一分，則性情減一分』之説，鄙意以爲，無性情之格調必成詩囚，無格調之性情則東坡所謂『飲私酒吃瘴死牛肉』發聲矣」（《與黎楷屏》），及「華之中而實寓焉，整之中而變寓焉，平淺之中而高與深寓焉」（《與陳賓摩》）等語，但或失於平淺，或重復他人口舌，均不能讓人十分滿意。

陽湖派其他人論文的言談也不少，但基本觀點都與惲敬一致，更無超出他的地方。如張惠言説：「古之以文傳者，雖于聖人有合有否，要就其所得，莫不足以立身行義、施天下致一切之治。」他列舉了百家之所長後總結説：「各有所執，持操其一以應於世而不窮，故其言必曰道，道成而所得之淺深醇雜見乎其文。無其道而有其文者則未有也。故乃退而考之於經，求天地陰陽於《易》虞氏，求古先聖王禮樂制度於《禮》鄭氏，庶窺微言奥義以究本原。」（《茗柯文編·文稿自序》）這是張惠言論文最完整也最重要的一段話，但他對諸子百家的態度、對「道」的認識均還在惲敬的論述之内。吴德旋説：「作文立志要高，北宋大家雖不可以不學，然志僅及此，則成就必小矣。《史》、《漢》及唐人常在意中也。」「古文體忌小說、忌語録、忌詩話、忌時文、忌尺牘，此五者不去，非古文也。」（均見《古文緒論》）也是同一個意思。至於趙懷玉、李兆洛相繼重新提倡駢儷，主張駢中夾散，散中夾駢，甚至專門編輯《駢體文鈔》，雖然比惲敬、張惠言、吴德旋以兼治百家來反對桐城派的新形式主義走得更遠，是又一種以形式反對形式的錯誤傾向，但他們論文的基本主張仍服膺於惲敬。

總之，陽湖派産生於我國歷史面臨巨大變化的鴉片戰争前夜，其進步與局限都是歷史的産物，其主要傾向則吸取了當時進步的思想，體現了時代的要求。如這些主張得以實現，是能够藥桐城派「文敝道喪」之病的。因此，與其説它是桐城派之支流，還不如稱它是爲中興桐城的一次最早的嘗試。

四

列寧説：「判斷歷史的功績，不是根據歷史活動家没有提供現代所要求的東西，而是根據他們比他們前輩提供了新的東西。」（《評經濟浪漫主義》）我們肯定清朝的康、雍、乾時期，是和明朝的泰（昌）、天（啓）、崇（禎）相比較而言；我們肯定桐城派的初期，也是和明末諸多文派的相比較而言。這點就連曾經猛烈抨擊過桐城派的章炳麟與梁啓超也敢於承認。章説：「明末猥雜佻侻之文，霧塞一世，方氏起而廓清之。」（《菿漢微言》）梁則説：「平心論之，桐城開派諸人，本狷潔自好，當漢學全盛時，而奮然與抗，亦可謂有勇，不能以其末流之墮落，歸罪於作始。」(《清代學術概論》)我們之肯定陽湖派，也是從面對變化了的現實，雙方代表人物文論主張的相比較方面來立論的。惲敬去世七十多年後，王先謙編《續古文辭類纂》，對惲敬論文多有疵議，認爲「不可爲法」。這時，正是曾國藩的湘鄉派控制文壇，所謂「桐城謬種恣肆」的時候，其對惲敬的貶毁正證明了惲敬「以六藝救百家之敝，以百家起文集之衰」與曾國藩「篤守程朱之説」、視「義理爲質」的桐城姚氏爲「舉天下之美」(《歐陽生文集序》)的主張之對立。因此，我們不能僅以曾國藩對惲敬的評價爲據，否定陽湖派對當時文壇的影響及其在文學史上的地位。

惲敬一生，始終以「上則先國後家，下則先民後己」(《戒旦圖序》)爲操守，兼且傲視權貴，得罪了不少人，所以得不到升遷，最後還爲奸人所誣陷。他曾與友人説：「敬匏繫江西，智竭於胥吏，力屈於奴客，謗騰於上官，怨起於巨室，所喜籬落畊氓、市墟販豎尚有善言。去秋東歸，雖卧具未質，僾於從前，然十月無裘，則與在都時平等矣。」(《與莊大久》)他對待文事，也像對待人事、政事一樣，始終置人之謗議於不顧，但求心之所安。在説到自己撰寫《同遊海幢寺記》的方法原委時，他曾表白自己只是意在「留古文一支在海南，勿使野牛鳴者亂頻伽之聽耳」(《與黄香石》)。他還説：「皋文最淵雅，中道而逝。仲倫才弱，悔生氣敗。」(《上曹儷笙侍郎書》)又説：「古文自元明以來，漸失其傳。吾向所以不多作古文者，有皋文在也。今皋文死，吾當并力爲之。」(吴德旋《惲子居先生行狀》)所以他每仕一地，都十分重視藝文，興辦學校，獎掖後進，并且親自作文。直到今天，江西之瑞金、寧都、新喻、南昌還留下他的不少遺墨，許多動人故事，爲百姓所樂道。

正如惲敬自己看到的，「文人之見日勝一日，其力則日遜焉」(《上曹儷笙侍郎書》)。惲敬的理論主張與創作實踐還是有距離的。他雖寫出了一批「澄然而清，秩然而有序」，或者説比「拘謹枯淡」的桐城文「更有氣勢，也更有詞采」的散文(游國恩等《中國文學史》)，但終究没産生如桐城文那樣大的影響，没有達到藥救「文敝」的目的。這當然有歷史的原因，也有其自身的局限。馬克思、恩格斯曾説過：「統治階級的思想在每一時代都是占統治地位的思想。……支配着物質生産資料的階級，同時也支配着精神生産的資料。」(《德意志意識形態》)陽湖派的主張既然與「欽定」的桐城派相牴牾，其失敗也實屬必然了。嗣後，以曾國藩爲代表的湘鄉派繼起，他們追求同治中興，高揚「文章與世變相因」(《歐陽生文集序》)之纛，與桐城三祖的初衷相去愈來愈遠，因而被史家稱作「桐城末流」，甚至是「桐城謬種」，後亦爲「五四」新文化運動所蕩滌，此種自然也是時代巨變使然。但歷史終歸是公正的，經過時間的揀擇，不論是桐城派還是陽湖派抑或湘鄉派，其正誤得失都會顯明于後世。這也許就是我們今天重新整理出版這些歷史文獻的現實意義。

萬陸己巳春草於北師大

補記

我與惲敬，應該説是有些因緣的。不才出生於惲敬曾經仕事的江西瑞金縣，自幼就聽前輩講及惲敬的不少故事，稍長更有鄉師推薦惲敬的一些詩文，要我輩誦讀，他們一律敬稱惲氏爲「子居先生」。後來我讀大學、參加工作，都自然而然地對惲文多加留意。所以，國家古籍整理部門公布第一批需整理的書目後，我即欣然接受了點校《大雲山房文稿》的任務，并從二十世紀八十年代起，利用教學空餘時間，兩次前往惲敬故鄉武進石橋灣，走訪惲敬曾經的居所，查閱鄉里文獻，收穫頗豐，遂在點校正本之外，增加了不少附録内容。書稿完成後，由於種種原因，未能及時出版。此後工作調動，益發無暇顧及。

大約兩年前，蒙上海古籍出版社認可該書的價值，又體諒學人的艱難，與我商議出版事宜。但稿件放置近二十年，難免有些散亂，還有不少應按今日要求修訂完善的方面；而我已年齒漸高，又遠離學界多年，兼且雜務纏身，深感力不從心，難以完成重新整理提高的工作。幸得廣東五邑大學謝珊珊副教授幫助，重訂了正文，處理了大量謄寫、核正的工作。上海古籍出版社第一編輯室奚彤雲主任和責任編輯郭時羽女史也積極設法，請復旦大學林振岳碩士進行補訂。振岳在再次校訂正文之外，還收集了多家清人的評語（現附於校記後），補充了附録内的不少篇章，并撰寫《版本考》一文，梳理版本脉絡。這些都對本書質量的提高大有裨益，在此表示真誠的感謝。

《前言》的主幹部分，録自不才發表于《江淮論壇》一九八四年第二期的《桐城派陽湖派歧異辨》。今天讀來，難免有老舊之嫌，但基本觀點或還站得住脚，因此僅略作了一些細微的改動，大體一仍其舊，意在保留當年面貌，留下一點歷史感。

本書從開始收集資料、標點校對，到現在終於能够付梓出版，經歷了二十年時間。其間不管是我自己，還是珊珊、振岳二位，以及出版社的編輯們，都爲之付出了許多心血。但我們也知道差錯在所難免，祈請讀者指正。

萬陸壬辰夏補記於鵬城寓所

叙例

一、惲敬《大雲山房文稿》的流傳，最早有嘉慶十六年刻《初集》四卷，爲初刻本。嘉慶二十年三月于南昌重刻《初集》四卷，八月于廣州續刻《二集》四卷（二十一年刻成），出于惲敬手定。此本嘉慶末年後印本，又增刻尺牘《言事》二卷，今合稱爲「嘉慶二十年本」。同治光緒間，後人陸續翻刻嘉慶二十年本，版式行款，一仍其舊。所見有四種：一、同治二年惲氏從子世臨刻于湖南，《初集》、《二集》、《言事》共十卷。二、同治八年嗣孫念孫重刻于四川，增入所輯《補編》一卷，共十一卷。三、光緒十年據同治八年本重刻，亦有《補編》。四、光緒十四年族曾孫元復重刻《初集》、《二集》，共八卷，其中《初集》四卷刊有圈點評語。（詳見附録一《版本考》）

二、本書整理，以《四部叢刊》影印光緒十年刻《大雲山房文稿》爲底本，以其所收最全之故。以嘉慶二十年本爲對校本，并參校其餘各本。因嘉慶二十年本爲惲敬生前手定，故遇異文，多據之改正。

三、除參校以上各本外，還參考前人校本三：沈成章校本（簡稱「沈校」）、楊葆彝校本（簡稱「楊校」）、王秉恩過録各家校語本（簡稱「王校」）。其中王秉恩本所過録諸家校語，分别爲劉遵爕、汪曰楨、葉廷琯、雷浚、馮桂芬、潘鍾瑞、俞樾七家。

四、光緒十四年本《初集》文末附刊評語，傳爲惲敬自評，今過録爲篇末「評語」。凡「評語」未標明出處者，皆録自該本。

五、另上海圖書館藏有過録批語本五種，所過録評語與光緒十四年本所刊者大致相同，皆源自「大雲山人手評本」。其有出於刊本評語之外者，并加摘録，同時標明據何本過録。各家批點本之簡稱如下：陶濬宣過録批點本（簡稱「陶批」）、關豫過録批點本（簡稱「關批」）、王秉恩過録批點本（簡稱「王批」），另録有七家校語）、楊葆彝過録批點本（簡稱「楊批」），另有楊葆彝校語）、佚名過録批點本（簡稱「佚名批點本」）。其中楊批書中多夾帶簽條記録嘉慶十六年本某篇前尚有某篇，今均過録於《補編》相應篇目後，以存原貌。

六、書前目録篇名與正文標題多有出入，今據正文標題重新編製。

七、凡文中避諱字、明顯刻誤字等，皆徑改不出校。

八、文中引用他書，未必步趨原文，此爲古人素習。整理時仍加引號，以示起訖，以便讀者。

九、輯佚部分，除佚文外，并輯其詩詞。詩詞本當入外集，因其已無傳本，特附文集以行。

十、附録二，分輯與惲敬生平、著述相關之文字，以及有關《大雲山房文稿》之評論、序跋等。

目録

大雲山房文稿初集

卷二

卷四

大雲山房文稿二集

卷三

卷四

大雲山房文稿言事

卷一

卷二

大雲山房文稿補編

輯佚

佚文

佚詩

佚詞

佚句

附録一

附録二

一　傳略資料

二　著述考略

四　提要序跋

【校記】

〔一〕底本目録此後有《上陳笠帆按察書》一篇，此篇有目無文，惟光緒十四年本補刻此篇四葉，版心「大雲山房文稿補佚」。同治八年本刻入補編，底本沿之。

〔二〕底本目録此下注「以下家書」。

〔三〕底本目録此下注「以下補遺」。

〔四〕底本目録此前載佚文《南宋論》一篇。

〔五〕底本目録此後載佚文《上秦小峴按察書》一篇。

大雲山房文稿初集

大雲山房文稿初集自序

右《大雲山房文稿》初集四卷目録，瑞金陳蓮青雲渠排次讐校。凡雜文一百六十篇。嘉慶十有六年五月刻于京師琉璃廠，工冗雜不應尺度，且未竟；九月補刻，并修治于常州府小營前，以稿本篇自爲葉，不用漢唐寫書首尾相銜法，爲日若干而竣。二十年三月，武寧盧宣旬幼眉改定二十篇入外集，復刻于南昌甲戌坊，附通例于後。惲敬子居自爲序録曰：

惲氏著于南宋，自方直府君十一傳而至明湖廣按察司副使東麓府君巍，東麓府君三傳而至典儀正敬于府君紹曾，敬于府君入本朝，四傳而至子渭府君士璜，子渭府君生先府君輪。子渭府君好讀書、飲酒、鼓大琴。先府君無所嗜好，于世事無所阿，三十年教授窮山中。

敬生四年，先府君教之四聲，八年學爲詩，十一學爲文，十五學六朝文，學漢魏賦頌及宋、元小詞，十七學漢、唐、宋、元、明諸大家文。先府君始告以讀書之序，窮理之要，攝心專氣之驗，非是不足以爲文。于是復反而治小學，治經史百家。凡先府君手録天官、地志、物理、人事諸書，亦得次第觀之，然未有所發也。時于一二日中得一解而油油然，數十日中得一解而油油然。至索之心，誦之口，書之手，仍芒芒乎摇摇乎而已。先府君曰：「此心與氣之故也，不可以急治，當謹而俟之。減嗜欲，暢情志。嗜欲減則不淆雜，情志暢然後能立，能立然後能久大。」自是之後，敬不敢言文者十年。旋走京師，遊中原，南極黔楚，與天下篤雅恭敏〔一〕之士交，竊窺其言行著述，因復理先府君之言，欲有所論撰，而下筆迂回細謹，塊然不能自舉。

嗚呼，天地萬物皆日變者也，而不變者在焉，不變者所以成其日變也。文者，生乎人之心。天地萬物之日變，氣爲之；心之日變，神爲之。神之變速于氣之變，而迂回之弊循循然而緩，謹細之弊切切然而急，于神皆有所閡焉，敢不力充之以求所以日變者哉？然而，有不可變者。《典論》曰：「學無所遺，辭無所假。」《史記》曰：「擇其言尤雅者著於篇，可以觀矣。」雲渠所録皆嘉慶建元以後論譔，謹以年次其目録，庶得失進退有以自考焉。其改定入外集者，目録皆删之，所存如左。

嘉慶元年在富陽，四月往貴州，十月至江山，得文七首：《與紉之論文書》、《東麓先生家傳》、《遜庵先生家傳》、《南田先生家傳》、《紀言》、《劉先生祠堂銘》、《王盛墓〔二〕石記》。

二年八月至常州，得文二首：《亡妻陳孺人權厝志》、《女嬰壙銘》。

四年在常州，九月至京師，得文十一首：《讀〈晏子〉一》、《讀〈晏子〉二》、《先塋記》、《石橋灣惲氏祠堂記》、《后谿先生家傳》、《少南先生家傳》、《香山先生家傳》、《衷白先生家傳》、《書山東知縣事》、《書王麗可事》、《兵部額外主事王君墓志銘》。

五年在京師，六月至新喻，得文九首：《喻性》、《三代因革論一》、《三代因革論二》、《三代因革論三》、《三代因革論四》、《釋弁一》、《釋弁二》、《釋弁三》、《釋鈎》。

六年在新喻，七月至南昌，十二月還新喻，得文十六首：《説山》、《釋夢》、《九江考》、《康誥考上》、《康誥考中》、《康誥考下》、《周公居東辯上》、《周公居東辯下》、《桑中説》、《蝃蝀説》、《有狐説》、《讀〈論衡〉》、《〈三國志〉書後》、《〈諸夏侯曹傳〉書後》、《上秦小峴按察書》、《答蔣松如書》。

七年在新喻，得文十三首：《駁史伯璿月星不受日光辯》、《張真人府印説》、《匏有苦葉説》、《雄雉説》、《黍離説》、《雞鳴説》、《鴟鴞説》、《東湖書院記》、《新喻東門漕倉壁〔三〕記》、《新喻羅坊漕倉記》、《胡氏學田記》、《張皋文墓志銘》、《祭張皋文文》。

八年在新喻，得文六首：《〈鈐山堂集〉書後》、《與湯編修書》、《新喻文昌宫碑銘》、《新喻文昌宫碑陰録》、《徐恭人墓志銘》、《董孺人權厝志》。

九年在新喻，六月至南昌，得文七首：《〈金剛經〉書後一》、《〈金剛經〉書後二》、《二僕傳》、《甘宜人墓志銘》、《李夫人墓志銘》、《饒府君墓志銘》、《國子監生周君墓表》。

十年在南昌，四月至瑞金，得文四首：《遊翠微峰記一》、《遊翠微峰記二》、《書獲劉之協事》、《姜太孺人墓志銘》。

十一年在瑞金，四月至南昌，十一月還瑞金，得文十一首：《雜記》、《顧命辯上》、《顧命辯下》、《〈楞伽經〉書後一》、《〈楞伽經〉書後二》、《上曹儷笙侍郎書》、《答吴白厂書》、《東路記》、《謝南岡小傳》、《後二僕傳》、《舅氏清如先生墓志銘》。

十二年在瑞金，得文六首：《答曹儷笙尚書書》、《重修萬公祠記》、《遊羅漢岩記》、《海會庵放生河碑銘》、《前臨川縣知縣彭君墓志銘》、《寧都州學正聞君墓志銘》。

十三年在瑞金，五月至南昌，六月回瑞金，十月復至南昌，得文十五首：《原命》、《説地》、《駁朱錫鬯〈書楊太真傳後〉》、《讀〈五帝本紀〉》、《讀〈管蔡世家〉》、《讀〈魯仲連鄒陽列傳〉》、《讀〈張耳陳餘列傳〉》、《讀〈貨殖列傳〉》、《讀〈霍光傳〉》、《〈孟子荀卿列傳〉書後》、《〈古今人表〉書後》、《上汪瑟庵侍郎書》、《上陳笠帆按察書》、《子居决事序》、《袁州府訓導李君墓志銘》。

十四年三月還瑞金，七月至南昌，得文九首：《三代因革論五》、《三代因革論六》、《三代因革論七》、《三代因革論八》、《雜説》、《得姓述》、《重修瑞金縣署記》、《饒陶南墓志銘》、《彭澤縣教諭宋君墓志銘》。

十五年在南昌，十一月至常州，得文十首：《天發神讖碑跋》、《乙瑛碑跋》、《孔羨碑跋》、《先賢仲子廟立石文》、《都昌元將軍廟碑銘》、《兵部侍郎銜署直隸總督裘公神道碑銘》、《寧都營參將博羅里公墓志銘》、《張府君墓志銘》、《刑部江西司主事曹君墓志銘》、《鷃武冢石記》。

十六年在常州，二月至京師，八月還常州，得文十四首：《西楚都彭城論》、《辯微論》、《續辯微論》、《釋拜》、《明儒學案條辯序》、《五宗語録删存序》、《羅臺山外傳》、《前太子少保雲貴總督劉公祠版文》、《前四川提督董公神道碑銘》、《廣西按察使朱公神道碑銘》、《太子少師體仁閣大學士戴公神道碑銘》、《外舅高府君墓志銘》、《楊貫汀墓志銘》、《前浙江分巡杭嘉湖道陝西候補道李公墓表》。

凡文之事曰典：典者所以尊古也。若單文無故實，則比于小學諸書，當時語據制詔及功令是也。曰自己出。毋勦意，毋勦辭是也。曰審勢。能審勢，故文無定形。古之作者言無同聲、章無同格是也。曰不過乎物。不過乎物者，必稱其物也。言事、言理、言情皆以之，請以質當世之君子。

【校記】

〔一〕「恭敏」，原作「恭敬」。案：諸本皆作「恭敏」，作「恭敬」者光緒十年本手民之誤，今據改。

〔二〕「墓」，原闕，據正文篇名補。

〔三〕「壁」，原闕，據正文篇名補。

大雲山房文稿通例

一、雜著文，諸子家之流也，故漢魏以來多自書子，集中皆書字，用王子淵法也；序記文，多自書余，宋人稱人曰賢，自稱曰愚，亦入之序記，集中皆書名；碑志文，漢魏本文不入撰人名，集中入撰人皆書名，用韓退之法也；傳文後書論曰，用班孟堅法也。

一、大傳本史書體，故韓退之傳陸贄、陽城不入本集，後人有入本集者，或自存史稿，或爲史官擬稿而已。集中無大傳，其小傳、外傳傳中必書名，祖父及傳中所及之人雖貴且賢必書名。祖父賢始見，子孫亦然，妻妾有故始見，傳非碑志體也。官與地必書本朝之名，紀實也。爲異姓作家傳非正例，集中同姓家傳名書諱某，不書姓，不書所籍，子孫之言也。傳中所及之人，書某公某名、某君某名，儒者書某先生某名。與祖父交，尊之也，存其名，記事之體也。遠祖家傳，所交之人止書姓名，世不及也。

一、大傳書名書字不書號，史法也。儒者於傳中事，別書稱某號先生，亦史法也。外傳、小傳或書號，或書别號、道號，著〔一〕性情也。古者，幼名冠字，故於名下書字。世人加字於名上者，非也。集中名字并書者，字皆在下。號或取地，或取所居，始六朝之稱清溪、大山、小山，禪者亦稱南嶽、青原，至宋人人稱之。世人止稱號而加於名之下，是稱其人而後綴其地及所居，亦非也。集中名號并書者，名皆在下。别號如漫郎、醉吟先生，道號如華陽真逸、無垢居士，集中有故則書。

一、傳目自《漢書》以下皆書名，《史記》或書名，或書字，或書官，或書爵。集中家傳皆書號、書先生，外傳、小傳皆書字或書人所稱，如曹孝子是也。

一、碑志文較史傳例稍寬，集中凡文中所及之人書某官、某姓公或某姓君，再書名；其滿州、蒙古不紀其氏者書某官、某名公或某名君，用元色目人例也，紀其氏者書如漢人。

一、碑志文目書階官、書職官、書爵、書謚，此通古今例也。古人集多不畫一者，集中止書職官，其階、爵、謚於文中見之。書石則目具階、職、爵、謚，用當時法也。

一、集中碑志文目監司以上書公，以下書君，成一家學者書先生，所尊書府君，友書字，婦人書所生之姓。姓所以别女子也，其夫之姓文中見之。

一、集中碑志文目止書某公、某君、某府君。其妻之合葬者文中見之，以合葬志非古法也；祔葬志書祔葬，從夫之義也。

一、集中遺事述書法如碑志，行狀、行略書法亦如碑志，書事之書法如傳。

一、墓表有列銘及詩者，變例也，集中皆不列銘及詩。碑記列銘及詩者，正例也，集中皆列銘及詩。壁記則無之，其壁銘有序者書并序，以別於壁記也。

一、碑志文有序、有志、有銘。記作文緣起，序也；記事及葬年月，志也；詠歎之，銘也。集中志文有作文緣起者，目書并序，餘不書；其有志無銘者，目止書志；志略者，目止書銘。碑文皆書碑銘，不書并序，碑以無序爲正例也。

一、《爾雅》「歲名」、「歲陽」〔二〕二章，曰歲在甲，歲在寅，而以閼逢、攝提格名之。太史公《律曆志》書閼逢攝提格，而《年表》書甲子。後儒謂年不書甲子者，謬説也。然《尚書》、《春秋》皆書年數，各史書因之。故記事之文以書年數爲是，集中從之。

一、碑志文書甲子則不書日數，書日數則不書甲子，正例也。集中有書日數并書甲子者，以之別疑表信，變例也。書越三日戊申，越五日甲寅，其法也。

一、集中碑志文書始遷祖及曾祖以下，其高祖有功德則書。書母、書前母、繼母、生母，不書曾祖母、祖母，其書者變例也。書妻、書子、書女，不書孫，以孫應書其父之碑志也，有故則書。集中有應書之人而不書者，必有當絶之道焉，此《春秋》之義也，傳中亦用之。

一、集中碑志文必書葬月日及地，不書者，乞文時未卜月日及地也。必書曾祖以下及官名，其書某官、某名止從某某者，狀失體不官不名或失體不及其上世也。

一、集中碑志文曾祖以下有官者書職官，卒後贈職官亦書，至子孫貴封贈官止書階官，以不治事也。

一、集中傳文止書某年進士、舉人，不書某科，史法也。碑志文書鄉試中式，會試中式，殿試賜進士及第、出身、同出身，詳之也。

一、集中序文地名據今時書之，官名亦然。其或書古官者，自唐以後人多稱古官，至今沿之，存當時語也。碑志文述人言書古官者，亦存當時語也。書、上書、言事皆與序文同。記文不書古官，紀實也。

一、集中書、上書，目皆書姓、書官，座主、舉主及所受業稱先生；其目書官，文中書先生者，非所受業也。友書字，其書號者或其字不著，或其字不應古法，如號之取地取所居也。漢人友稱字，唐人稱行，宋人稱官，於所學稱號，自明以來，及門俱稱號矣，時爲之也。
一、集中書、上書，首必書某人閣下、足下、執事，末必書某月日某謹上，以别於尺牘也。
一、禪悦文古人入外集，以爲佛家言也。集中辨正經論者仍不入外集，辨正道家言亦然。
一、《史記》、《漢書》載四言詩、歌行，《晉》、《唐書》以後載五七言古近體詩，此史法也。文家載詩則格下，集中載詩者皆入外集，詞曲不載。
一、集中文格近者亦入外集。
一、詩目唐人或書行，或書名，或書字，或書今官，或書古官，或書所官之地；宋、元、明人或書號，或書世所妄稱之官，如總制、宫諭是也。集中書號、書古官，不書所官之地，號亦地名，不可與所官之地相沓也。不書妄稱之官，懼雜也。一人再見，不書姓；遷官者，改書官。其年數六朝以後皆書甲子，集中從之。
一、詞目以曲名爲目次，行低一格注題，不注題者皆無題也。

【校記】

〔一〕「著」，原作「者」，諸本皆作「著」，《四部叢刊》早期印本亦作「著」，作「者」字當爲後印本描改（參附録《版本考》）。

〔二〕「歳陽」，同治二年本作「歳陰」。

卷一

原命

無形可知乎？曰不可知而可知也，君子以有形知無形。無氣可知乎？曰不可知而可知也，君子以有氣知無氣。

夫氣不有嘔然而和者乎，穆然而肅者乎？其嘔然者，非秩然而序無以大；其穆然者，非攸然而通無以久。其序而大，通而久者，不有其敦然者乎？是故仁也，義也，禮、智與信也，五者與氣俱者也。雖然，氣行矣，氣之過無以生，氣之不及無以生，其生形者皆氣之中也。人之生形也，得中之中〔一〕。得中故無過，而仁無柔，義無躁，禮無飾，智無詭，信無固也；得中故無不及，而仁無忍，義無葸，禮無嗇，智無蒙，信無歧也。是故五者與形俱者也。

雖然，形生矣，天有時焉，地有宜焉，物有應〔二〕焉。氣之清者湜焉，濁者淖焉，清而濁、濁而清者粗焉，於是乎有氣之痼。雖然，形生矣，而渾渾焉，而胚胚焉，而息息焉。嘔然者不行而不止乎？穆然者不行而不止乎？秩然、攸然、敦然者不行而不止乎？于是乎有氣之流。是故五者有過焉，而柔、而躁、而飾、而詭、而固焉。且有不及焉，而忍、而葸、而嗇、而蒙、而岐焉。過不及之至，五者互相賊，而害仁、害義、害禮、害智、害信焉。相賊之至，五者各相反，而滅仁、滅義、滅禮、滅智、滅信焉，是惡也。然其所以生皆中也，中皆善也，善者所以爲命也，命者所以爲性與情也。是故知命爲仁、義、禮、智、信之中，而性之善見；知性爲仁、義、禮、智、信之中，而情之善見；命、性、情皆形乎氣止乎形者也，而形氣之善見；知形氣之善，而無形無氣之善見矣。

故曰：以有形知無形，以有氣知無氣也。

【校記】

〔一〕「得中之中」，同治二年本改作「得氣之中」。

〔二〕「應」，嘉慶十六年本作「感」。案：王校：「雷云：『應』當作『感』。」

【評語】

天頭眉批：「有轉有折，有抽有補，有暗渡有明過，有緩趨有急赴，如渾天儀旋行，無累黍缺陷，而其巧至不可言，非止以雄古見才，正實見學也。」案：此條見光緒本天頭眉批。陶批録在篇末，末識「自記」二小字。

篇末評語：「《易》、《中庸》從氣上説理，二氏及諸儒所言多與之背者，作《原命》正之。」案：陶批末識「自記」二小字。

喻性

孔子曰：「性相近也，習相遠也。」曰：「唯上智與下愚不移。」言性者，主孔子之言而已。孟子曰：「人無有不善。」曰：「乃若其情，則可以爲善矣；若夫爲不善，非才之罪也。」宋之程子爲之説曰：「孔子言氣質之性也，性之本即理也；孟子之言性善者此也。」噫，性一而已，孔子言其一，孟子又言其一，聖賢固若是乎哉？是説也，吾不敢以云。

吾之言性，主孔子之言而已。曰：然則孟子之言非歟？曰：孟子之言即孔子之言也，程子之爲之説非也。何以言之？性者，自乎人而言之者也。自乎人而言之，蓋郛實乎氣質者也。善者，自乎性而言之者也，自乎性而言之，蓋萌達乎氣質者也。孔子、孟子之言，皆言此性也。何以言之？性者，具於心者也。性之發爲情，輔情而行者爲才，才者知與能是也。是如火然：烺然而耀，心之知；灼然而然，心之能；炎然而上，心之性。上者火之性也，善者人之性也。情則自善而之惡，其返也自惡而之善，才之所至如其情。是故烺然者上行而耀，下行而耀，旁行而亦耀。心之知，知善能盡，知惡亦能盡也。灼然者，上行而然，下行而然，旁行而亦然。心之能，爲善能達，爲惡亦能達也。唯炎然而上者，抑之下則游，障之旁則摇。其炎然者，得隙則越焉，何也？其性也。是故火之性，上行之時其性上，旁行、下行之時其性亦上也；人之性，爲善之時其性善，爲惡之時其性亦善，不爲善、不爲惡之時其性亦善也。

堯、舜、湯、武皆性善也。諛蹻、蹠者不以爲愚以爲聖，蹻、蹠受之，其性善也。若是者孟子之言也，其同於孔子奈何？曰：善也者，統乎智與愚言之也；近也者，别乎智與愚言之也；上下也者，極乎智與愚言之也。其善何也？曰：性也。其近何也？曰：性也。善，故近也；近，故無不善也。是故智之性亦善也，愚之性亦善也，上智下愚之性皆善也。其智愚上下何也？曰：才也。其智愚而移何也？曰：情之遷也。其才能赴之也，是習之驗者也。其智愚上下而不移何也？曰：才之不遷也，其情不能强之也，是習之不驗者也。性宥〔一〕乎才，發乎情；習動乎情，竭乎才；移不移者，知與能爲之也。才也，非性也，是故才行乎情之善，其性之善無銖兩之加也；才行乎情之不善，其性之善無銖兩之耗也，故曰善也。

孔子曰：「一陰一陽之謂道，繼之者善也，成之者性也。」以命言性而善者也。孟子曰：「惻隱之心，人皆有之。羞惡之心，人皆有之。辭讓之心，人皆有之。是非之心，人皆有之。」以情言性而善者也。故曰：孟子之言即孔子之言也，程子之爲之説非也。雖然，人之才有智焉，有愚焉，有上下焉，其上下之中，抑有大小焉。聖與聖，十其量；賢與賢，百其力；庸與庸，千其用；姦與姦，萬其爲。束藴而庸，庸積薪而熚炥，焚山燎原而萬人皆却走，皆如其分之所至而已，是火之才也，而豈火之性哉！曰：堯、舜、湯、武、蹻、蹠皆性善，是無差也，無差者理也。其何異於程子之説歟？曰：程子之言善，離氣質而言也；吾之言善，不離氣質而言也。夫火之炎然而上，非火之氣質爲之耶！且如程子之説，有氣質即有不善，是與於性惡之説也。曰：然則由子之説，謂氣質無惡可乎？曰：非也，向固言之矣。言氣質者，兼言知與能，各有其善惡，火之烺然、灼然是也；言性之善者，不兼言知與能，火之炎然是也，無智愚上下之殊。曰：孟子之言性，皆言氣質乎？曰：無氣質，是無性也。孟子曰：「命也，有性焉；性也，有命焉。」曰：「形色，天性也。」是也。子思子曰：「天命之謂性，率性之謂道。」即孟子之言也。曰「修道之謂教」，則與孔子之言若相發然，此傳孔子而之乎孟子者也。韓子曰：「性之品有上、中、下。上焉者，善焉而已矣；中焉者，可導而上下也；下焉者，惡而已矣。」是以才言性也，戾乎孟子，即戾乎孔子者也，以爲祖孔子，非也。

【校記】

〔一〕「宥」，王校：「俞云：『宥』當作『囿』，然古亦通。」

【評語】

「性、情、才，看得確，發得盡。行文兼孫卿、韓子之長，千門萬户，繩直砥平，可以言法矣。」

案：陶批未識「自記」二小字。

「性兼言氣質，則韓子之説合乎孔子，否則何以有習之驗不驗耶？子居之論未得其平，然文則上追管、韓而無愧色矣。」（吴仲倫）　案：此條據陶批、王批過録。王批不記作者，陶批記作吴仲倫語。

説地

凡形附形，凡氣合氣。土石，形也，而息氣焉。氣液形爲水，水亦形也。土、石、水附而地立焉。火純氣而見形，其形皆氣也。凡形之氣亦爲火，其合也，形不能間，則天也。形附形，是故鳥之翔必止，人與獸之走必踐，木草之根必植。魚，泳物也，泳於水亦附也。氣合氣，是故爲土石，爲水，爲鳥，爲人與獸，爲草木，爲魚，其氣皆天也。而息焉，而液焉，而翔且走、且植、且泳焉。

雖然，土、石、水，形勝而繫乎地者也；火，氣勝而繫乎天者也；萬物，形氣均而繫乎天地者也。人者，首陽而足陰，故縱生。鳥、獸、魚，腹陰而背陽；木草，本陰而末陽。本陰而末陽，故逆生；腹陰而背陽，故旁生。縱生者，首繫天而足繫地焉；逆生者，末繫天而本繫地焉；旁生者，背繫天而腹繫地焉。其繫天，合也；繫地，皆附也。是故地之圜九萬里，土石附焉，水附焉，萬物以其陰陽循而附焉〔一〕。

【校記】

〔一〕嘉慶十六年初刻本此下尚有「作説地」三字。

【評語】

「柳子厚《説車》學《考工記》，此文斬截似柱下吏。」案：陶批末識「自記」二小字。

説山

敬前自京師之泰安，將爲泰山之遊。既至郭西二十里，停車問逆旅主人泰山所在，主人指車前翼然者曰，主山也，最上爲封禪臺。敬以爲不然，蓋意中東望海，西望秦，南望吴門之泰山，何止若是？至縣，同年生華君榕端爲之宰，誇其有是山，北面指曰：何如？則向之翼然者而已。敬大詫，以爲泰山負我。已而，華君具三日糧而登。登三之一，城郭人民如垤蟻，風翏翏然。再登，徂徠諸山如土封之偃地，五汶之交如帶。至封禪臺，而雲氣可下視矣。蓋天下事期之者過甚，大率不能如吾之意，而遂卑小之，則吾之知將反有所不實焉。是故君子不以古人之能概今人，則可以交士大夫；不以古人之事概今事，則可以適家國天下之用。

後以使事自黔返楚，舟過彭蠡湖，湖之北廬山横起際天。舟行一日，山如近接舟首。及至星子，泊舟支岡下之石堤，而山不可見。其堤長二里所，高數丈，舟隱其下爲所障，故不復見廬山。噫，以廬山之高且大，拔見數百里之外，而障於是堤，非舟之近堤過甚歟？是故君子無近小人，則大人之迹不爲所誣；無近小事，則大事之方不爲所蔽。

子由、子寬從敬於渝水，將就試京師，二山皆所道也。作《説山》以告其行。

三代因革論一

聖人治天下，非操削而爲局也，求其罫之方而已，必將有以合乎人情之所宜。是故中制者，聖人之法也，其不滿乎中制與越乎中制之外者，于人情苟不至甚不便，聖人必不違之，此三代之道也。夫五霸，更三王者也；七雄，更五霸者也。秦兼四海，一切皆掃除之，又更七雄者也。漢興百餘年之後，始講求先王之遺意，蓋不見前古之盛六百餘年矣。朝野上下，大綱細目，久已無存。遺老故舊，亦無有能傳道者。諸儒博士，於焚棄殘剥之餘，搜拾竈觚蠹簡，推原故事，其得之也艱，故其信之也篤。書之言止一隅，必推之千百隅而以爲皆然；書之言止一端，必推之千百端，而以爲不可不然。嗚呼！何其愚也。

夫禮樂刑政，皆世異者也。禮樂之微，非百姓所能窺也，且行之於天子諸侯者，十而五六，行之於大夫、士者，十而三四，其在野者略焉而已，是故聖人之制作也，則自斷之。刑者，情之百易者也，書之策不可盡也，是故與諸侯、大夫、士斷之。政者，治亂之紀，上與下之統也，是故與諸侯、大夫、士、百姓共斷之。夫所謂共斷之者何也？曰：中制者，聖人之法也，其不滿乎中制與越乎中制之外者，于人情不至甚不便，聖人必不違之是也。吾故詳論之，求王政之端而究其同異，以破諸儒博士之説，庶聖人治天下之道可無惑焉。

【評語】

「八篇瑰瑋絶特之文，首篇起處以輕筆颺開，如華旌展空。末篇結處以重筆劃住，如巨斧斫地，真奇觀也。」

「《三代因革論》八篇以國制、兵法、田政、役事四大端概其餘，置局極整。而田政分第三、第四兩篇發明，兵法、役事又從第五篇抽出，故整而能變。」案：陶批末識「自記」二小字。楊批文字次序小異，又夾簽曰：「初刻本上本有此評語，惟多『子寬曰三代因革論八篇』十字，即接以『國制』句。」據其言，則此條評語爲子居之弟子寬所爲。

三代因革論二

《孟子》曰：「公、侯皆方百里，伯七十里，子、男五十里。」《周官》曰：「諸公方五百里，其食者半。諸侯四百里，諸伯三百里，食三之一。諸子二百里，諸男百里，食四之一。」孟子周人，所言周制也，而《周官》與之互異焉。

鄭氏衆曰：「『其食者半』，公所食租税得其半耳，其半皆附庸小國也，三之一者亦然。」是説也，公之地其半爲附庸，侯、伯之地其三之二爲附庸，子、男之地其四之一爲附庸，理不可通。且五百里之半爲百里者十有二，而餘侯、伯、子所食與《孟子》之説均不合，惟男食四之一爲五十里而已。

陳氏君舉曰：「『方五百里』以圍言，其徑百二十五里。」是説也，男之地徑二十有五里，公與伯之地徑百里、七十里而餘，與《孟子》之説亦不合，惟侯徑百里，子徑五十里而已。

唐氏仲友曰：「古之爲國，有軍有賦。軍出于郊者也，賦出于遂者也。言百里、七十、五十里者，軍制也；五百、四百、三百里者，兼軍、賦及所轄言之也。諸男言百里者，兼軍、賦言之也。」噫，聖人之書豈若是參錯邪？是不可訓之説也。

惲子居曰：古者洪荒之世，自民所歸而各立之君，其時政刑未備，羈縻所及，大者百里而已，殺于百里者則七十、五十里焉，聖人準之以差封國之地，是故百里、七十、五十里者，聖人之中制也。國立矣，不能無争；争矣，不能無所并。黄帝之時萬國，成湯之時三千餘國，武王之時千七百七十二國，蓋所并者幾十之七八焉。若是，則保無有百里而爲五百、四百里者乎？七十、五十里而爲三百、二百、百里者乎？聖人于是定之以所食之數，使與百里、七十、五十里之制不至相絶，所以折無厭，明有制，至明順也。又使百里、七十、五十里之國有可以齊于五百、四百、三百、二百、百里之制，而山川土田附庸之典行焉。武王封太公于齊，百里之國也，益之至五百里〔一〕。成王封伯禽于魯，百里之國也，益之亦至五百里〔二〕。于是天子得平其威惠，諸侯咸勤于功德，亦至明順也。是故五百、四百、三百、二百、百里者，亦聖人之中制也。蓋諸侯之能并地者，若反仁滅義，以詐力吞噬，將不旋踵而覆亡隨之。其能及久遠者，必自其先世已有不泯之功德，又君臣皆有過人之才，民庶皆有順令之用，然後能滅國而鄰不争，收土而民不叛。逮相襲既久，上下爲一，各固其疆。聖人必履封而裁之，計數而割之，則天下亂矣。是故夏之季世，其諸侯并地大者，殷仍其國；殷之季世，其諸侯并地大者，周仍其國。若興王崛起，親賢夾輔，其功皆可享茅土之奉，其才皆可任方伯連〔三〕帥之職。聖人于封國之後復大啓其地，以收大小相維、新舊相制之功。故曰皆聖人之中制也。

雖然，是中制者非引繩而直之，絜矩而方之，布算而乘除之，不容出入增損于其間也。其山川之奥則有畸，其鄰國之錯則有畸，其都邑之系屬則有畸，越于五十、七十、百里者有之，越于百里、二百、三百、四百、五百里者有之，不滿者亦有之。陰陽得其序，原隰、斥鹵、墳壤〔四〕得其理，戰守形勢得其會，如是而已。故曰：越乎中制與不滿乎中制者，非人情所甚不便，聖人必不違之也。

是故由吾之説，則三代之所以久安〔五〕長治可知也；不由吾之説，則禹、湯、文、武之時已潰裂矣，其子孫豈有一日之暇哉？此可質之萬世者也。

自記曰：《韓詩外傳》：「百里諸侯以三十里爲采，七十里諸侯以二十里爲采，五十里諸侯以十里爲采。」本朝惠半農先生據之謂封五百里、四百里其采百里，封三百里其采七十里，封二〔六〕百里、百里其采五十里，欲合《王制》、《周官》之説。其説據《外傳》而與《外傳》歧，又封采之數五等，多寡不畫一，不可從。

【校記】

〔一〕嘉慶十六年本有雙行夾注：「《鄭氏詩譜》。」

〔二〕嘉慶十六年本有雙行夾注：「《詩正義》：魯地七百里。兼附庸言，實止五百里。」

〔三〕「連」，嘉慶二十年本誤作「運」，重刻諸本皆改作「連」。案《禮記·王制》：「千里之外設方伯，五國以爲屬，屬有長。十國以爲連，連有帥。」作「連」爲是。

〔四〕「壞」，原作「壊」，據諸校本改。

〔五〕「安」，原作「妥」，據諸校本改。

〔六〕「二」，原作「三」，據諸校本改。

【評語】

王秉恩於文中「惲子居曰」處批曰：「自標其字，不典。」

案：此批語殆據管同《因寄軒文集》二集卷六《題王悔生文集》「惲氏《大雲山房文集》動於篇中署『惲子居曰』四字，意甚以爲不典」之語。而方濬師《蕉軒隨録》卷四「自署其字」條爲之有辨：「管異之孝廉同《題王悔生先生文集》中有云：『惲氏《大雲山房文集》動於篇中署「惲子居曰」四字，意甚以爲不典。惲氏孤學無師，無足怪耳。桐城王悔生從海峰遊，於此等宜素講，今其集首《孟獻子論》亦自署王悔生曰，是豈合古人之義法哉。』不知張河間《髑髏賦》起首云『張平子將目於九埜，觀化乎八方』，西漢文字已如此，不得謂之不典也。」

三代因革論三

《孟子》曰：「夏后氏五十而貢，殷人七十而助，周人百畝而徹。」〔一〕曰貢，曰助，曰徹，中制也。曰五十，曰七十，曰百畝，亦中制也。其名不同，其法不同，其數又不同。

惲子居曰：先王治田，亦有越乎中制、不及中制者焉。是故貢、助、徹三者，聖人皆先自其〔二〕國都行之，推之于諸侯之可行者而亦行之，其不可者待之。先代之制其可更者更之，不可更且不必更者仍之，如是而已。

何以知其然也？井田者，始于黄帝，廢于秦。未有井田之前，所行者貢而已。廢井田之後，所行者亦貢而已。至行井田之時貢亦不廢者，田有不可井與可井而不及井，及上世已來已定溝澮之制者也。是故「五十而貢」，夏禹治田之法，而其時黄帝之井田〔三〕在焉，《夏小正》曰「初服于公田」是也。「七十而助」，成湯治田之法，而其時公劉之徹行焉，《詩》曰「徹田爲糧」是也。「百畝而徹」，文王治田〔四〕之法，而其時湯之助存焉，《公羊傳》曰「古者十一而藉」是也。若是者何也？天下至大，民人至衆，聖人者期于均其利、去其害者也。周之有天下也，定其可井不可井，以九一、十一推一王之制，仍其五十、七十，以貢、助存先代之法，民各安其業，樂其政，下不擾，上不勞，如是而已。

然而尚有進焉者。貢者，古今之通法；井田者，聖人因時以均民情。貢者，自諸夏至絶徼之通法；井田者，聖人因地以均民力。是故聖人之世以井田爲上治，以貢爲通法。上治，所以見王道之尊；通法，所以見王道之大。揖讓，上治也；與子，通法也。揖讓之名至高，于事至順，非堯得舜，舜得禹不可行。井田之名至高，于事至順，非殷受夏，周受殷不可行。而貢則無不可行。故聖人之行井田也，以貢輔之，而不責人之必行，如是而已。

何以知其然也？齊之内政，五家爲軌，五軌爲里，四里爲連，十連爲鄉。井田以三起數，内政以五十起數，使齊之封内爲井田者十之九，爲貢者十之一，齊能三其田而五十其人乎？抑破壞〔五〕其井而五十其田乎？是齊之田井者少，不井者衆也〔六〕。楚蔿掩爲司馬，度山林，鳩藪澤，辨京陵，表淳鹵，數疆潦，規偃豬，町原防，牧臯隰，井衍沃。賈逵皆以井數之，其説爲誣。九地之土，惟衍沃可井，杜預之説是也。是楚之田井者少，不井者衆也。鄭子駟爲田洫而侵〔七〕四族田，是鄭之田不盡井也。魏文侯曰：今户口不加而租賦歲倍，是課多也。井田非税畝，賦不能加，魏未聞有此法，乃增其貢也，是魏之田不盡井也。聖人之行井田也寛大如此，豈有方三千里，爲田八十萬億、一萬億畝之事哉？烏乎，此求方罫之説也。又豈有百里之國必萬井，五百里之國必二十五同之事哉？烏乎，此亦求方罫之説也。

【校記】

〔一〕「孟子曰」二十二字，嘉慶十六年本作「昔者三代之授田也」。

〔二〕「其」，嘉慶二十年本、同治八年本作「是」。王校：「『是』當改『其』，劉批以爲衍文。」

〔三〕「黄帝之井田」，原作「黄帝井田之」，據諸校本改。

〔四〕「治田」，同治二年本作「制田」。

〔五〕「壞」，原作「壤」。據諸校本改。

〔六〕嘉慶十六年本有雙行夾注：「大司徒：比閭族黨亦以五十起數乃鄉遂用貢之地。」

〔七〕「侵」，原作「浸」。沈校曰：「按杜注作『侵四族』，此『浸』字當爲『侵』。」今據改。

【評語】

「鄭氏、陳氏、唐氏論封建之地不可不辨以細求其分數，至先儒論貢、助、徹，求之步之大小、畝之分合，于理牴牾顯然，不必糾繞。其發端仍引《孟子》，與第二篇同，以明置陣之法。子書置陣多不換頭，《韓非》、《吕氏春秋》最爲劃一也。」案：光緒本印作天頭眉批，陶批末識「自記」二小字。

三代因革論四

井田，不可廢之法也而卒廢，儒者皆蔽罪商鞅。雖然，鞅之罪，開秦之阡陌也，彼自關以東，井田之廢非鞅之罪也。

夫法之將行也，聖人不能使之不行；法之將廢也，聖人不能使之不廢。神農氏作，民知耕而食之，誅草萊，摘沙礫，各治其田而已。黄帝因民之欲別，而以經界正之；因民之欲利，而以溝洫通之；因民之欲便于耕鋤、饁饟、守望，而以廬井合之：是故井田者，黄帝之法也。所以井田者，天下之民之欲也，此井田之所以行也。而其所以廢者，三代之時，山林、斥鹵，積漸闢治，足給其民，又以餘者爲圭田、餘夫之田、士田、賈田；後世餘地日少，生齒日衆，田不敷授，一也。三代之時，吏道淳古，歸田受田無上下其手者；後世肥瘠不均，與奪不時，二也。三代之時，國之大者不過數百里，其田悉可按行而差等之；後世地兼數圻〔一〕，憑圖書稽核而已，必有不能實者，三也。三代之時，私田稼不善則非吏，公田稼不善則非民；後世吏不可非，而民不勝其非，四也。抑又有甚者，十一不足，從而增其征，則財匱；千乘不足，從而加其卒，則民煩。魯之税畝、丘甲，晉之州兵、原田，其見于書者也。是故春秋戰國之民，其先世享井田之利不可見也，所見者身蒙井田之害而已。利遠則易忘，害近則其去之也速，而又日見貢之簡略易從，争趨之以爲便我。便我，于是急公好利之君之大夫，徇其民而人變之。蓋井田之行也，自黄帝至周之初，歷一千有餘年，而其法大備。井田之廢也，自春秋戰國漸澌漸泯，至秦之始皇五百餘年，而後掃地無餘。天道之推移，人事之進退，皆有不得不然者。是故秦者，古今之界也。自秦以前，朝野上下所行者皆三代之制也；自秦以後，朝野上下所行者皆非三代之制也。井田其一也。

然則聖人處此奈何？曰：聖人者，非所能測也。雖然，其書具在，可考而知焉。孔子曰「行夏之時，乘殷之輅，服周之冕」而已，無一言及于兵與農者，何也？其事當以時變者也，貢之爲助，助之爲徹是也。孟子于民產蓋屢言之，然必曰：「此其大略也，若夫潤澤之，則在君與子。」亦孔子之意也。夫王莽没民之田，而民叛之；後魏限民之田，而民亦叛之。使孔子、孟子生於始皇之時，豈必驅天下而復井田哉？噫，此俗儒必爭之説也。

【校記】

〔一〕「圻」，嘉慶二十年本作「坼」。

三代因革論五

三代以上，十而稅一，用之力役，用之田獵，用之兵戎，車、馬、牛，楨幹、芻糧、器甲，皆民供之，而民何其充然樂也。三代以下，三十而稅一，力役則發帑，田獵、兵戎則召募，車、馬、牛、楨幹、芻糧、器甲皆上給之，而民愀然怫然，若不終日者然，何也？

韓子曰：「古之爲民者四，今之爲民者六；古之教者處其一，今之教者處其三。」農之家一，而食粟之家六；工之家一，而用器之家六；賈之家一，而資焉之家六。雖然，未既也。一人爲貴，而數十人衣食之，是七民也；一人爲富，而數十人衣食之，是八民也；操兵者一縣數百人，是九民也；踐役者一縣復數百人，是十民也；其數百人之子弟、姻婭又〔二〕數十人，皆不耕而食，不織而衣，是十一民也；牙者互之，儈者會之，是十二民也；僕非僕，臺非臺，是十三民也；婦人揄長袂，躡利屣，男子傅粉白，習歌舞，是十四民也。農、工、商三民爲之，十四民享之，是以天不能養，地不能長，百物不能産，至于不可以爲生。雖有上聖，其若之何？

古者上有田而民耕之，後世富民有田募貧民爲傭。一傭可耕十畝而贏，畝入十，取四不足以給傭。饑歲則畝無入，而傭之給如故。其賃田而耕者，率畝入三，取一歸田主，以其二自食，常不足。田主得其一，又分其半以供税，且困于雜徭，亦不足。此農病也。古者工皆有法度程限，官督之；後世一切自爲，拙者不足以給身家，巧者爲淫巧，有數年而成一器者，亦不足以給身家。此工病也。古者商賈不得乘車馬，衣綿綺，人恥逐末，爲之者少，故利豐；後世一切儕之士人，人不恥逐末，爲之者衆，故利減。其富者窮極侈靡，與封君大僚争勝，勝亦貧，不勝亦貧。此商病也。夫以十四民之衆，資農、工、商三民以生，而幾幾乎不得生。而三民又病若此，雖有上聖，其若之何？

惲子居曰：三代之時，十四民者皆有之，非起于後世也。聖人爲天下，四民日增其數，十民日減其數，故農、工、商三民之力能給十一民，而天下治；後世四民之數日減，十民之數日增，故農、工、商三民之力不能給十一民，而天下敝矣。聖人之道奈何？曰：不病四民而已。不病四民之道奈何？曰：不病農、工、商，而重督士而已。夫不病農、工、商，則農、工、商有餘；重督士，則士不濫。士且不能濫，彼十民者安得而濫之？不能濫，故常處不足。十民不足，而農、工、商有餘，争歸于農、工、商矣，是故十民不日滅不能。夫堯舜之時，曰「汝后稷播時百穀」，曰「疇若予工」，曰「懋遷有無化居」，所諄諄者三民之生而已。殷之《盤庚》，周之《九誥》皆然，此聖人減十民之法也。曰：三代之時二氏蓋未行也，十民之説可得聞乎？曰：太公之華士，孔子之少正卯，孟子之許行，皆二氏也。有遺戍則已養兵，有庶人在官則已顧役，有門子、餘子則已有富貴之游閑者矣，其餘皆所謂閑民、惰民是也。有天下之貴者，其亦于三民之病慎策之哉。

【校記】

〔一〕「又」，原作「人」，嘉慶十六年本、嘉慶二十年本、同治八年本同，同治二年本及光緒十四年本作「又」，於意較通，今據改。

三代因革論六

然則三代之養兵可得聞歟？曰：可。周制六鄉爲六軍，六遂倅之，此民兵之制也，三代皆同者也。民兵既同，養兵不得不同，何也？《周官》：「司右，掌羣右之政令。凡國之勇力之士，能用五兵者屬焉。」鄭氏康成曰：「選右當于中。」夫選右則皆兵也，曰屬焉，必非散之井牧者也，非養兵而何？「虎賁氏：虎士八百人。」鄭氏康成曰：「不言徒，曰虎士，徒之選有勇力者。」夫徒皆食于官者也，非養兵而何？虎賁氏主環衛，然武王用之伐殷矣，《周官》「八百人」，而武王三千，是必有倅卒也，非養兵而何？非直此也。古者戍皆更代，更代必以期，期之内皆不耕者也。主芻茭之峙有人，主糧糗之供有人，主兵甲之用有人，主壁壘之防有人，與養兵何異乎？此兵之守者也。周公東征，至三年之久；穆王西征，至萬里之遠。皆驅之戰者也，與養兵何異乎？夫司右、虎賁氏，周之官也，然夏、殷不能無勇爵，不能無環衛之士可知也。《采薇》、《出車》、《杕杜》，周之詩也，然夏、殷不能無屯守之卒可知也。殷餘之難，荒服之勤，周之所由盛衰也，然夏、殷不能無觀扈之討、鬼方之伐可知也。是故民兵既同，養兵不得不同。其故何也？

古者，大國不過數百里，小國不過數十里，疆事之爭多，而越國之寇少，耕耘之氓可以戰守，是故以民兵守其常，以養兵待其變。至春秋而有逾山海之征，連諸侯之役。戰國之世，抑又甚焉。秦漢以〔二〕降，萬里一家，一起事或連數十郡，一調兵或行數千里。是故以養兵持其常，以民兵輔其變，二者交用，各得其宜，不可偏廢也。且人之受于天也，古厚而今薄；教于人也，古密而今疏。故古者士可以爲農，農可以爲兵。後世驅士于農則士壞，驅農于兵則農壞。泛令之，則詭入詭出于二役而無用；嚴束之，則積怨畜怒于一役而不安。情勢之所趨則禁令窮，時俗之所積則聖智廢也。

世之儒者以漢之南北軍爲是，而八校爲非；唐之府兵爲是，而彍騎爲非。夫南北軍、府兵已非三代之制矣，何必此之爲是，而彼之爲非耶？况乎郡兵之法未改，則八校無害于南北軍；屯田之制能行，則彍騎無害于府兵。宋之保毅義勇，明之箭手礦夫，則養兵且借助于民兵矣，是在養兵者善其制耳。不然，取後世之民而日以荷戈責之，幾何不速其畔也哉！

【校記】

〔一〕「以」，原作「已」，據諸校本改。

三代因革論七

然則三代之顧役可得聞歟？曰：可。《周官·小司徒》：「會萬民〔一〕之卒伍而用之」，「以起軍旅，以作田役，以比追胥，以令貢賦。」貢賦之外，皆役事也。起軍旅，兵役也；田，田役也；役，力役也；追胥，守望之役也。後世兵出召募而兵役廢，兵役廢而田役亦廢，守望之役亦廢，所不廢者力役而已。至并租庸調爲兩稅，而力役之征亦廢，古之役事無有存焉。《周官》「鄉大夫」之屬比長、閭胥、族師、黨正，鄉官也。「遂大夫」之屬鄰長、里長、酇長、鄙師，遂官也。漢曰三老，曰嗇夫，曰游徼，皆賜爵同于鄉遂之官。唐曰里正，曰坊正，則役之矣。宋曰衙前，督官物；曰耆長，曰壯丁，捕盜賊；曰散從，曰承符，曰弓手，任驅使：則役之而且虐用之矣。是故鄉官、遂官，即後世之民役也，其禄即後世之顧役也。

《周官》「宰夫八職」，五曰「府」，掌官契以治藏；六曰「史」，掌官書以贊治；七曰「胥」，掌官序以治序；八曰「徒」，掌官令以徵令。其制歷代皆行之。是故府、史、胥、徒即後世之官役也，其禄即後世之顧役也。

鄉官，遂官，三代之時不爲役，三代之顧役當專屬之府、史、胥、徒，所顧者官役也。宋衙前之役，如官役之府、史；耆長、壯丁、散從、承符、弓手之役，如官役之胥、徒。其官中之府、史、胥、徒自若也。宋之顧役不專屬之府、史、胥、徒，所顧兼民役也。其民役之事同于官役，則有其漸焉。自唐之中葉，天下擾攘，官役不足以周事，遂取之于民以助之；助之既久，則各有職司；職司既定，則各有功過。是故，其始以民役代官役之事而視爲固然，其繼以民役供官役之令而亦視爲固然，其後以民役任官役之過而亦視爲固然。至熙寧之時，而民役不可爲生矣。是故鄉、遂之末流變爲差役，差役之末流變爲顧役。差役則民勞而財日匱，顧役則民逸而業可常。天下無無弊之制，無不擾民之事，當擇其合時勢而害輕者行之。後之儒者以熙寧之法而妄意詆諆，非知治體者也。

曰：民役之宜顧則然矣。官役顧則久，久則爲民害無已時，如之何而可祛其害歟？曰：三代聖人已行之矣。賦之禄，所以安其身；寬之時，所以習其事；教之道，所以正其向；威之刑，所以去其私。如是而用之，豈有虎冠鷹擊、蠆蝥蜮射之事哉？後之治天下者，知官役之可顧而宫府修，知民役之可顧而閭里寧；知官役之可減而苛擾之事除，知民役之可盡罷而海内皆樂業矣。

【校記】

〔一〕「民」，原作「氏」，嘉慶二十年本、同治二年本、同治八年本同，光緒十四年本作「民」。沈校曰：「此『氏』字當依《周禮》原文作『民』字。」今據改。

三代因革論八

由是觀之，聖人所以治天下之道，蓋可知矣。利不十不變法，功不十不易器，此經常之説也。三代不同禮而王，五伯不同法而霸，此便私挾妄之説也。雖然，有中道焉。先王之道因時適變，爲法不同，而考之無疵，用之無弊，此權衡于〔一〕前二説而知其重輕俯仰者也。

夫莫大于封域之制，莫要于人民之業，莫急于軍國之務，而聖人一以寬大行之，況乎節目之細、尋常之用哉？夫人之養生也，日取其豐；人之趨事也，日得其巧。聖人節其過甚而已。如宮室之度，求其辨上下可也。夏之世室，殷之重屋，周之明堂，其不同者也，而民之蔭室何必同？如冠服之度，求其行禮樂可也。夏之毋追，殷之章甫，周之委貌，其不同者也，而民之裋褐何必同？俎豆之華疏不同于廟，干戈之琱塗不同于師，車旗之完敝不同于朝，粟帛之純量不同于市。是故聖人之治天下有二，倫物之紀，名實之效，等威之辨，授之以一成之式，齊之以一定之法。

天子親率諸侯、大夫、士以放之于民者，必使如絲之在繅，陶之在甄，無毫黍之溢滅，而天下之心定焉。若其質文之尚、奢約之數，或以時變，或以地更，故養生不至于拂戾，趨事不至于迂回，于是首出而天下歸之，三代聖人蓋未之能易也。彼諸儒博士者，過于尊聖賢而疏于察凡庶，敢于從古昔而怯于赴時勢，篤于信專門而薄于考通方，豈足以知聖人哉？是故其爲説也，推之一家而通，推之衆家而不必通；推之一經而通，推之衆經而不必通。且以一家一經亦有不必通者，至不必通而附會穿鑿以求其通，則天下之亂言也已。

【校記】

〔一〕「于」，原作「乎」，同治八年本同，嘉慶二十年本、同治二年本、光緒十四年本皆作「于」，疑爲同治八年本翻刻之誤，而光緒十年本沿之，今據改。

西楚都彭城論

自淮陰侯斥項王不居關中而都彭城，史家亦持此説。後之言地利者祖之，以爲項王失計無有大于此者。

惲子居曰：項王之失計，在不救雍、塞、翟三王而東擊齊，不在都彭城。何也？項王立沛公爲漢王，王巴蜀〔一〕、漢中，而三分關中，王章邯于雍，司馬欣于塞，董翳于翟，所以距塞漢王也。夫三人之非漢王敵，不必中人以上知之。項王起江東，敗秦救趙，遂霸諸侯，業雖不終，見豈必出中人下哉？吾嘗深推其故，而知項王都彭城，蓋以通三川之險也。通三川，蓋以救三秦之禍也。以彭城控三川，即以三川控三秦。是故都彭城者，項王不得不然之計也。何以知其然也？乃者，項王自王，蓋九郡焉。自淮以北，爲泗水，爲薛，爲郯，爲琅邪，爲陳，皆故楚地。爲碭，爲東郡，皆故梁地。是時，彭越未國，地屬西楚。自淮以南，爲會稽，會稽之分爲吴，《灌嬰傳》「得吴守」是也，亦故楚地。九郡者，項王所手定也。軍于手定之地，不患其不安；民于手定之地，不患其不習；國于手定之地，則諸侯不得以地大而指爲不均。據天下三分之一以争中原于腹心之間，此三代以來未有之勢也。彭城者，居九郡之中，舉天下南北之脊，關外之形勝必争之地也。故曰：都彭城者，項王不得不然之計也。

雖然，項王之不取關中何也？曰：項王非不取關中也。乃者，漢王先入關，義帝之約固宜王者也。項王聽韓生之説而都之，關中之人安乎？不安乎？關外諸侯無異議乎？項王所手定之九郡，將以之分王乎？抑自制乎？度其勢，必自制之矣。自制之而一旦有警，其將去關中自將而東乎？關中者，固漢王所手定也。舍己所手定之九郡，而奪他人所手定之關中，既奪他人所手定之關中，又不分己所手定之九郡，一旦自將而東，天下之人安乎？不安乎？是故關中者，項王所必取之地也。取之而名不順，勢不便，則緩取之；取之而名不順，勢不便，且召天下之兵，則以棄之者取之。何以知其然也？乃者，陳涉首難，諸侯各收其地而王之矣。三王，秦之人也，以秦之地付三王，此秦漢之際諸侯之法也。使三王者據全秦之勝，扼全蜀之衝，包南山之塞，窒棧道之陘，終身爲西楚藩衛，則朝貢徵發，何求而不可？若其以百戰之燼，生降之虜，寄仇讎之號令，驅鄉黨之儔匹，一有擾動，西楚廢其主，刈其民，若燎毛射縞耳。指揮既定，人心自固，誠如是也。漢王不得援前説以争秦，諸侯不得舉前事以責楚，名與勢皆順便矣。所謂緩取之也，所謂以棄之者取之也。是故不付之張耳、臧荼者，不以關外之將相制關中也；不付之共敖、黥布者，不以西楚之將相制關中也。陽示天下以大公，而陰利三王之易取。是故三秦者，項王之寄地也。其告韓生曰：富貴不歸故鄉，如衣錦夜行，人誰見之？此項王之設辭也，非項王之計也。

雖然，關中，重地也；取關中，重計也。其取之之次第奈何？曰：項王之計不急于收三秦之地也，急于阻漢王之東而已。何以知其然也？乃者，項王之所忌，唯漢王也。是故未爲取秦之謀，先爲救秦之策。三川者，救秦之要道也。以瑕丘、申陽據三川，而北函谷、南武關絜其要領矣；以司馬卬輔三川之北，而函谷之軍無阻矣；以韓成夾三川之南，而武關之軍無留矣。二王皆趙臣，趙睦于楚，故道通，韓成不睦于楚，不使之國而楚制之，故道亦通。道通矣，然而西楚之都不能朝發夕至，則猶之乎未通也。彭城者，去函谷千有餘里，去武關亦千有餘里，輕騎數日夜可叩關，北收燕、趙之卒，南引荆、郢之師，關外可厚集其勢，關中可迭批其隙。漢王一摇足，則章邯先乘之，司馬欣、董翳疊乘之，西楚傾天下之力而急乘之，漢何患不衄？秦何患不全？漢王且不能保巴蜀、漢中，豈能移尺寸與楚争一日之利？故曰：以彭城控三川，即以三川控三秦，都彭城者，項王不得不然之計也。

不意四月諸侯就封，五月而田榮反齊，是月而陳餘反趙，六月而彭越反梁，西楚之勢，不能即日西兵。而漢王已于五月破章邯，八月降司馬欣、董翳矣。蓋項王止策漢王，而田榮、陳餘、彭越三人非其所忌，故有此意外之變，此則項王之失計也。然使當日者不受漢間，東兵擊齊，舉三楚之士分兩路捷走爭秦，其時申陽、司馬卬未敗，韓成已廢，兵行無人之境，函谷破，武關必降。武關破，函谷亦不守。淮陰侯挾新造之漢與旋定之秦，以當百戰必勝之卒，勝負之計必不如垓下以三十萬當十萬之數矣。如是，則三秦可復。三秦復而三川益固，九郡益張，齊、趙、燕三國有不折而入于楚者哉？而卒棄之不爲，此則項王之失計也。故曰：在不救雍、塞、翟三王而東擊齊，不在都彭城也。

夫戰爭之事，一日千〔二〕變，古人身親其事，凡所設施，必非偶然，不可以成敗輕量也。後世如六朝之割裂，如五季之紊亂，草澤英雄崛起一時，必有異人之識，兼人之力，爲衆所不及者。天下大器，置都大事，曾是項王而漫付之？吾故推其所以然，以明得失之實。如必以項王爲慮不及此，彼亞父〔三〕者亦非不審于計者也。

自記曰：項王王梁、楚九郡，《史記》、《漢書》無明文，全謝山先生以爲有南陽、黔中、楚三郡。黔中久入秦，非楚地，且遼絶，西楚不能越九江、衡山而有之。南陽即宛，亦久入秦，非楚地。西楚定封時，王陵在南陽，無所屬。又宛，漢王所定，項王未嘗過兵，不能并王。始皇二十三年滅楚，號楚郡。二十六年，分楚爲泗水、爲薛、爲郯、爲琅邪、爲會稽、爲九江，共六郡。而《漢志》「六安國」下注「故楚」，是六郡之外尚有楚郡，如謝山之言。然漢六安都陳，則楚郡即陳郡。秦楚之際，書陳不書楚，則已爲陳郡矣。南陽、黔中、楚三郡不應列九郡之内。姚姬傳先生以爲有陳、鄣二郡，鄣非秦置，劉原父常言之。漢王分西楚地，自陳以東與韓信，是漢收陳爲天子郡，故後此會諸侯于陳。陳本秦郡甚明，宜在九郡之内。又《灌嬰傳》「得吴守，遂平吴〔四〕、豫章、會稽」，吴與豫章、會稽參列，是西楚以吴開國，與會稽分郡矣。今定爲泗水、薛、郯、琅邪、陳、會稽、吴、東郡、碭，俟博雅君子詳之。

錢竹汀先生據《地理志》定秦三十六郡〔五〕，内泗水、東郡、會稽、琅邪、碭、薛六郡，同其郯、陳、吴三郡不在三十六郡之内，即先生所謂二世改元之後，豪傑并起，分置列郡也。先生亦言有吴郡，漢復并省焉。

【校記】

〔一〕「巴蜀」，光緒十四年本同，嘉慶二十年本、同治二年本、同治八年本作「巴屬」，下同。

〔二〕「千」，原作「十」，據諸校本改。

〔三〕「父」，原作「夫」，同治八年本同。嘉慶二十年本、同治二年本、光緒十四年本作「父」，據改。

〔四〕「吴」，原闕。案：《漢書·灌嬰傳》作「得吴守，遂定吴、豫章、會稽郡」（清武英殿本），有「吴」字。下文亦云「吴與豫章、會稽參列」，則「吴」字爲刊刻所漏，今據補。

〔五〕「三十六郡」，同治二年本作「三十六國郡」。王校：「湘本（案：即同治二年本）有『國』字，劉校爲衍文。」

【評語】

「真見得當日事勢，故能言之鑿鑿，非好翻案也。」案：陶批末識「自記」二小字。

「篇中多用此者，未可爲訓。」案：此條據王批過録。

辨徵論

有天下之實，人之所樂居也；篡天下之名，人之所不樂居也。可以居有天下之實矣，不居篡天下之名可也。可以居其實，而幾幾乎不能居，則進不足以取萬乘，而退且至于覆全宗。于是乎名有所不顧，而篡隨之。

建安十五年十二月，曹操下令曰：「孤始舉孝廉，欲好作政教以立名譽。徵爲典軍校尉，意更爲國家討賊立功，使題墓道曰『漢故征西將軍曹侯之墓』，此其志也。」明年正月，即以子丕副丞相，去下令止數十日耳。十七年而加殊禮，十八年而受九錫。是故操之爲篡，決于下令之時。

夫篡已決矣，而其令如是，豈譸言歟？非也。凡人之志，皆自小而之大，積漸成之。方曹操入仕之初，漢祚雖衰，羣雄未起，度其心亦不過望中外二千石而已。及遇亂離，則忠主救民，策勛拜爵之心人人所同。奸人之雄亦人也，何必不同乎人情？以是觀之，曹操之令，皆由中之言也。如是則破黄巾，討董卓，豈常〔一〕有篡之説在其計中哉！迨至邀袁術，逼陶謙，而事一變；朝洛陽，遷許下，而事又一變。東縛吕布，北并袁紹，南下劉表，而天下大半歸曹氏矣。然謂操之篡決于此時，則大不可。何也？操之强，固天下莫當者也。提數十萬之衆，乘數百戰之威，使一旦孫、劉順命，吴、楚内降，孔明、公瑾諸人不敢一舉手抗拒，軍威遐暢，訖于嶺海，固可下視秦、項，追迹高、光。即不然，而赤壁之役絶江破敵，窮追而豫州走死，疾下而討虜面縛。于是收江表之豪傑，規山南之形勢，巴蜀效圖而納土，關隴送質而入朝，操即北面逡巡，再三退讓，天下誰居操之右者？何必害荀彧〔二〕，殺崔琰〔三〕，弑皇后、皇子，至梟獍狗彘之不若哉！不幸水師被燬，陸路解散，鼎足之形已成，席卷之勢已壞，又况兵敗之後，內權動摇，肘腋之間，悉成機械。于是而曹操所處非前日之勢矣。其令曰：「誠恐離兵，爲人所禍，既爲子孫計，又已敗則國家傾危，是以不得慕虛名而受實禍。」亦由中之言也。蓋未敗之前，曹操有有天下之志，而不必有篡天下之心；既敗之後，曹操有失天下之疑，而不得不爲篡天下之舉。善取不得則惡求，緩圖不得則急攫。慕義不若貪利之急，求福不如避禍之周。故篡之事起于喪師，而篡之局成于下令，斷斷然也。

夫王莽無功，故東郡平而即真，其勢定也。桓温有功，故枋頭敗而廢立，其勢不定也。勢不定者，必求所以定之。曹操才大，故既敗之後尚伐吴，以作其氣；桓温力薄，故既敗之後即徙鎮，以蓄其威，皆所以求其定也。求定而後篡成，篡成而後身固，然自是而畢生之行盡爲逆資，蓋世之功悉成盜道矣。若是者，勢也，而其中有至微之機焉。伊尹歸政數十年，周公歸政亦數年。無纖微之嫌可疑，無毫髮之患可避，人人之所知也。曹操輔政，自比伊尹；削平僭亂，自比周公。赤壁之事，勝則以禮制諸侯，敗則必以威劫共主，而終于不勝而敗者，何哉？天下爲仁義之言而心懷彼此，其言未嘗不仁義也；爲忠孝之事而心懷彼此，其事未嘗不忠孝也。然天道人事必不能使終身爲仁義忠孝之人，故必有以激動之，使自覆之而自露之，如劉裕秦未定而旋師，李存勗梁未滅而改號，皆是故也。是以君子慎于内則防私，慎于外則戒僞，動四海、振千古之事，其上至于媲聖賢，其下極于儕盜賊，皆于心之至微形之，作《辨微論》。

【校記】

〔一〕「常」，同治二年本作「嘗」。

〔二〕「荀彧」，原作「苟彧」，據諸校本改。

〔三〕「崔掾」，原作「崔椽」。王校曰：「椽當改掾。」案：曹操所殺者崔琰，曾任東曹掾，典選舉之職。今改作「掾」。

【評語】

「健而宕，置局即引令語爲界畫，而能極連犿之致。」案：陶批未識「自記」二小字。

續辨微論

周恭帝元年正月辛丑朔，遣檢校大尉領歸德軍節度使趙匡胤率師禦北漢。癸卯，次陳橋驛，將士謀立匡胤爲天子。李處耘以事白匡胤弟匡義及趙普，部分將士環立待旦，遣郭延贇入京報石守信、王審琦。甲辰黎明，將士逼匡胤寢所，匡胤被酒卧，徐起，將士擁還汴。乙巳，即皇帝位。惲子居曰：宋之受命，太祖蓋授謀于太宗，非一日矣。不然，以太祖之英武，豈有軍中大指揮四出，而主將獨被酒卧，至亂兵入寢，尚徐起之事耶？是故太祖之有天下，太宗之力也。而秦王廷美無勛焉，此趙普所親與也。

宋太祖建隆二年夏六月，宋太后杜氏殂，召趙普入受遺命，謂太祖曰：「周有長君，汝安得至此？汝百歲傳光義，光義傳光美，光美傳德昭。」普即榻前爲誓書，於紙尾署曰：「臣普記。」惲子居曰：此飾説也。夫太祖之傳位太宗，以太宗與聞乎禪代也。與聞禪代不可以示後世，則飾爲長君之説。遞傳之説不可以示後世，則飾爲遞傳之説。不然，授受大事，太后何至〔一〕真泠時始及之耶？蓋此議之定也，亦非一日矣。是故廷美以無勛之人亦得列于誓書，此亦趙普所親與也。

開寶九年十月，帝崩，晉王光義即位。太宗太平興國四年五月，平太原，劉繼元降。六月圍幽州，與契丹戰敗績，軍中常夜驚，不知帝所在，有謀立德昭者。八月師還，久不行太原之賞，德昭以爲言，帝怒曰：「汝自爲之，賞未晚也。」德昭退，自刎。六年春，皇子德芳卒。九月，柴禹錫、趙鎔、楊守一告秦王廷美驕恣，將有陰謀。以趙普爲司徒兼侍中察之，帝以傳國訪普。普曰：「太祖已誤，陛下豈可再誤？」廷美遂得罪。七年三月，罷秦王廷美開封尹爲西京留守，勒就第。五月，貶爲涪陵縣公，安置房州。雍熙元年，涪陵公廷美以憂卒。惲子居曰：人之生未有不愛其兄及其弟者也，下愚且然，況于上智乎？太宗以絶人之資，好學深思，明于治亂，斷無有處心積慮，上負其兄，下殺其弟者也。而至如此者何也？蓋先王之所以治天下也：曰是曰非，是非明，而褒者知榮，貶者知辱矣；曰功曰罪，功罪明，而賞者不驕，罰者不怨矣；曰利曰害，利害明，而趨者得生，避者免死矣。庸人計利害而不計功罪，聖人以功罪制之；豪傑計功罪而不計是非，聖人以是非權之；拘儒計是非而不計利害，聖人以利害濟之；愚民無所知也，聖人就其所知之是非、功罪、利害以導安之。此天下之大防也。至聖人之治一家，則曰親疏而已。夫親疏者，不可以是非較，雖大舜、曾參之爲子，不能自言其理也；不可以功罪衡，雖周公、召公之爲臣，不能自名其勞也；不可以利害惑，雖累錐刀至富有四海，積鄉秩至貴爲天子，皆不足敵吾天屬之愛也，此人之所同然也。而其壞也，庸愚間家庭以利害，拘儒薄骨肉以是非，而爲豪傑者皆陷于計功罪。是故如太宗者，其心以爲吾有有天下之功，吾受天下于吾兄，吾固無愧于天下者也；吾兄有一天下之功，吾受天下于吾兄，而傳之以至于吾兄之子，吾尤無愧于吾兄者也。觀其怒德昭之言，其始念必傳之德昭瞭然矣。不意德昭自殺，德芳旋即夭亡。于是，以爲彼廷美者無尺寸之功，何德〔二〕干之？且恐干之而不致之太祖之子孫也。于是功罪之念勝，而利害益明，是非益晦，趙普之邪説遂得而入之矣。

夫兄弟之友愛，未有如太祖、太宗、廷美者也。重之以太后之命、宗臣之書，其要結不可謂不至也。而計功一念，遂潰裂之。如唐太宗之于建成、元吉，明代宗之于英宗，其始亦必無相排之意也。太宗讓太子，而計化家爲國之功，故有玄武門之戕。代宗迎上皇，而計易危爲安之功，故有南内之錮。彼數君者，何常〔三〕無孝子悌弟之説在性分中哉？勢奪其外，理敗其中也。夫宋太宗者，精敏亞于唐太宗，宏豁勝于明代宗，未嘗不欲歸國于太祖之子孫，以成家世之美談、朝廷之盛事也。是故太祖即位，即以太宗爲都虞侯，趙普爲樞密直學士，賞開國之功也。太宗即位，即以廷美爲開封尹，德昭爲武功郡王，明傳國之次也。其事若成，豈非超漢軼唐，千載未有之統緒哉？而惜乎其不遂也！惟唐明皇有功，宋王成器能讓兄弟，乃終身無間言。蓋人之功不可忘，己之功不可不忘，此又不可不知也夫！

【校記】

〔一〕「至」,原作「事」,據諸校本改。

〔二〕「何德」,王校:「俞云:『德』疑『得』誤。」

〔三〕「常」,同治二年本作「嘗」。

【評語】

「三論有功倫常,剖晰精渺,推明周備,於文家自成一格。」

「三峰相銜,以最後一峰爲主,幾於上劃九霄,旁迫四隩,而卸入平地處,又連作數十峰,屼嵂陂陀,直趨曲轉,各極其勢。惟用法熟,故不爲法縛耳。」案:陶批末識「自記」二小字。

釋夢

《晉書·樂廣傳》衛玠問廣夢,廣曰:「是想。」玠曰:「形神不接,豈是想邪?」廣曰:「因也。」《周禮·占夢》三曰「思夢」,廣所言「想」也。一曰「正夢」,二曰「噩夢」,四曰「寤夢」,五曰「喜夢」,六曰「懼夢」,廣所言「因」也。後人以因羊念馬,因馬念車,釋

「因」是亦「想」耳，豈足盡「因」之義哉？

然則「因」之義奈何？曰：因其正而正焉，因其噩而噩焉，因其寤而寤焉，因其喜懼而夢喜懼焉。莊子曰：「夢者，陽氣之精也。心所喜怒，精氣從之。」〔一〕其因乎内者歟！列子曰：「不識感變之所起者〔二〕，事至則惑其所由然。識感變之所起者，事至則知其所由然。知其所由然，則無所怛。一體之盈虛消息〔三〕，皆通于天地，應于物類。」其因之兼乎外者歟！古者聖人明于陰陽之故，明以治禮樂，幽以治鬼神，其所餘者卜龜筮蓍。《占夢》所言，亦得原始反終之故。是故以覺爲夢之所由生，以夢爲覺之吉凶所由見，其理中正不可易如此。若夢與覺粗雜言之，《列子》、《莊子》與《淮南子》及近世佛氏之書多有其説，不可溺也〔四〕。

夫覺猶形也，夢猶景也，有形而景附之，有覺而夢從之。以形之必敝，以爲如景之必亡，可也。以爲必敝之形即景，必亡之景即形，此不可也。若是，則何疑于覺之與夢哉？作《釋夢》。

【校記】

〔一〕此爲《莊子》佚文，見於《太平御覽》卷三百九十七引文：「《莊子》曰：夢者，陰陽之精也。心所喜怒，則精氣從之。」(《四部叢刊》景宋本)「陰陽之精」，後之類書多引作「陽氣之精」，文中據之。

〔二〕「所起者」，原作「所由起者」。光緒十四年本「由」字旁刻「衍文」二小字。案：《列子》本文無「由」字(《四部叢刊》景北宋本)，今據刪。

〔三〕「一體之盈虛消息」，嘉慶十六年本引文無此句前文字。

〔四〕「近世佛氏之書多有其説不可溺也」，嘉慶十六年本「多」作「蓋」，「不可溺也」作「非儒者所宜道也」。末接「吾友楊羹調夢青蓮居士授書一卷，相城闞雯山爲之圖，因作《釋夢》貽之」。而「夫覺猶形也」至「作《釋夢》」之文字，爲嘉慶二十年本所增訂。

釋拜

《周官》「九𢷎」，近世多臆説，謹以古義正之。

《説文》：「𢷎，首至地。」「古文拜從二手。」「揚雄説拜從兩手下。」是故「拜」，從首得義也，從手得義也。《説文》：「跪，拜也。」「跽，長跪也。」臣鍇曰：「伸兩足而跪。」〔一〕是故「跪」，從足得義也。其曰「跪，拜也」何歟？古者，拜皆跪也。其拜皆跪奈何？跪，即古之坐；跽，即古之危坐。言坐不言拜者，跪不拜也，坐洗爵、坐奠爵是也。言拜不言跪者，拜皆跪也，再拜興是也。是故言拜則跪見，言跪則拜不見。

然則肅拜何歟？鄭司農曰：「如今之揖。」鄭説非也。揖，不跪；肅，亦不跪，肅拜則跪。何以知揖之不跪也？《説文》：「揖，舉手下手也。」《儀禮》「賓厭介，介厭衆賓」注：「推手曰揖，引手曰厭。今文皆作揖。」疏：「厭或作揖。」是故揖與揖，皆不跪也。

何以知肅不跪，肅拜則跪也？《左氏傳》郤至免胄曰「不敢拜命」，是不拜也，不拜則不跪也。曰「敢肅使者」，是不拜而肅也。不拜而肅，則不跪而肅也。既不拜矣，而名曰肅拜，是贅其拜不可；既拜矣，而名曰肅，是隱其拜亦不可。是故不跪而舉手下手曰揖，曰肅；跪而舉手下手曰肅拜。謂肅如揖可也，謂肅拜如揖不可也。

然則不言稽顙何歟？吉拜、凶拜，皆稽顙也。齊衰不杖爲吉拜，先拜後稽顙，是故手拱至地舉之，又慱顙也。杖齊衰以上爲凶拜，先稽顙後拜，是故慱顙舉之，又手拱至地也。拜者爲賓也，顙者爲己也。《公羊傳》：「公再拜顙。」失國，去宗廟，故顙。非喪、非失國，無稽顙者，其顙非禮也。是故顙拜之變也，明迫也。䭫首、頓首、空首非拜之變也，容皆舒焉。其䭫首、頓首、空首奈何？空，控也。手拱至地，首控于手，曰空手，施之于臣焉。《説文》：「頓，下手〔二〕也。」「䭫，下〔三〕首也。」空手而引首至地，下于手即舉，曰頓首，行于敵焉；頓首而不即舉，曰稽首，致于君焉。䭫，稽也。《説文》：「留止也。」周公拜手稽首，正也。王拜手稽首，非正也，示不臣爾矣。振動，兩手擊也，抃拜也。奇拜，一拜也。褒拜，再拜也。倚拜，持節拜，則雜漢儀焉，非正詁也。是故䭫首、頓首、空首，從首得義也，其首皆下衡也。稽顙無容，變文曰吉拜凶拜，不從首得義也。振動、奇拜、褒拜，手皆至地，從手得義也，其首皆平衡也。肅拜，手不至地，亦從手得義也，首俯而已。《容經》俯首曰肅坐是也。

夫三代之儀亡矣，漢徐生以頌爲禮官，天下郡國有容史，頗講求焉，然不盡如古也，學者何幸而生三代之盛哉！

【校記】

〔一〕「跪」，《説文解字繫傳》（《四部叢刊》景述古堂景宋鈔本）作「跽」。

〔二〕「手」，《説文》原文作「首」（中華書局景印清陳昌治刻本）。

〔三〕「下」，原作「不」，諸校本皆作「下」，合於《説文》原文，今據改。

【評語】

「周詳如《儀禮》，古宕如《檀弓》、《考工記》。」　案：陶批末識「自記」二小字。

説弁一

弁，《説文》作「覍」，象形。《釋名》：形如人手之弁合。《漢·輿服志》：「度長七寸，高四寸，其制如覆杯，前高廣，後卑鋭。」

古者，杯俱橢長。《淮南子》曰：「窺于盤水則圓，杯水隨。」隨讀爲橢是也。弁制橢，故有高廣卑鋭之異。有高廣卑鋭，故如人手之弁合焉。後世禮家，率圖如覆盂，不知杯，因不知弁，況禮樂沿革之大者？其轉而相訛，寧有既邪。學者甫涉禮書，即有意聚訟，庶幾慎其言可也。

說弁二

《周禮·弁師》:「王之皮弁象邸。」注:「下柢也。」古者,冠、冕、弁皆冠于髮。取其冠,曰冠;取其俯,曰冕;取其槃,曰弁。以弁有柢,知冠與冕皆有柢也。其有柢奈何?凡冠髮者,必堅正柢。所以爲堅正也,漢之幘,晉之巾,周之幞頭,皆自額以上,則用通帛焉。

陶宗儀曰:「古者,冠自額以上。後世設巾幘,故止加冠于髮。」此言非也。古者,斂髮以纚,如後世之巾幘焉。皮弁止高四寸,施之于額,無以覆纚與髮,知宗儀之妄也。

說弁三

《郊特牲》:「委貌,周道也;章甫,殷道也;毋追,夏后氏之道也。」言玄冠也。漢委貌如皮弁，章甫、毋追，其諸不相遠歟？周弁，殷冔，夏收，言爵弁也。《詩》：「厥作祼將，常服黼冔。」《毛傳》：「夏曰收，周曰冕。」古士以爵弁爲冕，冕而祭于公，即爵弁服也。「三王共皮弁素積」，言皮弁也。

噫，昔人《禮經》明正，大率如此，而後世多紊之，皆求深與博之過也。

説鈎

古者，大帶以襘結，鞶帶以鈎。《楚辭》「若鮮卑只」注「滚頭帶」，即鈎也。《晉語》「鈎近于袪」，《荀卿子》「縉紳而無鈎帶」是也。漢鞶帶、玉鈎鰈鰈者，鈎牝也。唐、宋定帶銙之制，自十三至七爲差，然首皆用鈎。《通考》：「開元中，帶鈎穿帶本爲孔，宋始周折之。」是也。明制，前三銙曰三台，鞶帶始廢鈎，好事者因以鈎鈎畫。今所傳多古帶鈎，小者甲帶鈎及佩鈎，以爲畫鈎者市井之言耳。

夫服御以適用而已，後世徒爲美觀，如帶之銙于環，帶何損益邪？君子觀于鈎，而知先王之禮樂無虚設者也。

【評語】

「戴文端曰：集中文此篇極大。」

駁史伯璿月星〔一〕不受日光辯

中西法皆言月星無光，受日光以爲光，儒者言天亦主之，惟史氏伯璿以爲不然。其辯月光非受日光，曰：「物之影必倍于形，地與水十萬里，對日之衝，影當倍此。以天度計之，一度二千六百里有奇，地影二萬里，當掩八十餘度。如月本無光，則月行在日衝八十度内，當爲地影所掩，望日及望前後，月皆無光矣。」此言非也。

凡形在光與光所衝之間，以遠近爲影之大小。如徑丈之室，置火東堵，規形之徑三寸者，去火五尺而中表焉。其影至西堵，倍三寸耳，何也？光與光所衝相去均也。引之令去火二尺五寸，則去西堵七尺五寸，而影不啻再倍之；再引之去火寸，則且百十倍之，而西堵皆掩矣，何也？去光近，去光所衝遠也。若移之去火七尺五寸，則去西堵二尺五寸，其影如形之徑三寸焉。移之去西堵寸，影亦如之，何也？自中表以往去光遠，去光所衝近，皆如其形以爲之影焉故也。

今法，地周九萬里，徑及三萬里。日之歲輪，距地一千六百萬里又五萬五千里有奇；月之歲輪，止四十八萬二千里有奇。月行在隔地日衝之日，地去日至遠，去月至近，影宜如其形不及三萬里〔二〕，而月之歲輪其周得三百萬里有奇。以不及三萬里之影，在三百萬里之中，而以月之經緯度與日之經緯度推之，地影之掩月暫矣。此月所以不恒食，食亦止一二時而復也，何至有掩八十餘度之説邪？

其辯星非受日光，曰：「月受日光，自一綫而弦而滿，以去日遠近爲差。經緯星近日、遠日皆滿，是星自有光，不受日光可知。」此言亦非也。今法以遠鏡測太白光，時晦，時上下弦，時滿。蓋太白伏見輪，附日而行，在日下則晦，日上則滿，日旁則弦，與月均爲受日光無疑。辰星小于太白，伏見輪附日更近，晦弦滿如太白，而合散無常。占驗家以爲變化猶龍者，其理有三：人之視辯于〔三〕大，惑于小，一也；光遠，則光所爍，得圜體之半，近，則過其半焉，光力勝也，二也；辰星得水之氣，太白得金之氣，光爍金常得圜體之半，爍水則如無質焉，而皆能徹，三也。金、水星與月，其歲輪皆在日天之内，故各以其度與質受光，同不同若此。熒惑歲輪去日一千萬里有奇，歲星歲輪去日一萬一千萬里有奇，填星歲輪去日二萬四千萬里有奇，恒星十九萬萬里有奇，皆在日所行輪之外。凡在光之外繞光旋行者，自中視之，所受之光皆滿焉，此熒惑、歲星、填星、恒星無晦、弦之故也。至星不爲地影所掩，亦有説焉。凡形在光中，其見於光所衝之影必有所絶。徑三寸之影，法當十二丈而絶。地影不及三萬里，法當一千二百萬里而絶。太白、辰星之行附日，不居隔地日衝，爲地影所不至，既不能掩；熒惑、歲星、填星、恒星之行，有時居隔地日衝之舍，其距地皆在一千二百萬里之外，地影已絶，亦不能掩。此地影〔四〕能食月不能食星之故也。

今法多出歐羅巴，測經緯星大小及相去里數，本不可盡信，近又改定之，而星體及遠近高庳之大概則信焉。故據之以質史氏，後之君子，必有以知其不誣矣。

【校記】

〔一〕「星」，原闕，嘉慶十六年本、嘉慶二十年本、同治八年本同，同治二年本、光緒十四年本補「星」字。案：目録有「星」字，今據補。

〔二〕「宜如其形不及三萬里」，原作「宜如其形三萬里」，無「不及」二字。嘉慶十六年本、光緒十四年本作「宜如其形不及三萬里」。案：下文言「以不及三萬里之影」，則此處當有「不及」二字，今據補。

〔三〕「于」，原作「乎」，同治八年本同，嘉慶十六年本、嘉慶二十年本、同治二年本、光緒十四年本作「于」，今據改。

〔四〕「影」，原作「形」，同治八年本同，嘉慶十六年本、嘉慶二十年本、同治二年本、光緒十四年本作「影」，今據改。

【評語】

「奥衍精醇，直逼史公《天官書》，後世史家言天各志皆平直不能古也。」 案：陶批末識「自記」二小字。

駁朱錫鬯書楊太真外傳後

《唐書·玄宗紀》：「開元二十五年四月乙丑，廢太子瑛及鄂王瑤、光王琚爲庶人，皆殺之。」「十二月丙午，惠妃武氏薨。」「二十八年十月甲子，以壽王妃楊氏爲道士，號太真。」「天寶四載八月壬寅，立太真爲貴妃。」數事皆大惡，皆日之，此史家之慎也。

朱檢討錫鬯據宋敏求《唐大詔令》謂：開元二十三年十二月二十四日册壽王妃；

二十五年正月二日爲道士，號太真。作意與史背。敬按：《唐大詔令》非完書，傳寫多誤脱，其時日本不足爲據。又檢討之説，于本事皆不相應。何也？唐制納后，凡納采、問名、納吉、納徵皆下制書，非册也。至册后之日始宣册，授册寳，即告期，其曰「奉迎」。皇太子、親王納妃亦然。檢討謂册壽王妃始納采，嗣行六禮，非受册即入壽邸。此言非也。太真之號，以居内太真宫，如歸真觀在安仁殿後是也。太真爲道士，已入宫，玄宗欲掩人耳目，故遲至天寳四載方册爲貴妃耳。檢討謂自道院入宫，非自壽邸入宫，此言亦非也。以是考之，即使如檢討之説，二十三年十二月册壽王妃，二十五年正月爲道士，是迎入壽邸已越一年，不能爲太真諱矣。況太真以惠妃薨後入宫，惠妃薨在殺太子、二王之後，豈有四月方殺太子、二王，而正月太真先已入宫之事哉？是太真爲道士，實在二十八年，非二十五年，甚明白。在壽邸且六年，益不能爲太真諱矣。檢討之説，于太真之節不能有絲毫之益，徒使天下之人竊意如是大惡，千百年後尚有人緣飾之，則何憚而不爲惡？是决倫紀之閑，而長淫穢之志也。

又《曆志》，武后永昌元年初，用周正，以十二月爲臘月，建寅月爲一月。《武后紀》皆書正月、臘月、一月至十月，此武后改正法也。竇后被殺，在長壽二年臘月，乃建丑之月，檢討謂竇后忌辰在建子正月。中宗用夏正，即以建寅正月爲忌辰，順宗方改建子十一月。其説甚荒謬。

檢討生平多顛倒舊聞以就己説，然此風蓋漢、宋大儒所不免，以致羣經破碎，後學迷誤，其可惜千百於檢討所著，後之學者可不慎哉？《舊唐書》于二十八年十月不書以壽王妃爲道士，而書甲子幸華清宮，即《新書》妃爲道士之日。于天寶四載八月，書册太真妃爲貴妃。太真，道士之號而已，稱妃，其意益微而顯矣。惟《舊書》事在甲辰，與《新書》壬寅不合，蓋《新書》據下詔之日，《舊書》據禮成之日耳。

雜記（一）

凡彗孛，皆地氣騰至冷際以上，天氣攝之合爲形，故天運而彗孛隨之，所繫之次舍不可易。天狗，流星之屬也，亦地氣所騰。火沸金，金抱土，金土就下，故不爲天氣所攝，激而墜焉。雲氣乍聚乍散，不繫次舍，以所見之地爲占。寶氣埋則聚，出則散，亦占所見之地，不繫次舍。《晉書·張華傳》：「雷煥曰：斗牛之間，常有異氣。華曰：是何祥也？煥曰：寶劍之精，上達于天耳。因問曰：在何郡？曰：在豐城。即補煥爲豐城令，掘獄得雙劍，并刻題，一曰龍泉，一曰大阿。遣使送一劍與華。華報書曰：詳觀劍文，乃干將也，莫邪何以不至？」此陋妄之説也。煥，豫章人，去豐城百里，當以望氣蹤迹得之，因干華。華〔二〕托斗牛，神其説耳。又《越絶書》：「楚王使干將、歐冶子作劍三，曰龍泉、太阿、工市。」《吴越春秋》：「吴王使干將作劍二，曰干將、莫邪。」《晉書》合之，陋妄乃至于此。嘉慶十一年四月十九日，舟過豐城記此。

《世説》：「殷洪喬作豫章郡，臨去〔三〕，都下人因附百許函。既至石頭，悉擲水曰：沈者自沈，浮者自浮。殷洪喬不能爲寄書郵。」《世説》言石頭，皆指秣陵之石頭，如王敦住石頭，蘇峻至石頭是也。豫章之石頭，見《晉書》周訪及侯安都傳。今《世説》此條蒙作豫章郡，而曰既至石頭，其豫章之石頭歟？其時朝野多故，豫章大鎮，或書有不可達者，故託辭爲此；抑爲州將者，以此聳人聽聞，豫絶繫援，皆未可知。《世説》列之《任誕》，非也。八月二十八日過石頭記此。

寧都民多立廟祀漢高祖，《州志》言州北八十里爲高祖祖墓，故祀之。此言鄙野，無故實。地志之謬，多此類也。《漢書·高祖紀贊》曰：「高祖即位，置祠祀官，則有秦、晉、梁、荆之巫。」注：「范氏世祀于晉，故有晉巫。范會支庶，留秦爲劉氏，故有秦巫。劉氏隨魏徙大梁，故有梁巫。後徙豐，豐屬荆，故有荆巫。」是漢之先世自晉而秦，而魏，而豐，較然可數，于寧都不相涉。《贊》又曰：「豐公，蓋太上皇父。其遷日淺，墳墓在豐鮮焉。」是豐公葬豐也。太上皇葬櫟陽，昭靈夫人葬小黄。豐公以前，當葬梁。寧都無高祖祖墓可斷已。漢制，郡國皆立廟，然必巡幸所至者。其時豫章郡治今南昌，高祖未嘗至，而寧都又未置縣，以山谿隸雩都，益不宜有廟。北漢劉晸、南漢劉龑皆號高祖，然北漢沙陀人，南漢彭城人，其時寧都爲楊吴、李唐所據，與南北漢爲敵國，亦不宜有廟。唯《十國春秋》載劉龑之祖自上蔡徙閩，或寧都爲道所經，有旅葬者，故後世祀龑歟？龑奢虐，爲民害數十年，然則寧都凡祀高祖者，其廟皆可毁也。十一月八日過寧都記此。

【校記】

〔一〕嘉慶十六年本篇名作「雜記三則」。

〔二〕「華」，沈校：「此『華』字疑衍。蓋托斗牛之説乃焕，非華也。」

〔三〕「去」，原作「上」。各本皆誤作「上」，據《世説新語·任誕》改（藝文館景印金澤文庫藏宋本）。

【評語】
「小文耳，意筆皆上至九天，下窮九淵，由於平日心精而氣固也。」 案：陶批末識「自記」二小字。

雜說〔一〕

《西域聞見録》言京師望北斗，直北少迤西而已； 而西域望北斗，較京師更迤西。按西域在京師西南幾三萬里，視北斗〔二〕應迤東矣，而反迤西者何哉？ 蓋地之體九萬里，地平之上，中國所見日出入，東西不及五萬里，而黄道斜倚天中，日行自東而東南，而正南，而西南，而西以入于地平。 凡人在地平，皆據向日爲南，西域當日歷西南而西之道，則西域向日之南，乃中國之所謂西南矣。 既向中國之西南視日，則背中國之東北，而北斗出其右，故以爲較京師更迤西。 夫天地，有形質可測者也。 自衆人至聖人，其視于天地，無殊目焉，而已顛倒轉移若此。 況人性之深微、天道之蕃變，衆人之所見必不能同乎聖人者哉？ 故君子觀道必要其備，立言必求其安，蓋庶幾所見之無眩也。

《職方外記》言極北有鳥魚國，半年無日。其地離南陸甚遠，日行南陸，爲地氣所障，故秋分後無日。《臺郡雜志》言海中有暗罨，亦半年無日。蓋在地極南，離北陸甚遠，日行北陸，則爲地氣所障也。《北史》稱北方日入尚見博，烹羊胛熟，日已東升。其地當在鳥魚國之南，地氣尚不障日，而地之圜體漸迤漸小，故日行空中之時多，入地平之時少耳。觀于此，知有形者必有所限隔窮極，雖光氣至虚，亦有限隔窮極焉，心之靈如光氣耳。記曰：雖聖人有所不知。是也。若知之本體，則無限隔窮極，當以養復之，學者不可不察也。

【校記】

〔一〕嘉慶十六年本篇名作「西域望北斗説」。

〔二〕「北斗」，嘉慶十六年本同。嘉慶二十年本、同治二年本、同治八年本誤作「斗北」。

真人府印説

江西貴溪縣真人府印，凡大小四，其三皆曰「陽平治都功印」。案宋仁宗時，安福縣官林積以張魯敗于陽平，故印稱「陽平治都功」，聞于朝，毁之。林君之識非人所及，然其言有未盡者。魯弟衛敗于陽平時，魯在南鄭，非魯敗于陽平，且「治都功」未竟其説。敬官江西，真人府以三符至，故爲説以通之。

《異苑》：「錢唐杜明師夢人入其館，是夕謝靈運生，其家送杜治養之。」注：「治音稚，奉道家静室也。」此印文「治」義也。《後漢書·百官志》：「郡守有功曹，主選署功勞。」《通典》：「督郵，監屬縣，有南、西、東、北、中五部，功曹之極位。」《前漢書·文帝紀》：「遣都吏巡行。」注：「今督郵是也。」此印文「都功」之義也。《三國志·張魯傳》：「來學道者，初名『鬼卒』，受本道已信，號『祭酒』，各領部衆，多者爲治頭。」「治都功」其即「治頭」歟？魯之祖道陵，本沛人，隱鶴鳴山，在今四川劍州。魯之父衡繼之，魯據漢中，今漢中府也。陽平關即今府屬褒城縣之陽平驛，爲漢中之阨。魯既用「鬼道」，陽平當設治以治之。然自魯祖父至魯及子富，以降魏入許下，無居陽平者，惟衛嘗築城于陽平。今子孫居貴溪，爲其道數千年，止用陽平印，不可解也。其一印中爲交午，以達于四際，中與四際各圍以朱白，圍其方中，左右各二。左爲文，衺置之；右爲文，平置之。有陰陽變化之理，乃鬼道符記也。

夫真人府所以惑人者，印也，而鄙誕不經如此，其他可知。自東晉以來，士大夫奉其道者不可勝數，皆附會神仙，誇飾變異，以神其説，亦獨何歟！

得姓述

吾惲之初，不詳所自出。明洪武中，吴沈纂天下姓，得一千九百有奇，惲姓始著。官譜以爲出于漢平通侯楊惲，子孫徙安定，遂以名爲姓。敬考謝承《後漢書》，平通之孫楊豫自徙所上書乞還本土，是未嘗以名爲姓也。意者豫之後方易姓歟？顔師古《匡謬正俗》引晉灼《漢書音義》證楊有盈音。意者自楊而之盈，自盈而之惲，爲音之近歟？皆不可知。而吴沈之書已五百年，舍是别無可依據，故言吾惲之得姓必本平通侯。

敬十世祖東麓府君《黄山集》載元之季有發冢者，得碣曰「漢梁相國惲子冬之墓」，故推子冬爲始祖，如是而已，不詳其名，不詳其仕時，不詳其世次。東麓府君生明成化中，距元亡不百年，事當得實。而嘉靖中所輯私譜，載子冬府君之名曰貞道。考新莽至東漢無二名，其附會可知。載仕時曰諫梁王劉永，曰避王莽之難東遷。考劉永爲梁王，在王莽伏誅之後，其附會亦可知。載世次曰自子冬至方直凡四十四世，然皆一人耳，而展轉垂一千二百餘年，于理不可信。曰二十六世原爲齊平江路總管，曰三十七世蕃爲唐洪都刺〔一〕史。考元始置平江路，唐置洪州，無洪都，此皆事之不可信者。故敬竊意惲姓世次，自子冬至方直府君，當別爲一表，于表序詳辨之，而表方直府君爲世次之首。方直府君長子曰紹恩府君，居河莊，爲惲姓北分之祖，子孫若而人；次子曰繼恩，遷上店，爲惲姓南分之祖，子孫若而人。如是，則可以示後世矣。

夫氏族之學自秦漢之世多所淆訛，如以國、以邑、以氏、以官爲姓，于諸姓中最爲可據。然古之民，居是國，則從其君之姓；居是邑，則從其大夫之姓，所出已不可問，况至後世，中外遞更，貴賤互易，而譜之者必欲强爲之説，不至自誣其祖幾何？後之事吾譜者，庶幾其慎之可也。

【校記】

〔一〕「刺」，原作「制」。沈校：「『制史』是『刺史』之訛。」諸校本作「刺史」，今據改。

卷二

九江考

《禹貢》九江之説有三。陸氏德明《音義》引《潯陽記》曰：一烏白，二蚌，三烏，四嘉靡，五畎〔一〕，六源，七廪，八提，九箘。《緣江圖》曰：一三里，二五州，三嘉靡，四烏土，五白蚌，六白烏，七箘，八沙提，九廪。五州即畎，三里即源也，一名白蜆。此一説也，其地在潯陽江之北。又引《太康地記》曰：九江，劉歆以爲湖漢九水入彭蠡也。一鄱、二餘、三修、四豫章、五淦、六盱、七蜀、八南、九彭。九水入湖漢〔二〕，通湖漢爲十水。此一説也，其地在彭蠡湖之南。曾氏旦曰：《楚地記》巴陵在九江之間，今巴陵之上即洞庭也。羅氏泌曰：《山海經》洞庭之山在九江之中，《吴録》：「岳之洞庭，荆之九江也。一沅、二漸、三瀟、四辰、五叙、六酉、七澧、八資、九湘。」朱子則去瀟、澧二水，易之以瀟、蒸。此一説也，其地在洞庭湖之南。

按蔡氏沈《書傳》曰：「潯陽九江屬揚州。」此言非也。漢之潯陽治今黄梅縣。九江始于鄂陵，終于江口，會于桑落州。鄂陵在武昌縣，江口在黄梅縣，皆荆州也。惟桑落州在德化縣，爲揚州。然至此已合爲大江矣。其不合《禹貢》者，《導水》曰：「過九江東迤北，會于匯。」今彭蠡在潯陽南數百里，以潯陽爲九江，則《禹貢》之文歧。《導山》曰：「至于衡山，過九江，至于敷淺原。」今衡山迤東北至敷淺原，而潯陽在敷淺原之北西亦數百里。以潯陽爲九江，則《禹貢》之文益歧。是以曾氏、羅氏不從，別主洞庭之説。至彭蠡九水源委，皆在揚州，于荆州無可附會，不足置辯。

敬嘗考之，潯陽之九江，秦始皇之九江也；彭蠡之九江，王莽之九江也；洞庭之九江，《禹貢》之九江也。秦九江郡，仍楚都，治壽春，兼有漢九江、廬江、豫章三郡地。而潯陽以大江界南北之中，故舉九江而通郡，得其要領。如治吴而舉會稽，治粤而舉蒼梧，皆相距百千里。此秦始皇之九江也。漢分潯陽屬廬江，王莽改九江爲延平，豫章爲九江，而潯陽仍屬廬江，非豫章所隸，遂以彭蠡九水爲九江，是莽臣之諛也。如移衡山于天柱，即名南岳；移恒山于大茂，即名北岳是也。此王莽之九江也。光武興，郡國悉還漢名。于是彭蠡之九江無聞，而潯陽甚著。且漢初儒者即以爲《禹貢》九江，于是《地理志》、《郡國志》諸書皆主之。蓋以今冒古，以己意冒聖賢，以所知冒所不知。説經大率如是，曾氏、羅氏始大反之。今揆之經文，洞庭在彭蠡西南，于《導水》之文合。衡山并洞庭趨敷淺原，于《導山》之文亦合。是據經以折傳，據三代以折漢、唐，不可謂之叛古也，故曰《禹貢》之九江也。

【校記】

〔一〕「畂」，嘉慶十六年本作「畎」，王校：「汪按：『畂』疑『畎』。」

〔二〕「九水八入湖漢」，嘉慶十六年本、嘉慶二十年本、同治八年本、光緒十四年本同。同治二年本改作「九水入　湖漢」，「入」字下徑空一格。楊校：「『九水八入湖』，先刻本不誤。『入』字係『八』字之誤，空處當補『入』字，言九水有八水入湖漢也。」王校：「汪按：當從原刻。劉按：『八』在『入』上，似衍文，新刻本作『入八』，更誤。潘云：似當云九水入湖入漢，通湖漢爲十水。」今依原刻作「八入」不改。

康誥考上

馬氏融、王氏肅皆以康爲國名，與《孔傳》合，《孔傳》僞不足信，馬、王説不可廢也。

惟鄭氏玄説康爲謚，有不可通者二焉。

《左傳》祝佗曰：「命以康誥而封于殷墟。」如康爲謚，是生而賜謚也。《史記》曰：「康叔卒，子康伯立。」如康爲謚，是父子并謚也。若是，則康爲國名無疑。《路史》曰：「康叔故城在潁川。」《水經注》曰：「潁水東歷康城。」《寰宇記》曰：「陽翟縣康城，少康故邑。」其諸康叔始封，因其地歟？管叔封管，今鄭州廢管城縣。蔡叔封蔡，今上蔡縣。曹叔封曹，今曹縣。郕叔封郕，今濮州。皆在紂封東南，與康叔相去不過數百里，其諸東方諸侯助殷抗周，武王俘之，以其地分建母弟歟？馬氏、王氏皆言圻内之國，其諸殷之圻内，後世因周都洛，誤以爲周之圻内歟？《逸周書·作雒解》曰：「建管叔于東，建蔡叔、霍叔于殷。」《地理志》曰：「鄁，管叔尹之；衛，蔡叔尹之；邶，以封武庚。」孔晁曰：「霍叔相武庚。」霍叔所封在今山西霍州。「三監」蓋去其國而爲殷之監歟？《作雒解》曰：「王子禄父北奔，俾康叔宇于殷。」《詩譜》曰：「成王殺武庚，以殷餘民封康叔于衛。」其諸武王封康叔于康，至是始封衛歟？

夫以千載之下推明千載之上，其事勢皆可以理驗之。宋儒自胡氏棫謂武王封康叔于衛，後之言《書》者并爲一辭，而不知不中于理。夫武庚尚奉殷祀，「三監」分治殷都及下邑，武王何所奪殷之地而封康叔耶？是故封康叔于康，武王之事也；封康叔于衛，成王之事也。此不易之論也。

康誥考中

《康誥》，武王之書也。曰「孟侯朕其弟」，曰「小子封」，曰「乃寡兄勖」，皆武王之辭，非周公之辭也。

《酒誥》、《梓材》，成王之書也。曰「王」，曰「封」，不曰「小子封」，君臣之辭也。曰「故我至于今，克受殷之命」，天下終定之辭也。曰「和懌先後，迷民用懌，先王受命」，殷民畔而服，服而不復畔之辭也。皆成王之辭，非武王之辭也。

然則三誥之相次何歟？惲子居曰：武王封康叔于康，所以誥之者，治國之要，法聖戒慆之説，蓋詳哉乎其言之，可以治康，即可以治衛，成王與周公無以加也。惟朝歌紂都，爲逋逃藪數十年，奸人負釁藏匿，結黨幸禍，一旦竊發，皆以予復爲辭。而其人皆有朋家之助，沈湎之習，是以爲惡必始于羣飲。今武庚已誅，十七國九邑已定，微子已封，天下大勢已必不可動，其人不過跳浪詉號之徒而已。故成王没其予復之言，以安四海之反側，正其羣飲之罪，以除商邑之奸宄，乃事勢必然不可緩者。後世説《酒誥》，疑聖人無如是過重之刑。何哉？至政令法度，武王立「三監」之時已極詳慎，周公平殷亂，復整齊之，康叔因之可也，潤澤之可也，此《梓材》之義也。是故《康誥》之言詳而法，《酒誥》之言嚴而隱，《梓材》之言婉而仁。是三誥也，周公蓋于作雒之日命康叔治衛之始。推當日事勢及成王所以望康叔之意，爲《酒誥》、《梓材》二書以告之，而武王之書，則康叔終身所受命者也。故史臣以《康誥》冠《酒誥》、《梓材》，均次于《大誥》之後。後世不察，謂三誥皆成王之書，致義疏割裂，幾不可解。宋儒復盡反之，至元金氏履祥，以《酒誥》、《梓材》與《康誥》均入武王克殷之年，妄爲編録，蓋不詳之過也。夫《酒誥》之首，曰「明大命于妹邦」，明《康誥》之非爲妹也。若《康誥》爲妹言，史臣當書爲妹誥，與《粊誓》同例矣。

康誥考下

《康誥》文曰：「惟三月哉生魄，周公初基，作新大邑于東國洛，四方民大和會。侯、甸、男邦、采、衛，百官播民和，見士于周。周公咸勤，乃洪《大誥》治。」蘇氏軾曰：此《洛誥》之文，當在「周公拜手稽首」之上。按召公相宅，周公營焉，作《召誥》、《洛誥》。「惟二月既望」至「庶殷丕作」，度邑之辭也。「太保乃以庶邦冢君」至「用供王能祈天永命，召公奉幣」，因周公陳戒成王之辭也。「周公拜手稽首曰」至「公其以予萬億年敬天之休，周公自洛伻告吉卜于豐」，成王諾之之辭也。「拜手稽首誨言」，周公達太保奉幣之戒，成王納之之辭也。今以《康誥》之文入《召誥》、《洛誥》之間，于前後文何所當邪？其言「作邑」與「新邑營」重文，其言「朝衆」與「取幣」重文，其言「《大誥》治」與「朕復子明辟」及「以圖及獻卜」不相統。是蘇氏之説非也。

金氏履祥曰：此《梓材》之文，當冠于篇首。《召誥》曰：「周公乃朝用書命庶殷，侯、甸、男邦伯。」命庶殷之書，《多士》是也；命侯、甸、男邦伯之書，《梓材》是也。按《多士》曰：「周公初于新邑洛。」洛邑已成也。《召誥》自庚戌攻位，至甲子用書，十五日耳。洛邑未成，則用書非《多士》之書也。《梓材》曰：「王曰封。」是誥康叔也。《召誥》、《洛誥》無康叔之文，則用書非《梓材》之書也。金氏之謬一也。「王曰封」之文，金氏以爲《孔傳》僞文，當以「周公曰」冠之，詭稱伏生《大傳》，《梓材》命伯禽之文。今《大傳》言周公、康叔、伯禽、商子之事而已，無此文，不知金氏所據何本？ 金氏之謬二也。《梓材》多殘闕，「王啓監」至「惟其塗丹雘[一]」，原王封衛之意，在安定衛也。今「王惟曰」至「永保民」，原王封衛之意，在安定衛以徠天下也。此《梓材》大指也。金氏皆以爲程役之辭，支離附會，而終不可解。金氏之謬三也。是金氏之説非也。

自東漢儒者説經，始改易經字以從己言。宋人遂至刊落本文，移彼續此，一皆委之錯簡。《康誥》今文書也，如其簡錯于伏生以後，則鼂錯諸人受天子命，數千里受書，不應率爾若此。如其簡錯于伏生以前，則是時秦未焚書，先王之風未遠，天下博士數十百家，伏生大儒，何至一無是正，讀是誤書至篤老而不倦？ 如其簡錯于元成之時，則劉向方以中古文天子之書，校正三家經文，何以獨不加是正？ 于理皆不可通。是故《康誥》之文仍之于《康誥》而已。蓋周公始以流言居東，後迎歸攝政，即東征武庚授首之後，又以徐、奄不靖，往反安定，至是方徙封康叔于衛。《康誥》此文，所以序周公代成王收集東土，艱勤王室，迨太平之日復建邦啓土，爲永永年所之計。史臣親見其盛，揄揚詠歎，不能以已，故其文詳備雍容若此。此史臣所作三誥之序無可疑也。《堯典》之「曰若稽古帝堯」，《禹貢》之「禹敷土，隨山刊木，奠高山大川」，《盤庚》之「率籲衆慼出矢言」，皆序也。噫，史臣既序之矣，孔子又從而序之哉？

自記曰：《書序》乃爲僞者增益《史記》文爲之，不知史家叙述古書自有此例。觀《王莽傳》可見鄭玄、馬融、王肅諸儒以《書序》爲孔子作，觀疏中「依緯文而知」一語，已瞭然爲緯家之附會矣。

【校記】

〔一〕「丹䨼」，原作「丹雘」，據《尚書·梓材》（阮刻《十三經注疏》本）改。

【評語】

「子居行文如淮陰侯治兵，不過分數明而已，然其力足以擒陳餘、殺龍且、摧項羽。讀《康誥考》三篇，可以概其餘。」　案：陶批末識「自記」二小字。

周公居東辯一

《書·金縢》：「周公乃告二公曰：『我之勿辟，我無以告我先王。』周公居東二年，則罪人斯得。」僞《孔氏傳》曰：「辟，法也。我不以法法三叔，則無以成周道告我先王。」

「周公既告二公，遂東征之，二年之間，罪人斯得。」

夫書東征而没之曰「居東」，古無此書法也，此飾説也。宋歐陽氏從之，朱子《詩傳》亦從之。漢鄭氏《詩箋》曰：「周公遭管、蔡流言，避居東都。」宋蔡氏《書傳》曰：「二年之後，王始知流言之爲管、蔡，斯得者遲之之辭也。」元金氏履祥從之，《朱子文集》亦從鄭氏。是二説如聚訟，而鄭氏之説爲長。何也？《史記·周本紀》，言周公奉成王命東伐，《魯世家》亦然。如成王方疑周公，而周公即東征，是矯王命也；不然，則迫取王命也。聖人不爲，一也。《本紀》又言，唐叔得嘉穀，成王以歸周公于兵所。是東征之時，王于周公無間然，理當在迎周公之後，二也。且周公避位而出，古書多可證者。《蒙恬傳》曰：「王乃大怒，周公旦走而出奔楚」。《竹書紀年》曰：「元年，周公出居于東。」《越絶書》曰：「周公乃辭位，出巡于邊。」《竹書紀年》、《越絶書》雖戰國、秦、漢所雜記，然與《史記》合，不可盡謂無稽，三也。是故《金縢》，周公避位之書也；《大誥》，周公復位而討亂之書也；《康誥》、《酒誥》、《梓材》，周公既平東土建侯之書也。其相次有然。《七月》，周公攝政教成王之詩也；《鴟鴞》，周公釋讒之詩也；《東山》、《破斧》，周公成功之詩也。其相次又有然。《詩》、《書》之言明白條貫如此，何疑于避位之説邪？至唐孔氏穎達謂「居東待罪」，則又不然。何也？周公，宗臣也。其避位也，必假國事以行也。是故于奔楚之説，吾知周公有以固南陲焉；于出巡之説，吾知周公有以和東國焉。後此淮徐之興，禄父之難，不能煽荆、舒，佚陳、鄭，皆是故也。周公内以紓成王及二公之疑，外爲國家集厚〔一〕其勢，使患至而不至于大壞，聖人之德用深博蓋如此。若自投遐遠，閉户却掃，君臣之間如吴越人之相伺，而國事益窳敗，何如束身司寇之爲愈哉！此治鄭氏之説而誤者也。曰：成王于周公既疑之矣，何以知其尚與國事耶？曰：《金縢》言「未敢誚公」，君臣之禮始終未替可決也，彼蒙恬之言傳之過甚者也。

【校記】

〔一〕王校：「俞云：『集厚』當作『厚集』。」

周公居東辯二

東都，洛邑也。周公居東之時，洛邑未營，鄭氏以爲避居東都，何邪？蓋殷之圻，北負大行〔一〕，南及于南亳，西固于黽，洛邑所孕也。武王伐紂，收圻内地，禄父封于朝歌，其餘皆王官治之。而洛邑實爲天下阨塞，周公障東事，非是不得形勢。其出巡也，殆以之楚爲始事，而以之洛爲期會歟？出巡則地不一，故冒東言之。《書》言居東，《詩》言自東，同義也。一則書地矣，王來自奄，太保初至于洛是也。是故疑其迹則曰奔楚，紀其政則曰出巡，括其地則曰居東。三書之言皆是也。明茅氏坤從《僞魯詩》之説，謂周公避居于魯。近日方氏苞從王巽功臣之説，謂周公避居于周。若是則與臧孫紇之居防、商鞅之居商、周勃之居絳，其迹何異邪？舅氏鄭清如先生，謂周公居文王之墓，以寤成王。文王葬畢在鎬西，豈居東邪？是故周公居東，居于洛邑也。成王迎周公，亦親逆于洛邑。金氏履祥曰：「成王以衮衣歸周公而俟于郊。」夫俟于郊，不得爲親逆明矣。《金縢》曰「天大雷電以風」，曰「天乃雨反風」，皆間日事也。周公之歸，非間日所能至也。成王不得俟于郊以數周公之至又明矣。是故書「王出郊」，非駐于郊也，明王首路而天意大明也。書「二公命邦人」，明王往東都，不在鎬也。夫東都去鎬七百餘里耳，卜洛之後，歲朝會諸侯皆集于此，况迎周公之事，萬萬非尋常朝會可并説者。乃慮七百里勤成王，而謂俟于郊邪？有以知其不然也。

僞孔氏曰：「周公既誅三監，留東未還，成王遣使者迎之。」夫挾近逼之親，居讒疑之間，負不世之功，推刃同氣之兄弟，而擱然擁兵待人主之致禮，周公而非聖人則可，周公而聖人也，豈爲之哉？又有以知其不然也。

【校記】

〔一〕「大行」，同治八年本、光緒十四年本同，嘉慶十六年本、嘉慶二十年本、同治二年本作「大形」。王校：「盧本作『形』，馮云：當作『太行』。俞云：《列子·湯問》篇作『大形』。」

顧命辨上

或問：《顧命》所書禮歟？曰：禮也。蘇氏子瞻以爲禮之失，何歟？曰：蘇氏所言，非先王之意也。由乎蘇氏之説，則《顧命》所書非禮矣。本朝顧氏寧人從而爲之辭曰：《顧命》蓋有闕文焉。「狄設黼，扆綴衣」，其前皆成王崩之事也，其後皆康王逾年即位之事也，非柩前即位也，其間有闕文焉。顧氏之意，以爲逾年即位則禮也，喪服可釋也，可反也；柩前即位則非禮也，喪服不可釋也，不可反也。夫喪服釋之、反之于始成喪與逾年之喪〔一〕，皆未除喪也，有以甚異乎？無以甚異乎？亂聖人之經以附後世之説，莫此爲甚。敬請先抉顧氏之妄，以定經之本文。經之本文定，而蘇氏之説蓋可徐理矣。

顧氏之説曰：未没喪不稱君，今《書》曰「王麻冕黼裳」，是逾年之君也；卒哭而祔，今《書》曰「諸侯出廟門俟」，是既祔之後也；天子七月而葬，同軌畢至。今《書》曰「太保率西[二]方諸侯」，「畢公率東[三]方諸侯」，是既葬之後也。顧氏之説，大者此數端而已。

敬按《公羊傳》始終之義，一年不二君，故未葬稱子。臣民之心不可曠年無君，故逾年稱公。孝子之心則三年不忍當，故諸侯于封内三年稱子，天子亦然。雖然，《顧命》者，布之天下，傳之後世者也。即位之首，稱子以臨可乎？文元年春王正月，公即位。定元年夏六月，公之喪至[四]自乾侯。戊辰，公即位，是逾年未葬稱公也。昭二十二年夏四月乙丑，天王崩，六月葬景王，劉子、單子以王猛居于皇，是已葬未逾年稱王也。是故即位不書子，則《顧命》不得不稱王，逆子釗稱子，王麻冕黼裳稱王，皆禮也。孔氏曰：「廟門，路寢之門也。」成王之殯在焉，故曰「廟」，且古者「寢」與「廟」有同稱焉。《爾雅》曰：「室有東西廂曰廟。」是也。廟門之説何疑于既祔乎？蘇氏曰：諸侯蓋以問疾至者。顧氏以爲不然，是矣。雖然，王畿之内非會葬，遂無諸侯之至者乎？其至者皆領于二伯者也。諸侯之説何疑于既葬乎？抑葬祔之説，顧氏爲逾年即位證也。而于經有不可通者，作謚而葬，葬而祔，禮也。成王三十七年四月崩，葬當在十一月，葬則舉謚，而曰新陟王，何歟？曰命作册度，曰御王册命。册命者，册康王爲天子之命，自「皇后憑玉几」至「用答揚文武之光訓」是也，書之册而史臣宣之之辭也。成王崩即爲此册，遲至一年宣之，何歟？逾年即位，見于祖廟，承先王先公而止陳皇后之命，何歟？三宿、三祭、三咤，説者以爲奠于殯，禮之哀而殺也。見于祖廟而行之，何歟？然則《顧命》之書，非逾年即位之書也。非逾年即位之書，則爲柩前即位之書無疑矣，而何所謂闕文耶？蓋古者始死，東方正嗣子，所以別其尊；既殯，柩前立嗣君，所以傳其統；逾年，朝廟改元，所以慎其初；三年，諸侯朝于天子，天子見于諸侯，所以明其治，蓋至是而親政矣。三年之禮，于高宗諒陰明之；逾年之禮，于《春秋》書「即位」明之；柩前之禮，于《顧命》明之，皆折衷于孔子。始死之禮，于《士喪禮》明之，大夫、士、庶人同者也。

【校記】

〔一〕王校：「俞云：『喪』當作『後』。」

〔二〕「西」，原作「東」，據《尚書·康王之誥》（阮刻《十三經注疏》本）改。

〔三〕「東」，原作「西」，據《尚書・康王之誥》改。

〔四〕「至」，原闕，嘉慶二十年本、同治八年本同，同治二年本、光緒十四年本補「至」字，合於《公羊》原文（阮刻《十三經注疏》本），今據補。

【評語】

「前半如春水細流，後半如秋雲亂捲，言禮之文而其致如是，由胸中高勝也。」案：陶批末識「自記」二小字。

顧命辨下

然則《春秋》不書柩前之即位，何歟？曰：始死，正嗣子之位，全乎子者也；三年，朝天子，見諸侯，全乎君者也。且位之定久矣，故不書逾年。即位必朝廟，朝廟必改元。改元，君之首事也，故書；柩前即位不改元，故不書。定公即位柩前，其書者以改元也。是故始死全乎子，則全乎喪者也；三年全乎君，則全乎吉者也。惟柩前即位與逾年即位，喪也，皆以吉行之。蓋先王之制禮也，自一人旁推之一家，自一家旁推之一國，自一國旁推之天下，自天下而上推之治天下之一人，自治天下之一人而上推之于祖，推之于天，于是乎有尊尊之義。自一身上推之于父，于祖，于曾、高祖，下推之于子，于孫，于曾孫，于玄孫。其旁推之也，視所出爲等殺。于是乎有親親之義。

尊尊者，天下之事也；親親者，一身之事也。一身之事可奪于天下，天下之事不可奪于一身。即位者，尊尊之事，以人君爲統。服喪者，親親之事，以人子爲統。故天子之服可以天下釋之，且天子使天下之人得其生，故尊于天下。天子之父使天子治天下之人以得其生，故尊于天子。天子之祖以天下傳之世世子孫，使治天下之人以得其生，故尊于天子之父。天則無不尊者也。禮者，上可以廢下，下不可以廢上〔一〕，故天子之父之服，可以天與祖釋之。雖然，反喪服而持之終喪，則親親之義亦伸矣。是故短喪者非聖人之〔二〕所許也。

曰：然則蘇氏之言何如？曰：蘇氏之言，非先王之意也。其引冠子有齊衰、大功之喪，因喪而冠，此言非也。冠之禮，從乎子者也。子不加父，故不能加于己之齊衰、大功，以喻即位，不幾于無等乎？其引葬晉平公「諸侯之大夫欲見新君，叔向辭之」，此言亦非也。大夫之欲見新君，前不及柩前即位，後不及逾年即位，則賓禮也不可行矣。是故舍即位之禮，喪服無時而可釋可反也。

【校記】

〔一〕「下不可以廢上」，嘉慶二十年本、同治八年本、光緒十四年本無「下」字，同治二年本及底本補「下」字，於義爲通，今從之。

〔二〕「之」字原無，據諸校本補。

【評語】

「理貫乾坤，氣薄日月。漢唐言禮之文，無如是雄整者。」 案：陶批末識「自記」二小字。

「筆力高古，直逼秦漢。」 案：此條據王批過録。

匏有苦葉説

衛之賢者，知宣公之不可仕而爲此詩。一章言徒濟也，二章言車濟也，四章言舟濟也。「匏有苦葉」，言所持不及用也。「濟有深涉」，言所遇不可嘗也。「深則厲，淺則揭」，言治進亂退也。雖然，有冒然赴之者焉，以爲吾之車足恃云爾，殷之膠鬲，周之正大夫凡伯，其不濡軓也幾希。蓋内淫者必外亂，外亂則賢者無所用其賢，才者無所用其才，此濟盈而聞雉之説也。夷姜烝，宣姜奪，故三章以歸妻之禮言之。本正則無不正矣，夫匏可游，車可乘，舟則可絶流矣。然非我友則舟之害甚于車與匏焉，王陵、周昌之于漢，五王之于唐可以觀矣。後之君子庶幾其慎之哉！

【評語】

「子居説《詩》，以漢儒爲主，以宋儒爲輔，然後以己意斷之。其行文用公、穀釋《春秋》法，而不襲公、穀形貌，在集中别爲一格。」　案：陶批末識「自記」二小字。

雄雉説

此刺忮求之詩。隘人之進則忮，冒己之進則求。忮求生娼，娼生嫉，嫉生讒，讒生亂，亂生亡。亡者，忮求之大積也。其端則堯、舜、禹、湯、文、武之世皆有之，不使達而已。夫文明者，君子之外也，而易耀耿介者，君子之内也；而易午，故詩人以雄雉興之。耀與午則阻，非自詒耶？身之計，家之計，國之計。噫，危乎哉！所謂「實勞我心」者，此也。「百爾君子，不知德行。」蓋如《巷伯》之卒章，諷之耳，非勉之也。

桑中説

《小序》曰：「《桑中》，刺奔也。衛之公室淫亂，男女相奔，至于世族在位相竊，妻妾期于幽遠，政散民流而不可止。」子朱子曰：「《樂記》曰：桑間濮上之音，亡國之音也。其政散，其民流，而不可止也。桑間即此篇。」東萊吕氏曰：「鄭康成曰：濮水之上，地名桑間，師曠所言亡國之音，于此水出焉。《桑間》乃紂樂，非《桑中》之詩也。」

惲子居讀之而嘆曰：吾于《桑中》，見所謂發乎情止乎禮義者焉。云「誰之思」，思也；「期我乎桑中」，思乎期焉；「要我乎上宫」，思乎要焉；「送我乎淇之上矣」，思乎送焉。古人之爲詩也，以思言之，若曰若是其越也，抑之可也。後人之言詩也，以事言之，若曰若是其亂也，絶之可也。以思者比乎情，以事者比乎欲。比乎情，禮義之所能制也；比乎欲，非禮義之所能制也。《國風》言情之書，非紀欲之書也。如以事言之，彼三孟邪，無以爲叔季解也。姜、弋、庸，其妻妾于衛邪，無以爲諸姬之在室者解也。桑中、上宫、淇上，皆淫舍邪，無以爲迭至而迭去解也。故曰《國風》言情之書，非紀欲之書也。溱洧之士女，剌相謔而已，過此則不逾閾者也。

【評語】

「子居之文以雄健勝，而如此篇之清婉可誦者亦鮮。」（吴仲倫）案：此條據陶批過録。又王批：「簡堂先生文以雄健勝，此篇却清婉可誦。」不題作者，當即吴仲倫語，文偶差耳。

蝃蝀説

蝃蝀，謂之雩虹也。雌曰蜺，蜺曰挈貳。日之煇五色，衝雨則見爲虹，陰陽之亂氣也。氣亂則有物乘之，故有飲于釜、飲于井者，非虹也，物之乘焉者也。山之蠱爲虹，蛟蜃之氛亦爲虹。此詩爲女子之懷婚姻者而言。

夫婦之父母相謂曰婚姻，男女之以禮合者也。雖然，有信焉，二姓之言不可渝；有命焉，夫婦之恒不可妄。雖然，婚姻矣，行矣，父母兄弟其遠乎，豳之女子所以及同歸而悲也。懷之則奈何？父母之命未及也，媒妁未至也，而有速行之意焉。蓋不勝其燕昵也。

夫淫者人之所能知也，懷者人之所不能知也。雖然，天地之陰陽亂則虹升，不勝其燕昵則人之陰陽亂，而有善感之容色，故詩人以蝃蝀刺之。夫懷之，是朝叔而暮伯也，故曰大無信也；懷之，是援姬而避姞也，故曰不知命也。詩之辭止于此而已。言詩者曰淫，重之曰淫奔，豈詩人意邪？雖然，懷婚媾者不必淫而可以至于淫，淫者不必奔而可以至于奔。是故刑禁之于已然，禮制之于將然，詩防之于未然。先王之道行則夫婦正矣，此《蝃蝀》之義也。

【評語】

「精博如董江都，《有狐》一篇亦似江都。」案：陶批末識「自記」二小字。

有狐説

《有狐》，刺非禮也。「之子」其「無裳」乎？無裳，非禮也。其「無帶」、「無服」乎？無帶、無服，非禮之至也。先王之制禮也，以辨夫婦爲君臣、父子、兄弟、朋友之本，以明廉恥爲辨夫婦之本，以裳、帶、服爲明廉恥之本。無裳、無帶、無服，是禽獸之道也，故憂之。

噫，寡而欲爲室家，康成氏之説曷爲來哉。石絶水爲梁，投亂石，絶澗也，澗絶則水冒梁，而爲瀨，梁之隘可施橋焉。瀨有廣輪，如裳之有幅，故以興無裳。厲，履石渡水也。水冒梁，則于梁置砥，蓋步爲一砥焉，以達于津，其延如帶，故以興無帶。側，懸厂也。懸，故以興無服。

世之儒者，于名物勿辨也，而妄逆古人之意，則益疏也已。

黍離説

《黍離》作于已亂者也，故其辭哀。雖然，亂未艾也，故其思深。其曰「謂我心憂」何也？昔者幽王之禍，三代以來所未有也。晉文侯、衛武公、鄭武公輔周而東，天下以爲王室復定矣。然其時楚起于南，齊横于東，秦萌芽于西，鄭伏于肘腋，天下有潰裂之勢。而平王一以高拱揖讓行之，不至淩夷以至于亡不止。憂也者，憂此也。不然，宗周已棄矣，過其城者，傷之可也，何憂之足云哉？

其曰「謂我何求」何也？昔者平王之君若臣，蓋有辭焉。作洛之志始于武王，平王從先王居，諸侯宗之。以言君父之仇，則犬戎已逐矣；以言朝會之故，則昭夷以降已不能及遠矣：尚何求哉，尚何求哉？蓋國削必苟安，苟安必諱禍，其泄泄有如此者。作于將亂者，爲《魏風》之《園有桃》。已亂則其人懼，將亂則其人偷，「謂我何求」，懼而疑也。偷則斥之曰「士也驕」耳。已亂，則中材之士皆寤矣；將亂，非上智不能知。《黍離》之詩人曰「知我者」，曰「不知我者」，得半之辭也。《園有桃》之詩人，曰「其誰知之」，是國人皆失日也。蓋世之將亂也，天下知其是非進退之謬，而朝廷視所施以爲皆宜，敵國伺于外，權臣伺于內，奸民〔一〕伺于下，而朝廷晏然康樂，以爲吾國家無可乘之隙，其憒憒有如此者。其所以如此者，則《園有桃》所謂「彼人」主之。「彼人」者，如皇父之專是已，如榮夷之好利是已。

然而，《黍離》之詩人不暇責也。一則曰「此何人」，再三則曰「此何人」。「此何人」，蓋即指晉文侯、衛武公、鄭武公言之。何也？幽王事起倉卒，君滅國殘，然四方及畿內諸侯無恙也。三君者，能同心討賊，滅之，絕之，修城池，建社稷宗廟而守之。周可以不東而卒東者，由鄭桓公死難，武公内怚，不敢與犬戎抗，晉文侯、衛武公去西都千里，各顧其國，不爲王室圖久遠也。夫皇父、榮夷，斲之于方茂者也，然且〔二〕纖才侈欲、容悦之徒而已。若三君者，天下仰望爲聖賢豪傑，王室所倚重，而乃至于此，不重可責邪？此《黍離》詩人之意也。

【校記】

〔一〕「奸民」，原作「奸臣」，嘉慶二十年本、同治八年本、光緒十四年本同，嘉慶十六年本、同治二年本作「奸民」。王校：「俞云：『奸臣』當作『奸民』。」今據改。

〔二〕「然且」，王校：「俞云：『且』疑當作『皆』。」

【評語】

「構局奇正相生，置榫雌雄互接，若從激昂馳驟處着眼，便爲買櫝還珠。」案：陶批末識「自記」二小字。

雞鳴説

賢妃之御，其心瞿然，虞晏安之溺焉。雞鳴，未明也；蒼蠅之聲，則將明矣。將明，故蠅聚而爲聲。寐而瞿然曰雞鳴，不知已蒼蠅之聲也，是遲而誤言早也。東方明，已明也；月出而能有光，則未明矣。寐而瞿然曰東方明，不知尚月出之光，是早而誤言遲也。蓋心之警者，其情事之惚恍如此。

不然，蠅無夜聲，且蠅之聲非雞鳴可類也。詩人之比物豈若是邪？是故君子先度物而後言詩。

鴟鴞説

《爾雅》：「鴟鴞，鸋鴂。」郭注曰：「鴟類而已。」《玉篇》始有鵂鶹之説。案《爾雅》列「鴝，鵋䳢」，注云「江東呼鵂鶹爲鵋䳢」，是郭未嘗以鴟鴞爲鵂鶹，《玉篇》之説非也。《方言》、陸疏、《釋文》、《正義》皆言「巧婦鳥」。以《詩》言「綢繆牖户」推之，其諸不甚謬歟？鴞如鳩，一名鵩，一名流離是也。土鴞食母，一名梟鴟是也。鴟鴞如雀，一名鶉鳩是也。鴞、土鴞、鴟鴞，俱名鴞，如五鳩名鳩，九扈名扈，故郭曰鴟類也。「鴟鴞、鴟鴞」，鳥自呼之聲，爲鳥言者皆自呼「姑惡、姑惡」是也。「取子」、「毁室」，指下民言之。此詩《書》僞孔傳以爲作于東征之後，《詩》鄭箋以爲作于東征之前。《史記》以爲既迎周公遂東征，東征西歸乃作詩貽王。今取詩言繹之。

「予惟音嘵嘵」，是成王未寤也。成王未寤，則《史記》謂迎周公之後非也。曰「予未有室家」，「予室翹翹，風雨所漂摇」，是東國未定也。東國未定，則《史記》、僞孔傳謂東征之後皆非也。

周公作此詩當以鄭箋爲信。然鄭箋謂「取子」爲成王誅周公之屬黨，「毁室」爲絶其官位，奪其土地則甚非。夫周公聖人也，二公亦聖人也，成王大賢人也。周公聞流言，義宜避。二公當周公之避，義宜調護朝廷。成王者，蓋不能釋然于周公耳。曾是三聖一賢，而君臣之間如晉之于荀寅、士吉射，秦之于穰侯、商君乎哉。是故「既取我子」，取管、蔡也。其時管、蔡未誅。取者，管、蔡已外比武庚也，周公蓋傷之也。「毋毁我室」

者，東國有叛志，周公虞之之詞也。「徹土」、「捋荼」、「蓄租」，周公居東，輯侯封，繕王旅，以障東國也。「拮据」、「卒瘏」，周公之勤也。夫二公以勳舊勤勞于内，周公以太保冢宰出巡，既親且賢，勤勞于外，故武庚内引管、蔡，外引徐淮，兵興幾半天下，不旋踵而掃除之。知此，則《鴟鴞》之詩所以開諭成王，思往慮來之故，皆可以觀矣。

讀晏子一

《晏子春秋》，《七略》録之儒家，柳子厚以爲墨子之徒爲之，宜録之墨家。本朝《四庫全書》録之史部。《崇文總目》曰：「《晏子春秋》八篇，今無其書。今書後人所采掇。」其言是也。如梁丘據、高子、孔子皆譏晏子三心，路寢之葬，一以爲逢于何，一以爲盆成适，蓋由采掇所就，故書中歧誤複重多若此。而最陋者，孔子之齊，晏子譏其窮于宋、陳、蔡是也。魯昭公二十九年，孔子之齊，至哀公三年，孔子過宋，桓魋欲殺之。明年，阨于陳、蔡絶糧，皆在定公十年晏子卒之後。今《晏子》乃于之齊時，逆以譏孔子，豈理也哉？其爲書淺隘，不足觀覽，後之讀書者，未必爲所惑。然古書奥衍，遠出《晏子》之上而悖于事理者，蓋多有之，不可不慎也。

讀晏子二

吾州孫兵備星衍爲編修時，常校刊《晏子春秋》，釐正次第，補綴遺失，于是書有功焉。而叙中有不可從者二，是不可不辯。《春秋》：「昭公十七年，有星孛于大辰。」《史記·十二諸侯年表》書之于魯。《左傳》：「昭公二十六年，齊有彗星。」杜注云：「不書魯，不見。」《年表》書之于齊，蓋《史記》之慎也。《左傳》昭公二十年十二月，齊侯至自田，晏子侍于遄臺，景公有「據與我和」之言，飲酒樂，景公有「古而無死」之言。《史記》《齊世家》、《孔子世家》及《年表》俱書田、書入魯境，在書彗星前六年。此事之的然者。今兵備據《晏子》謂遄臺之遊，與論禳彗星乃一時事，甚非也。其謂彗星實在昭公二十年，則益非。彗星地氣所騰耳，非如經緯星有行度纏〔一〕次可推，何以二千載之後逆知爲二十年之事，非二十六年之事邪？且謂二十六年，因陳氏厚施之事追言災祥，陳氏豈至是始厚施邪？古今之書衆矣，當求可依據者而從之，其依據不可考，則視著書之人之德與學，與其書之條理明白者而從之。今舍左丘明、司馬遷，信後人采掇之《晏子》，吾不敢云是也。

《史記》：「越石父賢，在累紲中。晏子出，遭之途，解左驂贖之。」《吕氏春秋》、《新序》云：「齊人累之。」累、縲古通，即縲紲也。《晏子》：「越石父反裘負薪，息于〔二〕途側，曰：吾爲人臣僕于中牟，見使〔三〕將歸。」古者惟罪人爲臣僕，爲臣僕之罪皆可贖。《史記》之言與《晏子》無異也，今兵備據《晏子》謂越石父未嘗攖罪以非《史記》，吾亦不敢云是也。

【校記】

〔一〕「纏」，同治二年本作「躔」。

〔二〕「息于」，原作「息干」，據《晏子春秋·内篇·雜上》（《四部叢刊》景明活字本）改。

〔三〕「使」字原無，據《晏子春秋·内篇·雜上》補。

讀五帝本紀

古者有氏有姓，别姓者其初皆氏也。太史公《五帝本紀》于黄帝曰「姓公孫」，明其非氏也。《夏本紀》曰「姓姒氏」，《商本紀》曰「賜姓子氏」，《周本紀》曰「别姓姬氏」，明其以氏爲姓也。然猶虞後人之略之也。于是于《五帝本紀》之末發其凡曰：「自黄帝至舜、禹，皆同姓而異其國號，以章明德。故黄帝爲有熊，帝顓頊爲高陽，帝嚳爲高辛，帝堯爲陶唐，帝舜爲有虞，帝禹爲夏后而别氏〔一〕，姓姒氏。契爲商，姓子氏。棄爲周，姓姬氏。」嗚呼，可謂慎矣。而鄭漁仲詆之，不亦淺之乎言之哉！後之人于本三代之姓，當如太史公之書姓公孫，于别三代之氏爲姓，當如太史公書夏、商、周之姓，則文得其所矣。

【校記】

〔一〕「氏」字原無，據《史記·五帝本紀》（清武英殿本）補。

【評語】

「子居生平得力《史記》，故太史公心之精微皆能道之。讀《史記》五篇，真前無古後無今也。」

案：陶批末識「自記」二小字。

讀管蔡世家

太史公著《管蔡世家》，始書曰：「武王同母兄弟十人，母曰太姒，文王正妃也。其長子曰伯邑考，次曰武王發，次曰管叔鮮，次曰周公旦，次曰蔡叔度，次曰曹叔振鐸，次曰成叔武，次曰霍叔處，次曰康叔封，次曰冉季載，最少。」末書曰：「伯邑考，其後不知所封。武王發，其後爲周，有本紀言。管叔鮮作亂誅死，無後。周公旦，其後爲魯，有世家言。」「成叔武，其後無所見。霍叔處，其後晉獻公時滅霍。康叔封，其後爲衛，有世家言。冉季載，其後世無所見。」以後世史例言之，同母兄弟不宜書于《周本紀》，而《魯世家》宜書。太史公不書，其懼傷周公之心歟？

然必書之《管蔡世家》者，所以見聖人之不幸也。且管叔、蔡叔均罪，而管叔無後，不得有世家。太史公不書曰「蔡世家」，而曰「管蔡世家」，蓋聖人之處兄弟也，盡乎當然之仁義而已。使管叔有後如蔡仲，周公必言于成王，如蔡仲之封，豈有異哉！太史公之智足以知聖如此，故曰紹明世，正《易傳》，繼《春秋》，本《詩》、《書》、《禮》、《樂》之際也。

讀魯仲連鄒陽列〔一〕傳

太史公以鄒陽附《魯仲連傳》，自《索隱》疑其時代懸隔，後人不得附傳之，故遂疑《漢書》鄒陽説王美人兄，以解梁孝王之難，與魯仲連解邯鄲之厄同。夫王美人之事，胥人由竇者所爲，豈足以辱仲連先生？敬蓋讀是傳，而知太史公之傷之也。

夫翕訿者據高位，愚賤者服先畝，天下之士不能待死牖下，又不能通籍于天子之庭，則挾技以游于諸侯間耳。而諸侯者方且曰：是吾故豢之，是吾故不妨辱之、殺之。是故如仲連者，飄然遠舉，不受羈紲爲可耳。不然，能不如鄒陽之受禍哉！

今去太史公之時二千年矣，凡客游者不如仲連以策干，即如鄒陽以藝進，輕爵禄則如仲連之高，懷恩私則如鄒陽之辱。由是言之，彼四公子之門，其擾攘何如，當有不可以意推者矣。故君子之就也，擇地而不違于義；去也，審幾而不傷于仁。

【校記】

〔一〕「列」字原無，據目録補。

讀張耳陳餘列傳

穀梁子曰：「君子之于物，無所苟而已，石鶂猶且盡其辭，而況于人乎？故五石、六鶂之辭不設，則王道不亢矣。」古之作史者辯于物，析于事，慎于文。辯于物，故名正；析于事，故理順；慎于文，故勸懲明。《史記·張耳陳餘列傳》：「廷尉以貫高事辭聞，上曰：『壯士！誰知者？以私問之。』」「壯士」，意其可以私問也。「中大夫泄公曰：『臣之邑子素知之，此固趙國立名義不侵爲然諾者也。』上使泄公持節問之。」「立名義不侵爲然諾」，不可以私問也。「使泄公具告之，曰：『張王已出。』因赦貫高，貫高喜曰：『吾王審出乎？』」貫高之心惟知有王，故問出王，不問赦高也。「泄公曰：『然。』泄公曰：『上多足下，故赦足下。』」泄公之心惟知有高，故複言赦高，不言出王也。至貫高絶肮死，太史公斷之曰：「當此之時，名聞天下。」如是而已。何也？家臣知有家，而不知有國，諸侯之臣知有國，而不知有天下，皆大亂之道。如貫高者，足以聳動激昂，入人肝膈，然而君子不以仁義褒焉。

孟子曰：「孔子成《春秋》，而亂臣賊子懼。」于此可以觀矣。

【評語】

「王葵園曰：筆力雄大，而識足以緯之。」案：此條據王批過録。王葵園，即王先謙，此條見王氏所選《續古文辭類纂》是篇文末評語，王秉恩殆據彼過録。

讀貨殖列傳

作史之法有二，太史公皆自發之。其一，《留侯世家》曰：「所與上從容言天下事甚衆，非天下所以存亡，故不著〔一〕。」此作本紀、世家、列傳法也，而表、書亦用之。其一，《報任少卿書》曰：「究天人之際，通古今之變。」此作表、書法也，而本紀、世家、列傳亦用之。《史記》七十列傳各發一義，皆有明于天人古今之數，而十類傳爲最著。蓋三代之後，仕者惟循吏、酷吏、佞幸三途，其餘心力異于人者，不歸儒林則歸游俠、歸貨殖，天下盡于此矣。其旁出者，爲刺客，爲滑稽，爲日者，爲龜策，皆畸零之人。是故貨殖者，亦天人古今之大會也。鍾伯敬謂補《平準書》所未備，可以操治天下之故，其義乃推而得之，其諸非太史公之本義歟！

【校記】

〔一〕「著」，原作「書」，據《史記·留侯世家》改。

【評語】

「周自庵曰：心思獨到。」案：此條據王批過録。又見於王先謙《續古文辭類纂》，王秉恩殆據彼過録。

「看似平直，其實曲折奥衍，奇氣横溢。」

「得力在一簡字。」案：此二條據楊批、佚名批點本過録。

讀霍光傳

此傳七千餘言，所書者四事耳。其一，受遺輔政；其二，殺燕王、蓋主、上官桀；其三，廢昌邑王，立宣帝；其四，霍氏謀反伏誅而已。

孟堅之文整贍得大體，即此傳可見。而著光之罪，則微而顯焉。何也？昌邑羣臣，坐無輔道之誼，陷王于惡，光悉誅殺二百餘人。出死，號呼市中，曰：「當斷不斷，反受其亂。」是昌邑羣臣謀光，光因廢王殺羣臣耳。光懲于此，故立宣帝，以起側微，無從官及强媚親爲黨也。爲人臣而如是，即無弑許后之事，豈有不滅族者哉？禹、山、雲皆少年愚騃，非能爲惡者，孟堅皆詳書之，而篇末載徐福抑制霍氏，書所以責宣帝不能全功臣之後，載謁見高廟而斷之曰：「霍氏之禍，萌于驂乘。」所以見不臣之罪，不始于禹、山、雲，而在光，故曰良史也。

讀論衡

吾友張皋文嘗薄《論衡》，詆爲鄙冗，其《問孔》諸篇益無理致，然亦有不可没者，其氣平，其思通，其義時歸于反身。蓋子任稟質卑薄，卑薄故迂退，迂退故言煩而意近。其爲文以荀卿子爲途軌而無其才與學，所得遂止此。然視爲商、韓之説者，有徑庭焉。

卑薄則易近于道，高强則易入于術。斯亦兼人者所宜知也。

孟子荀卿列傳書後

敬十五六時讀《史記》，以孟子、荀卿與諸子同傳不得其説，問之舅氏清如先生。先生曰：「此法史家亡之久矣。太史公傳孟子，曰『受業子思之門人』，曰『道既通』，蓋太史公于孔子之後，推孟子一人而已。而世主卒不用，所用者孫子、田忌，戰攻之徒耳；次則三騶子、淳于髡諸人，其術皆足以動世主，傳中所謂牛鼎之意也。而孟子獨陳先王之道，豈有幸邪？荀卿者，非孟子匹也，然以談儒、墨、道德廢，况孟子邪？蓋罪世主之辭也。其行文如大海泛蕩，不出于厓；如龍登玄雲，遠視有悠然之迹而已。孟堅、蔚宗不能至也。然世主所以不用孟子者何也？陷于利也，而不知即所以亡，故以梁惠王言利發端，又引孔子罕言利以明孟子之所祖。是以荀卿形孟子，以諸子形孟子、荀卿，故題曰《孟子荀卿列傳》。若孟堅、蔚宗，當題『孟二騶〔一〕淳于列傳』矣。此《史記》所以可貴也。」後見敬讀《文選》，曰：「汝知從横之道乎？言相并，必有左右，意相附，必有陰陽，錯綜用之，即從橫也。」敬思之竟日，仍于先生之言《史記》得之。于是，讀天下之書皆釋然矣。

嘉慶十一年，敬年五十，于南昌道觀爲余生鼎言之。十二年，于瑞金官舍讀陶庵先生文，乃知清如先生之所本，遂書之，兼以寄余生。

【校記】

〔一〕「二騶」，當作「三騶」。《史記・孟子荀卿列傳》「齊有三騶子」（清武英殿本），爲騶忌、騶衍、騶奭三人。前文亦云「三騶子」。

古今人表書後

《漢書・古今人表》〔一〕始太昊宓羲氏，終于董翳、司馬欣，而漢之君臣不與焉。顏師古曰：「但次古人，不表今人者，其書未畢也。」

惲子居曰：顏氏此言非也。孟堅爲漢人，于漢之君臣將如何而差等之？是故次古人即以表今人也。哀、平之間，蓋多故矣，孟堅于身無事功而爲弒與被弒、被滅者列之第九等之愚人，而有事功者列之第八等，所以著哀、平、王莽之罪也。身爲弑而列第七等者，惟崔杼、慶封、陳恒，蓋莊公下淫，景公廢嫡，亂不自下始也。是故覆漢祚者，平帝可原，哀帝不可原，推而上之，成帝亦不可原。齊桓公列第五等，秦始皇列第六等，而高祖、武帝可推而知。老子列第四等，而文帝可推而知。

蓋古人多以絶人之才識，百慮千計而筆之于書，讀之者委曲推明尚不能得其十五。太史公曰：「非好學深思，心知其意，未易爲淺見寡聞道也。」敬以此法讀三代、秦、漢之書，自魏、晉以下，則知者鮮矣。

【校記】

〔一〕「漢書古今人表」，嘉慶二十年本、同治二年本、光緒十四年本作「漢書古今表」，同治八年本校補「人」字，底本沿之。

三國志書後〔一〕

秀水朱錫鬯氏稱陳承祚削魏氏受禪碑，而詳書漢中王武擔山即皇帝位文并羣臣勸進表，爲以統與蜀，此承祚意也。後人讀史不尋始末，較其書法所在，據一端之偏即深文斥之。如謂《史記》尊黃老，《三國志》帝篡竊，古人豈任此邪？敬反覆觀之，復得數端，可以發錫鬯氏之説。

《史記》、《漢書》之法，曰傳，曰志，曰表，曰論，曰贊。承祚作史，有傳，無志、表，何也？彼三國者，不足當一代之制也。蜀得國最後，失國最先，吴據江表，魏以篡終始，故皆奪之。然蜀用漢儀法，無志、表亦傳。若吴、魏之制，皆不傳矣，此奪之至也。其以評易論，而無贊，何也？吴、魏之君若臣，皆亂世之雄耳，贊之是長亂也。蜀以討賊號天下，故于《楊戲傳》載蜀君臣贊以別之，是正于吴、魏也。其目書曰「武帝操」、「明帝叡」，何也？與「先主備」、「吴主權」同書也，明魏之非帝而已。魏非帝，而蜀之宜爲帝，人無有知之者，故于《蜀書》曰「先主備」，而于《吴書》曰「吴主權」，不稱「先主權」，吴者非蜀儕也。吴非蜀儕，魏又何得以蜀爲寇敵邪？此與之至也。

《春秋》之義，微而顯，志而晦，《史記》蓋得其意幾十之六七，《漢書》得四五，《三國志》得一二，自《晉書》以下戛戛乎幾無有焉。《五代史》知此法而不能用，故書法必自爲論，以道達之。此史之所以不古若歟！

【校記】

〔一〕篇名原作「書三國志後」，目録作「三國志書後」，與前後體例一致，今據改。

諸夏侯曹傳書後〔一〕

《武帝紀》注引《曹瞞傳》及《世語》，以操父嵩爲夏侯氏之子，于惇爲叔父，後人謂承祚合傳夏侯、曹以此。此殊乖剌。

按傳，太祖以女清河公主妻惇子楙，而淵子衡亦尚太祖弟海陽哀侯女，尚適室又曹氏女也。操雖鬼蜮，何至汙亂若此邪？蓋二氏世爲婚姻。惇、淵有開國勳，與仁、洪、休、真等。及其亡也，爽與玄先後誅夷，大權始盡歸司馬氏。故合傳之以觀魏氏興衰之所由，乃作史定法也。賈詡卑雜，因諫〔二〕易世子安危所係，乃得與二荀同傳，其諸亦此義歟！

【校記】

〔一〕篇名原作「書諸夏侯曹傳後」，目録作「諸夏侯曹傳書後」，與前後體例一致，今據改。

〔二〕「諫」，同治二年本作「謀」。

鈐山堂集書後〔一〕

分宜萬輞岡上遴以《鈐山堂集》見遺，凡若干卷。其詩文庳陋，無足言者。序凡十餘，皆忸怩之言，而湛若水爲最，以唐順之之才識，所言亦無殊異焉。

嗟乎，士生晚近世，而號于天下曰能文，其不受此辱者幸也。閻立本以畫水禽爲恥，章誕題凌〔二〕雲臺榜至自悔絶筆法，以今視之，孰若此辱之甚哉！

【校記】

〔一〕篇名原作「書鈐山堂集」，目録作「鈐山堂集書後」，與前後體例一致，今據改。

〔二〕王校：「『凌』當作『陵』。」案：當作「凌云臺榜」，原文不誤。

金剛經書後一

《金剛經》凡六譯，今多行鳩摩羅什本，通五千二百八十七言。敬嘗誦言及之，張皋文以敬言爲儒墨混，敬何敢然邪？且佛氏非墨也。凡敬之爲言，以明孔子之道。如是，佛之言與後之爲佛者，竊孔子之言以爲言，皆莫外乎孔子之道而已。因書于是經之後，以考其出入焉。

經曰「應如是住，如是降伏其心」，曰「應無所住而生其心」，曰「應無所住行于布施」，三言而已。《中庸》之言曰：「經綸天下之大經，立天下之大本，知天地之化育，夫焉有所倚？」所謂「無所住」非邪？曰「肫肫其仁，淵淵其淵，浩浩其天」，所謂「生其心」非邪？子貢曰：「如有博施于民，而能濟衆何如？」孔子曰：「何事于仁，必也聖乎。」所謂「行于布施」非邪？《大學》之言曰：「心有所忿懥，則不得其正；有所恐懼，則不得其正；有所好樂，則不得其正；有所憂患，則不得其正。」所住之過如此。曰：「心不在焉，視而不見，聽而不聞，食而不知其味。」不生其心之過如此。蓋天之生人，均是髮、膚、耳、目、心、志，其于道也，皆一本焉。故心之本然，聖人能知其故而言之者，佛與爲佛者亦能知其故而言之，特不能如聖人之中且正而得實。譯者又多以意比附，故諸經之言或明或晦，或詭或法，而是經亦多覆沓卑雜之辭。至其精審，未有不與聖人之言相當有如此者。慧可曰「我已息諸緣」，曰「不成斷滅」，亦此義也。若其誑誘之術，矯僻之行，汪洋寥廓之談，愈遠而愈歧，則未有所抵也夫！

【評語】

「兩篇之議，如水潑成，如鐵鑄就，分合得失，俱還他實落處，與明儒以儒證佛，以佛證儒，俱推入洸洋中者不同。」　案：陶批末識「自記」二小字，批在《金剛經書後二》篇末。

金剛經書後二

《金剛經》曰：「若有善男子、善女人，以七寶滿恒河沙數，三千大千世界以用布施，得福多否？　須菩提言甚多。　世尊佛告須菩提：『若善男子、善女人于此經中，乃至四句偈等爲他人説，而此福德勝前福德。』」此言財施也。　又曰：「若有善男子、善女人，初日分以恒河沙等身布施，中日分復以恒河沙等身布施，如是無量百千萬億劫以身布施，若復有人聞是經典，信心不逆，其福勝彼，何況書寫、受持、誦讀、爲人解説？」此言身施也。

孟子曰：「中天下而立，定四海之民，所性不存焉。」《金剛經》言受持，即「所性」也。言施財、施身，即「中天下而立，定四海之民」也，故其福德不侔如此。　雖然，猶有進于布施必言無住，于受持《金剛經》必言無一法可得。孔子曰：「巍巍乎，舜禹之有天下也，而不與焉。」蓋于道庶幾矣。其異于聖人者，聖人以能充本然之知爲用，故循性以達情，而五倫序，萬事備。佛以不撓本然之知爲體，故返情以合性，視五倫爲外附之物而決去之，而萬事懈涣矣。聖人言物言事，而至微至幽者在焉。佛以言理言道爲大障，而求其無障者，故自言而自非其言，且自非其非言之言。如脱繫蹄而繫益堅，如推拳手而拳益酷，教乘宗乘未有能出乎此者，此不可不知也。

楞伽經書後一

周萬載伯藹前令星子，于廢招提得《楞伽經記》，明沙門德清戍粤東時所著也。其記漫衍，頗有不附經旨者。敬假之伯藹，自南昌至寧都輿中讀之。訖一過，書後歸之。

凡佛經之説，其辭旨無甚大異。此經不立一義，而諸義皆立，悉與《金剛經》相比，惟艱晦過當。達摩至中國，掃除一切文字，以此經付慧可大師。蓋艱則難入，晦則難出。難入則意識無所用，難出則怡然涣然者皆得之自然。乃即文字中斷文字障法也。

至鴻忍大師易以《金剛經》，簡直平易，人皆樂從，故道法大行，而禪復流于文字，此《五宗語録》之所以歧互也。經中開卷斥百八句皆非，則全經語句無著爲最勝處。蓋《金剛經》先説法，後説非法；此經先説非法，後説法，一而已矣。其言不離妄想即見正智，與《楞嚴》「無始生死根本」、「無始元清浄體」義同，與《法華經》「是法非思量分別之所能解，惟有諸佛乃能知之」義亦同。佛法豈在多求邪？德清記此經有四千卷，此十分之一，以驚〔一〕愚者耳。

【校記】

〔一〕「驚」，光緒十四年本作「警」。

【評語】

「先生自言：『如此下語，人以惲子居爲宋學者固非，漢唐之學者亦非也。男兒必有自立之處，豈肯隨人作計。』」案：此條據楊批、佚名批點本過録。實出自先生《大雲山房言事》卷二《答方九江》中文字，録爲自評，故題「先生自言」。

楞伽經書後二

德清曰：「《楞嚴》以阿難入淫舍，故唱《斷淫》；《楞伽》爲夜叉王説法，故唱《斷肉》。」今檢經語疏《斷肉》之故，十有七其義皆陋，而最妄者，謂一切衆生從本己來，展轉因緣，常爲六親，不應食肉，使生怖懾。

夫親想肉不應食，非親想肉應食耶？展轉因緣，有色無色，有想無想皆有之。而佛聽穀食，并食蔬果何也？蓋佛經多爲無識者附益，故陋而且妄如此。

天發神讖碑跋

嘉慶十五年六月丙午，歙汪古香于南昌市中購得《天發神讖碑》摹本二，一自藏，一詒建平龔西原。時西原攜酒飲陽湖惲子居齋中，子居書其後。

此碑相傳爲皇象休明書，按《吴志・趙達傳》注：「象，廣陵江都人，幼工書。時有張子并、陳梁甫能書，甫恨逋，并恨峻，象斟酌其間，甚得其妙。」逋即庸之借，通陠，屋上平也。平曰陠，險曰峻，此碑書險絶，亦恨峻，不知休明之斟酌何在。官帖中休明《文武帖》能斟酌逋峻之間。《書斷》言休明八分亞于蔡邕，邕八分亦無過逋、過峻者，則此碑非休明書也。《金陵瑣事》以爲蘇建書，《書史會要》稱建書與皇象同，今建書《國山碑》與此碑殊不相入，後之君子闕疑，其庶幾歟！

乙瑛碑跋

右張子潔所藏《乙瑛碑》，頗有神采，其整暇暢美，爲唐人分書作嚆矢矣。宋張穉圭定爲鍾元常書。《隸釋》考元常生卒與立碑歲月不相及，然此碑韻勝處視元常正書、行押〔一〕書亦相發。二王風流始于元常，蓋東漢之末，其風氣漸及六朝，可以觀世變也。

【校記】

〔一〕「押」，同治二年本作「狎」。王校：「『押』當改『狎』。」案：行狎書即行書，押、狎皆通。

孔羡碑跋

右魏《孔羡碑》殘本，常熟嚴相君故物。相君藏全本，身後散落，書賈得其三之一，以詒陽城張子潔。摹拓尚佳，可藏也。

全碑「置百石卒以守衛之」，「卒」上缺一字，《隸釋》作「吏卒」，後人因漢有「百石卒史」、「二百石卒史」，遂以《隸釋》爲不然。敬按《百官表》，二百石以上爲長吏，百石以下爲少吏。「卒史」者，將卒之史，即吏也。卒者，更卒、正卒也。其不將卒，亦稱卒史者，五經卒史、文學卒史，秩比卒史也。此碑卒史將守衛之卒止書官稱，卒史書官，并書所將，可稱吏卒，故《三國志》亦書吏卒。而《乙瑛百石卒史碑》碑末書「造作百石吏舍」，可互觀證焉。〔一〕

明人跋此碑多罪魏氏父子，乃史論體耳。金石之學至本朝大明，考正字畫則通會小學，參次年月則推明史事，故其學斷不可廢。若如史論，讀史足矣，何必爲金石耶？《隸釋》于金石有功，此碑之説則謬甚。魏氏立國，殊不足道，而《隸釋》以爲味素王之言，行六經之道，不止鼎峙之業，是奬篡也，其論又在明人下矣。

【校記】

〔一〕嘉慶十六年本文止「可互觀證焉」，無「明人跋此碑」以下文字。

卷三

與紉之論文書

紉之吾宗足下：敬與紉之同出于提舉公，蓋二十餘世矣，不可謂不遠。雖然，吾宗之能學者不數人，能學而行復有儀矩者益不數人，敬于紉之心之近之也久矣。昨者相見，敬所以望紉之者甚博，而紉之以古人之所以爲文者問焉，紉之之志止乎是耶，抑敬之所知者不足以越乎是邪？甚非敬之所望也。

文者，小道也，而人喜爲之，爲之而復喜言之。本朝如魏叔子、姜西溟、邵子湘諸人，皆累累言之矣，盡矣，敬復何所言邪？等而上之，元明之人言之矣，宋之人言之矣。如和鼓然，其聲無以甚異也，敬復何所言邪？雖然，紉之之意不可無以應也。且敬所謂甚博者，未嘗不可于言文推之，紉之慎擇之可也。

夫後世之言文者，未有如退之之爲正者也；退之之言文，則告尉遲生、李生爲最。

吾少之時，蓋嘗讀而樂之。若柳子厚、李習之與韋中立、王載言〔一〕所言，視退之相出入者也，紉之求之乎是焉，足矣。雖然，退之、子厚、習之各言其所歷者也，一家之所得也；于天下之文，其本末條貫，有未備者焉。敬請合三子者之言爲紉之申言之。其是邪，其未是邪，紉之擇之可也。

孔子曰：「辭達而已矣。」孟子曰：「詖辭知其所蔽，淫辭知其所陷，邪辭知其所離，遁辭知其所窮。」古之辭具在也，其無所蔽、所陷、所離、所窮四者，皆達者也。有所蔽、所陷、所離、所窮四者，皆不達者也。然而是四者有有之而于達無害者焉，列禦寇、莊周之言是也，非聖人之所謂達也。有時有之，時無之，而于達亦無害者焉，管仲、荀卿之書是也，亦非聖人之所謂達也。聖人之所謂達者何哉？其心嚴而愼者，其辭端；其神暇而愉者，其辭和；其氣灝然而行者，其辭大；其知通于微者，其辭無不至。言理之辭，如火之明，上下無不灼然，而迹不可求也；言情之辭，如水之曲行旁至，灌渠入穴，遠來而不知所往也；言事之辭，如土之墳壤鹹瀉，而無不可用也。此其本也，蓋猶有末焉。其機如弓弩之張，在乎手而志則的也；其行如挈壺之遞下而微至也；其體如宗廟圭琮之不可雜置也；如毛髮肌膚骨肉之皆備，而運于脈也；如觀于崇岡深巖，進退俯仰而横側喬墮無定也。如是，其可以爲能于文者乎？若其從入之途，則有要焉，曰：其氣澄而無滓也，積之，則無滓而能厚也；其質整而無裂也，馴之，則無裂而能變也。退之、子厚、習之，能之而言之者也；敬，未能之而言之者也。天下有能之而言不能盡者矣，未有未能之而言能盡者也。紉之益申之可也。十一〔二〕月十五日敬謹上。

【校記】

〔一〕「王載言」，原作「王載」。沈校曰：「按《李文公集》中有《答王載言書》，此文『載』字下當是脱一『言』字。」案：王載言，《李文公集》他本又作朱載言、梁載言。今據補「言」字。

〔二〕「十一」，原作「十」，據諸校本改。

【評語】

「合韓、柳數書觀之，行文之體用盡矣。」

「此書皆道其得力。」　案：此二條據王批過録。

上秦小峴按察書

小峴先生閣下：往者敬居京師，知先生善詩、古文。及官富陽，先生分巡杭、嘉、湖三府，敬以屬吏見，所言者官事耳，其他未之敢言。何也？詩、古文者，藝事也，縣官非言藝之官，且敬于先生非故舊也，則未知大人之門，以言藝進者，相率以言藝歟，抑不免視所好而投之以是歟？如視所好而投之以是，是與操瑟之工、獻狗馬之客相去無幾何也。且視所好而投之者必有所求，縣官于分巡，其所求非如操瑟之工、獻狗馬之客衣食利益而已也，夫是以不敢。

後先生奉命按察湖南，敬知新喻，先生道過而辱存之，敬所以待下執事者，皆天下所謂縣官之事也。何也？敬于先生知之未深，則未知先生于敬亦深知之歟，不深知之歟？則爲敬者，天下所謂縣官而已矣。及先生以爲過上，事後復移書賜之以善言，敬始自悔；又聞以引疾去官，敬益用自悔。何也？天下惟賢者能以賢望人，亦惟能退者必能進而有所爲，是先生非猶夫世之所謂分巡按察而已。而敬之兢兢自外，淺之乎爲丈夫也。

蓋敬積十五年而後敢言深知先生，其前後審慎如此。雖然，未之知與知之未深，則彼此如途人之偶值可也。知矣，知之深矣，則友也。友之道，近則相示以行，遠則相示以言，皆中于道而後可。

詩、古文，藝事也，而道見焉。今先生所爲詩，所爲古文，業已集而刻之，敬之意以爲宜排次之，不宜以多多積之也。以多多積之，則于道多歧。先生所與言藝者，仲倫、惕甫，皆敬友也。仲倫達心而懦，惕甫强有力而自是。仲倫之于道也儉，惕甫之于道也越，其于先生之詩、古文，燕閒之見必言之盡力矣，然二子所見于道未能盡也。敬者，于道能知之而不能行之，于文能言之而不能爲之，然義不可以無言也，則請即二子者之序言而下籤以言之，先生以爲異于操瑟之工、獻狗馬之客歟，抑非然歟？然今者敬無所求于先生，并不如操瑟之工、獻狗馬之客有衣食利益之志也，則又在乎先生知敬之深也已。九月十九日惲敬謹上。

【評語】

「翩然矯然，骨韻絶勝，通體用《戰國策》。用古法，方不爲古人所壓。」案：此條據陶批、楊批過録，陶批末識「自記」二小字。

上曹儷笙侍郎書

儷笙先生閣下：前者，敬在寧都上謁，先生過聽彭臨川之言，諄然以昔人之所以爲古文者下問，侍坐之頃，未能達其心之所欲言。回縣後，竊願一陳其不敏。而下官之事上者，如古之奏記，如牋，如啓，皆束於體制，塗飾巧僞，殊無足觀。至前明之稟，幾于胥隸之辭矣。古者，自上宰相至于儕等相往復，皆曰書，其言疏通曲折，極其所至而後已。謹以達之左右，惟先生教正之。

古文，文中之一體耳，而其體至正。不可餘，餘則支；不可盡，盡則敝；不可爲容，爲容則體下。方望溪先生曰：「古文雖小道，失其傳者七百年。」望溪之言若是，是明之遵巖、震川，本朝之雪苑、勺庭、堯峰諸君子，世俗推爲作者，一不得與乎望溪之所許矣。望溪謹厚，兼學有源本，豈妄爲此論邪？蓋遵巖、震川常有意爲古文者也。有意爲古文，而平生之才與學不能沛然于所爲之文之外，則將依附其體而爲之；依附其體而爲之，則爲支、爲敝、爲體下，不招而至矣。是故遵巖之文贍，贍則用力必過，其失也，少支而多敝；震川之文謹，謹則置辭必近，其失也，少敝而多支。而爲容之失，二家緩急不同，同出于體下，集中之得者十有六七，失者十而三四焉。此望溪之所以不滿也。

李安溪先生曰：「古文，韓公之後惟介甫得其法。」是説也，視望溪之言有加甚焉。敬常〔一〕即安溪之意推之，蓋雪苑、勺庭之失，毗于遵巖，而鋭過之，其疾徵于三蘇氏；堯峰之失，毗于震川，而弱過之，其疾徵于歐陽文忠公。歐與蘇二家所畜有餘，故其疾難形；雪苑、勺庭、堯峰所畜不足，故其疾易見。噫，可謂難矣！然望溪之于古文，則又有未至者，是故旨近端而有時而歧，辭近醇而有時而窳。近日朱梅崖等于望溪有不足之辭，而梅崖所得視望溪益庳隘。文人之見日勝一日，其力則日遜焉，是亦可虞者也。

敬生于下里，以禄養趨走下吏，不獲與世之大人君子相處，而得其源流之所以然。同州諸前達多習校録，嚴考證，成專家。爲賦詠者，或率意自恣。而大江南北以文名天下者，幾于昌狂無理，排溺一世之人，其勢力至今未已。敬爲之動者數矣。所幸少樂疏曠，未嘗捉筆求若輩所謂文之工者而浸漬之，其道不親，其事不習，故心不爲所陷，而漸有以知其非。後與同州張皋文、吴仲倫，桐城王悔生遊，始知姚姬傳之學出于劉海峰，劉海峰之學出于方望溪。及求三人之文觀之，又未足以饜其心所欲云者。由是由本朝推之于明，推之于宋、唐，推之于漢與秦，齗齗焉析其正變，區其長短，然後知望溪之所以不滿者，蓋自厚趨薄，自堅趨瑕，自大趨小，而其體之正，不特遵巖、震川以下未之有變，即海峰、姬傳亦非破壞典型、沈酣淫詖者，不可謂傳之盡失也。若是，則所謂爲支、爲敝、爲體下，皆其薄、其瑕、其小爲之。如能盡其才與學以從事焉，則支者如山之立，敝者如水〔二〕之去腐，體下者如負青天之高。于是積之而爲厚焉，斂之而爲堅焉，充之而爲大焉，且不患其傳之盡失也。然所謂才與學者何哉？曾子固曰：「明必足以周萬事之理，道必足以適天下之用，智必足以通難知之意，文必足以發難顯之情。」如是而已。皋文最淵雅，中道而逝；仲倫才弱，悔生氣敗。敬蹉跎歲時，年及五十，無所成就必矣。天下之大，當必有具絕人之能，荒江老屋，求有以自信者，先生能留意焉，則斯事〔三〕之幸也。附呈近作數首，聊以塞盛意。愧悚愧悚。十月二十日惲敬謹上。

【校記】

〔一〕「常」，原作「當」，據諸校本改。

〔二〕「水」，同治二年本作「木」。

〔三〕「事」，嘉慶十六年本作「道」。陶批：「『事』當作『道』。」

【評語】

「委蛇潏蕩，各極其觀。」　案：陶批末識「自記」二小字。

答曹〔一〕儷笙尚書書

儷笙先生閣下：　九月中得手書，欣慰無似。先生當代大君子，乃肯垂念愚鄙之夫所不足者而教正之，先生所以厚待敬者至矣。敬且感且奮，思竭力自湔濯，以副所期，先生亦必許其能改也。然往歲之事，竊有小人之心二端，不敢不爲知己告者。敬家貧無可爲生，官事支缺多端，又待質幾五閱月，意欲棄官歸不肖之身于先生，庶幾過貴州就一授經之席，使俯仰無虞，而道藝亦有所益，一也。士之處下位者，入門户則終身不能出，而可以罷官可以不罷官之時，門户之界也。今歲春首，有書與知交，言不爲熙寧之附介甫，亦不爲元祐之附司馬公，况在往歲，豈敢不慎？　故寧直無曲，寧激無隨，二也。此二端，皆私心妄作，言之慚甚，豈敢自附于古之强項者邪？　然先生知其外之强項而有以進之，即知其内之并不及强項，亦必不鄙之棄之，而復有以進之，此敬所以敢披露肝膽于左右也。

正月中，秋潭來書，述先生之命徵秋潭詩并及鄙文，敬以贈送序多諂諛之辭，恐獲罪門下，未敢率爾執筆。三月中，聞秋潭被劾，四月中而訃至。傷哉！傷哉！撫軍非欲殺秋潭之人，而秋潭竟死。秋潭非以被劾致病之人，其事亦非被劾可致病之事，而秋潭竟以病死，如之何？如之何！方秋潭在時，人多異議者；今秋潭死矣，何處復得一彭秋潭？惜其子奔走衣食，敬三索行述不得，然銘墓之辭，敬前與秋潭定交，曾以後死自任，不負此諾也。稿本并近作數首奉呈，惟暇中正定之。書中名帖，不敢當，不敢當。

先生〔二〕德位崇重，下交于奔走之吏，先生之道益光矣。然天下必有言敬之僭者，謹附繳，惟先生曲諒之。乍寒，一切爲道自重。七月十一日惲敬謹上。

【校記】

〔一〕篇名「曹」字原無，據目録補。

〔二〕「生」，原作「王」，據諸校本改。

【評語】

「激昂之文，最難清瀏，此性分中不可强也。」 案：陶批末識「自記」二小字。

上汪瑟庵侍郎書

瑟庵先生閣下：　敬奔走塵俗，逾二紀矣。所治荒遠，久不奉教于賢士大夫。竊意迂戇之質，百無可爲，惟秏升斗禄爲讀書自守之資，可以盡年，可以長世，然未嘗不以弇陋爲懼也。

古之君子，學于古人則思畢其異同，學于今人則思正其得失。小生之所知，下吏之所能，其不可自晝明矣。然不敢輒以之干人者，或好尚不同，徒取憎惡，或事權所在，迹涉梯媒，與其過而近，毋寧過而遠，與其近而人知，毋寧遠而人不知。此居下之道也。然敬嘗觀之，古人蓋有自達之于當路者，意者或一道歟？夫天下未有以自達爲道者也，意者或有其不苟者歟？　昔者，退之上盧邁、趙璟、賈耽書，皆誚責諷刺之言。蘇明允上韓樞密、富丞相書，皆刼持誇誕之言。及答李習之與歐陽内翰，則大伸其性情學問之所得。是故一介之士，屏人獨處，仰而思，俯而書，無論富貴酣養者，不足與其旨甘，分其膏澤，即如韓樞密之瓌傑，富丞相之重碩，文丞相之敦惠，若與之抽毫命牘，酬酢古今，析毫黍之理，舉丘山之事，恐未能盡其精微，周其博大。天之生才，各有所尚，不可强也。若是，則所謂不可苟者，亦有其不可失者歟！

先生自通籍時即以好古力學聞天下，然而不知者曰：「是宗漢儒，不宗宋儒；是喜治經，不喜治史。」敬在下風，蓋有年矣，區區之忱，未能無惑。及前日上謁，而淵然之容，雍然之論，所謂異同黨伐，古今愛薄之説，無幾微見于神志語言，而後知前之云云者，皆淺人附和，未能深窺，而性情之平頗，學問之純雜，非親接不足以得大凡也。

敬五十之年，斷斷此事，不日進則日退，惟得有道教正之，或可不爲流俗人所限。謹録舊作二首、近作五首呈之左右，惟先生諒焉。九月二十五日惲敬謹上。

【評語】

「神淵無風，其淪漣淡蕩處，亦非池沼之觀。」　案：陶批末識「自記」二小字。

答吴白厂〔一〕書

白厂二兄足下：二十一日使至，得手書，藉悉興居萬福，慰甚。蒙惠寄細絹墨竹一幀，吴綾仿宣紙墨松各一幀，而命敬以一言告後世之知者，敬何人斯，敢當斯語邪？然常從二兄于舒三白香之所，二兄大醉狂叫，稱畫則文湖州、米襄陽復生，詩〔二〕尚當讓出一頭地。敬觀前人之推湖州者，曰「富瀟灑之姿，逼檀欒之秀」而已。二兄畫竹，堅潤通脱，豈惟雁行湖州，蓋駸駸乎抗衡齊首，而將毋越之。襄陽畫擅場人物山水，乃二兄所不作者。然襄陽自詡，謂不使一筆入吴生，又謂無一筆關仝、李成俗氣，是襄陽以高古出塵爲宗。二兄畫松，作氣滿前，如驟雨，如旋風，當求之張文通以下。惟襄陽爲裕陵書屏，反繫袍，跳躍便捷，不爲富貴所懾。二兄當之應無愧昔賢耳。湖州、襄陽所傳之《丹淵集》、《襄陽集》，其詩如工部之文，如記室之賦，意趣與俗懸别。二兄則揣摩諸家而能洗刷之，浩浩乎，翛翛乎。敬常謂乾隆中江右第一，信有湖州、襄陽所畏者。

雖然，古人極深、極微、極正之作何如？深而可至，微而可探，正而可感發之作何如？可至而仍超遼，可探而仍窅渺，可感發而不妨恣詭之作何如？此則敬所願望于二兄，而畜之于心甚久甚久者也。敬于此事，雖自八歲即受法于先人，然所得無何，故律嚴而拘，思通而近，氣盛而易竭，響切而易流，其境去二兄遠矣。今敢率爾有所言者，蓋以古人待二兄，不得不以古人自待，交友之道貴如是也。

敬回縣後，諸事如蝟毛不可爬梳，所幸老母康强，細弱均安善，無勤遠念。前過貴郡，本欲至草堂，而輿夫出城即取東道，以致相左。昔者，楊少師西遊，僕人挽之而東，往日之事得毋類此。抑又有可釋之二兄者。勝公榮者，不可不與飲，今無其人。不如公榮者，不敢不與飲，敬今之投刺待見，屏息雅拜者皆是也。惟公榮可不與飲，非二兄而誰？則敬之不過草堂，後世必有引首慨慕，舉觴抽紙以歌詠之者，二兄其何憾耶！附上《畫松歌》一首，乃章門所作。劣甚，勿見弢。乍寒，一切珍重。十月十六日惲敬謹上。

【校記】

〔一〕「厂」，同治八年本、光緒十四年本同，嘉慶十六年本、嘉慶二十年本、同治二年本作「广」。案：

「厂」、「广」皆「庵」字。下同。

〔二〕「詩」，陶批曰：「『詩』，疑當作『時』。」若是，則以「復生時」爲辭。案：此兼論畫、詩二者，原文作「詩」字不誤。

【評語】

「從六朝脱化，其縱蕩處仍自諸子得來。」　案：陶批末識「自記」二小字。

答蔣松如書

松如大兄足下：　三月中，兩得書，知于往歲來江右，無因得見，盡心意所欲言，甚惘惘；復知得交于梅皋太史，多磊落之遊，甚喜。而書中三致意，則以所爲四子書文屬序于敬，此敬所不敢辭也。

數月來，爲吏事所苦，不得暇，鹿耔頗與知顛末，是以不及作報。五月之望復得書，以古君子之道望敬，而責其不恭，皆切直。敬所未至，甚愧感。然謂敬不屑爲足下作序，則甚非事理也。敬與足下初接于州中汪氏，奉舅氏清如先生之命而後相見于都中，一握手即相背去幾十餘年，復會飲于州東之園亭，今又三易寒暑矣。與足下蹤迹不可謂不疏，然心甚懸懸于足下者，則以足下之爲人，敬所願交而不敢失者也。願交而不敢失，則言宜誠，故請得盡其愚。

序者，蓋始于史臣之序《詩》、《書》。漢人著書多自序，魏晉崇尚詩文，始有爲人序專集、類集者。唐宋人爲贈送序，此謂不經。明之壽序、考察序、升擢序，又其不經者也。是故漢之所無，魏晉有之；魏晉之所無，唐宋明有之。文者，因事而立體，順時而適用而已。唐試帖經，無經義文。宋之經義文，皆附于詩文集，故無其序。自明以來，四子書文皆專行矣。專行則宜有專序，乃今之號爲知古文者，曰不得作四子書文序。嗟乎，誠使陸敬輿、司馬君實諸人生于今日，爲四子書文，韓退之、李習之、曾子固諸人爲之序，傳之數千載之後，其尊于揚雄之僞言、劉歆之飾説，蓋可必也。若是，則爲足下作序何不屑焉？昔者歐陽永叔爲惟儼文集序，許其自言曰「笞兵走萬里，立功海外」，曰「佐天子號令賞罰于明堂」。後惜其老不得意，則曰：「考其筆墨馳騁，文章贍逸之能，可以見其志。」嗟乎，惟儼爲浮圖者也，永叔序之，蓋較梅聖俞、江鄰幾有進，何也？其人非儔人也。

足下自二十入少年場，三十讀古雜家言，四十與天下之士相角逐，必有位置可以自信者。若是，則足下之文敬將求而序之，又何不屑之與有？雖然，古人之序，序著書之意而已，故一集不再序。後世或爲貢諛，或附于有大力者，則序至十數焉。足下文得梅皋太史之序足矣，敬又從而附益之，其貢諛歟？則敬不敢爲；爲附于有大力者歟？則敬非其人，且無以處足下。足下其以敬是書附之集末，則足下之爲人與敬之所以交于足下者，皆有源委，可告之後世。惟高明裁之。四月初十日惲敬謹上。

與湯編修書

敦甫先生閣下：敬處卑就陋，年及五十而無所成，常好從天下賢士大夫遊，然所交又千百之一二而已。往者，張皋文寓書盛稱先生高義，皋文旋即捐館舍，敬無以自通。後秋農自粤過南昌，敬以聞于皋文者質之秋農，而益知先生之所以自處者。敬其可居今之世，而不求得當于先生邪？

臯文爲人，其始爲詞章，志欲如六朝諸人之所爲而止，已遷而爲昌黎、廬陵，已遷而爲前、後鄭，已遷而爲虞、許、賈、孔諸儒，最後遇先生，遷而爲濂、洛、關、閩之説。其所學皆未竟，而世徒震之，非知臯文者也。臯文寡欲多思。寡欲，故言行多行于自然，而有爲者鮮；多思，故事藝皆出于必然，而無爲者亦鮮。自然、必然，二者合之，進道之器也。然有爲者鮮，則于道易近；無爲者亦鮮，則于道易遠。必也有爲者亦歸于無爲，則庶幾于斯道乎！雖然，敬竊有疑焉者。宋人之説至明而變，至本朝康熙間而復。其變也多歧，其復也多仍。多歧之説足以眩惑天下之耳目，姚江諸儒是也；多仍之説足以束縛天下之耳目，平湖諸儒是也。二者如揭竿于市以奔走天下之人，故自近日以來多慭置之。慭置之者非也，揭竿于市者亦非也，且如彼此之相詈，前後之相搏，益非也。夫所謂濂、洛、關、閩者，其是邪？其揆之聖人猶有非是者邪？其變之仍之者，是非其孰多邪？知其是非矣，何以行其是去其非邪？敬交于臯文之時，臯文未及此也，其所得敬未之知。而先生者，臯文之與學而引之敬者也，則敬之所宜受教也。故陳臯文之行以自通于先生，而卒致其所疑焉。先生其有以大益之，則幸甚。不宣。三月二日惲敬謹上。

明儒學案條辯序

黄梨州先生《明儒學案》六十二卷，列崇仁、白沙、河東、三原、姚江、止修、泰州、甘泉、東林九宗，而于姚江復分浙中、江右、南中、北方、粤閩五宗。其崇仁、白沙爲姚江之源，止修、泰州、甘泉、東林爲姚江之流，不相入者河東、三原而已。若授受在九宗之外者，别爲諸儒學案統之。表彰前修，開引後學，爲功甚巨。

然先生之學出于劉蕺山先生，蕺山先生之學大旨悉宗姚江。是以先生于河東、三原，均有微辭，而姚江之説則必遷就之以成其是。一遷就不得，則再遷就、三遷就之，此則先生門户之見也。

敬天禀凡雜，人功疏妄，于先生蓋無能爲役，而少日所聞于先府君及同學諸君子者，質之先生之説，頗有異同。如水之分合，脉絡可沿；如山之高卑，巔趾可陟。非敢强爲是非，劃分畛域也。因謹循此書之前後，分條下籤，求其公是。如不當者，不憚移定，以盡彼此。蓋三歷寒暑，而後會而録之，可付寫焉。

孔子曰：「博學于文，約之以禮。」此河東、三原之學所自出，同于朱子者也；然不曰「四時行焉，百物生焉」乎？孟子曰：「人之所不學而知者，其良知也；不慮而能者，其良能也。」[一]此姚江之學所自出，同于陸子者也；然不曰「明于庶物，察于人倫」乎？子思子曰：「自誠明，謂之性；自明誠，謂之教。誠則明矣，明則誠矣。」又曰：「尊德性而道問學，致廣大而盡精微，極高明而道中庸，溫故而知新，敦厚以崇禮。」其先後之序，并行交致之功，庶幾其備焉矣乎！

夫遊說之士計利而不計害，言得而不言失，後之人尚引大道以責之。若言聖人之道者，據其始而攻其終，操其末而伐其本，則所明者不及所晦之多，所守者不及所攻之當，何以驗之心身而施之國家天下哉？夫善其言，所以善其行也，請與天下後世諸君子昭然確然言之。若攻伐之説，敬不敢附，惟諸君子諒焉。

【校記】

〔一〕沈校曰：「引《孟子》文當照原書作『不學而能，不慮而知』爲是。」

五宗語録删存序

敬年十五即讀道家書，後于吴山道院翻《道藏》，鄙倍不可訓者十之七，凡下者十之二。周、秦以來諸子及所存古注家，其善者也，若魏伯陽、張伯端所述，亦道之一隅而已。至山右，始讀佛氏書，行江東西，時時至佛院讀之，爲鄙倍，爲凡下，有過于《道藏》者，其精博之説微渺汪洋，神生智出，《道藏》視之，蓋瞠乎後矣。中歲喜讀諸禪師語録，于三乘之言本無差歧，而其從入之門與從出之徑無轍迹，無依持，蓋人心之用不能無如此一境，非强爲者也。惟傳授漸遠，積習日深，及其末流，幾于優伶之辭，駔儈之行，此則不可之大者也。敬條其可觀者，得若干卷。行修力積，其道自至，確然隤然，不容一隙者，爲第一集；機微鋒迅，一擊即解，潛魚出鈎，飛鳥墜繳者，爲第二集；發明天人，依附經論，渾融包孕，條理分晰者，爲第三集；片辭之設，具見性靈，一目所存，偶涉道要者，爲第四集。其餘附會之陋，修飾之工，加二十八祖偈言，歷代禪師評唱，一概削之，以絶龐雜。程子曰：「佛氏之書，學者當如淫聲美色遠之。」夫不涉其藩，不登其堂，不入其室，豈可以斷其是非得失之分數哉？朱子曰：「佛衰于禪，禪衰于棓喝。」夫曹溪之説法，豈可謂佛之衰？百丈之見大寂，臨濟之見大愚，豈可謂禪之衰？後之君子于此能自得焉，而不爲所眩奪則可矣。

子居决事序

太史公曰：「蜀守馮當暴挫，廣漢李貞擅磔人，東郡彌僕鋸項，天水駱璧推減，河東褚廣妄殺，京兆無忌、馮翊殷周蝮鷙，水衡閻奉扑擊賣請，何足數哉！」

惲子居曰：本朝法皆畫一，行臺省大吏權不敵漢郡守，州縣吏權不敵漢户賊曹，皆謹奉功令，無敢恣意者。敬初領縣事，太夫人教之曰：「縣官得自决笞杖而已。折責以四十爲限，爾當止三十五，其五爾母所貰也。」先大人曰：「死刑不可減也。雖然，斬刑必先比絞律，不當，而後入斬；立决刑必先比監候律，不當，而後入立决。」敬謹志之勿敢忘。

然敬褊中，遇事輒任氣擊斷之。晨起坐齋中，抱牘進者差肩立，敬手畫口指，毋留其應聽者，翻竟即擲下如風雨。已坐聽事，問數語，書牘尾輒數十行，意張用濟、劉元明不過如是。而昔友張皋文過縣曰：「此酷吏也。」敬大駴，就求其説。皋文曰：「凡天下以易心言吏事者，與手殺人一間耳，不意此事近出吾儕。」敬聞此言，爲之愧汗。今年五十矣，精力志意漸不如前，始患過者，今未必不患不及，天道之盛衰，人事之進退，不可不防其流失也。因類前後所决事爲若干卷，以自觀省焉。其目曰稟，以達上官；曰批，以受民辭。

《宋史》：「大事奏稟畫黄。」唐有批勅，宋有批答，皆朝廷之辭。其行之官司，不知所自始。曰諭，即漢之教；曰斷，即唐之判也。

先塋記

孤塵山西崖，絶地數十丈，鑿崖而窆，爲十二世祖恢庵府君之兆，西向，陳孺人、祁孺人、再繼陳孺人合葬焉。其昭兆葬十一世祖贈户部山西清吏司主事存省府君，謝安人合葬焉。孤塵山之東，曰亭子灣，爲十世祖明湖廣按察司副使東麓府君之兆，東向，蕭恭人合葬焉。其昭兆葬九世祖全州同知海亭府君，嚴安人合葬焉。昭兆迤東，葬秀水丞慎所府君，敬八世祖也，吴孺人合葬焉。其穆兆迤東，葬慎所府君之弟國子監生良卿。塋限之外，迤東北，爲七世祖慶府典儀正敬于府君之兆，周孺人合葬焉。是爲孤塵山東西墓地。西兆二，東兆五，石橋灣惲氏歲祭之。

石橋灣之北路西墓地，爲六世祖縣學生繩武府君之兆，西向，王孺人合葬焉。其穆兆葬方顯府君，敬高祖考也，高孺人合葬焉。其昭兆，葬府君之弟達初。昭兆之南，葬府君之兄赤初。穆兆前行，夾葬赤初之子文元、武元，蓋墓位紊矣，其故不可考。同六世祖者，歲祭之。

石橋灣之西牛車基墓地，爲曾祖考燮臣府君之兆，西南向，巢孺人合葬焉。其昭兆葬祖考贈富陽縣知縣子渭府君，錢孺人合葬焉。其穆兆先府君葬焉。同曾祖者，歲祭之。

惲氏自南宋以後，著譜者多書葬所，然墓頗夷失，其未夷失及近窆者，謹記之如右，子孫庶有考焉。傅純曰：「古不祭于墓者，明非神之所處也。」蔡邕曰：「古不墓祭，今朝廷有上陵之禮，始謂可損。今見威儀，乃知至孝惻隱，不可廢也。」是二説者，其可以言古今之禮歟！

石橋灣惲氏祠堂記

石橋灣惲氏，同出湖廣按察司副使東麓府君，副使生全州同知海亭府君。同知之冢子曰秀水丞慎所府君，丞生典儀正敬于府君，始居石橋灣，敬七世祖也，子孫爲房三。同知之次子曰良卿。良卿之伯子曰紹先，子孫居雷宋村；仲曰日森，子孫居常州府城之城灣；季曰鴻祥，子孫居江陰縣之青陽；唯叔子紹憲二傳無後。順治中，典儀之孫方顯府君招雷宋村紹先之曾孫朝元、聯元來居石橋灣。朝元之子孫爲房十，聯元之子孫爲房五，于是石橋灣惲氏凡十有八房。

乾隆三十八年，朝元之曾孫吉潚諏于族，爲祠堂祀副使以下。嘉慶三年，敬葺其楹宇及庭陳，祠堂之制始備。惲氏譜自副使上推十一世，爲宋提舉方直府君，其世次、官爵、里居皆可考證。自提舉上推四十三世，爲漢梁相子冬府君，代遠多疑似者。提舉之冢子爲紹恩府君，次子爲繼恩。東麓府君，紹恩之後也，嘗師友李獻吉、邊廷實諸人，始以忤劉瑾外補，終以忤江彬等斥官。在湖廣八年，北俘羅山、竹山流寇，南定郴〔一〕州、桂陽州屢叛傜賊，東扼寧王宸濠西潰之師，蓋終身皆在艱難讒構、崎嶇戎馬之間，而確然守道自立，不稍爲俯仰依倚者，後之子孫尚其念先德乎哉！

【校記】

〔一〕「郴」，原作「彬」，據諸校本改。

重建東湖書院記

東湖據豫章城之東隅，周古步十里有奇。東崖爲蘇圃，有宋高士蘇雲卿之遺迹；其南泮翼然亭臨之，祀漢徐孺子。故言東湖之故，必以徐孺子、蘇雲卿爲先。南泮之北沙斗入〔二〕，北佩湖，南以南泮爲至，環三面皆水也。

宋嘉定中，通判豐君有俊建東湖書院，館四方游學之士。迨明之初，以其地爲縣學，而書院遂廢，今幾五百歲矣。羅山黎君來令南昌，復卜地于縣學迤東，蓋前事以虧帑没入其宅者。黎君歸帑于官，爲銀若干；諸鄉先生任講堂、學舍築削之貲，爲銀若干；脩脯、粱糗、膏油、舟輂之貲，復爲銀若干。于是深衣博帶之士，揖讓弦誦于其中，而書院復興。

夫聖人之道大矣，學者必先去其害道者而後事焉。孔子曰：「行己有恥。」孟子曰：「人有不爲也，而後可以有爲。」昔者，徐孺子不與陳仲舉鈎黨之難，蘇雲卿當宋播越之餘，張德遠欲有所圖，而雲卿褰裳去之，其心皆斷然有不可涅者。夫鈎黨爲君子之過，且遠之如此，况小人歟？張德遠處己甚正，所圖雖不成，其志皆仁人志士所扼腕者，且遠之若此，况以人國爲儌幸者歟？學者能見于此，然後依附攻訐之學術，苟且之事功，不足動其豪末，由是而深造之，則庶幾矣。

【校記】

〔一〕「入」，嘉慶十六年本、同治八年本、光緒十四年本同，嘉慶二十年本、同治二年本作「八」。案：若作「八」，或當讀作「南泮之北，沙斗八，北佩湖，南以南泮爲至，環三面皆水也」。民國王楚香《音注惲子居文》謂「斗」通「陡」，讀作「南泮之北沙斗入，北佩湖」，兩通。

新喻東門漕倉記

三代之時，自諸侯、卿、大夫、士皆其國人，而鄰長、里宰、酇長、鄙師即同井廬以行相推擇者，故下之俗易達于上，上之風易究于下。天子者，稽其成而已。漢祖秦，設郡縣，所命官奉三尺法以裁山海千萬里之民，於是上之所行有非下之所任者，而治日衰；然其時，三代之制猶不至盡廢，鄉亭之官是也。迨唐宋以後，爲三老、嗇夫、游徼者，苦官中侵辱，多避免，因悉改爲輪差，歸之保正、户長。保正、户長以微民與官絶遠，不能通閭里之情于郡縣，如鄉亭之官與令、丞、尉相教令。嗚呼，此郡縣長吏所以嚚然獨行其意于上，而民終不可治也已。

新喻附城爲五坊，坊有坊長。鄉爲五十七圖，圖有地保。坊長、地保如保正。坊、圖皆有十甲，甲有管首。管首如户長。其輪差之歲，則管首迭爲坊長、地保，獄訟、賦税、盜賊皆督之。獄訟取居間及爲佐證，盜賊主踐更；而賦税則至時，坊長、地保以酒食召管首，管首召户丁，爲期悉納之坊長、地保，坊長、地保納之官，故賦税無後時者。

敬莅縣，坊長、地保皆以禮訓督之，可事事。凡縣中有舉置，令縉紳先生學弟子諭意于坊長、地保，揆其平，衆從而後行，事皆辦。

漕倉者，最初在城之南門，康熙間改建于中城之保房，前事鮑君又遷于治之東南隅。基峻而隘，民不便，於是坊長、地保以改建請。縣中大姓胡蕚有第在東門内，門堂廡毬場皆宏整，直可錢五千緡，以千緡售于衆，而旁舍及地不取直。大姓章美亦以地益之。遂復遷漕倉于東門。湖北試用州判黎士煊等，任其事加勤，無私利，三閲月而功竣。

夫漕所以爲國家也，爲國家者，必不可病民。觀于胡蕚、章美之好義，及在事諸君子之所爲，天下豈有不可使之民邪？然欲使民，必自訓督坊長、地保始，後之人勿以敬爲古可也。

新喻〔一〕羅坊漕倉壁記

羅霄江自袁東徑臨江入章貢水，春、夏、秋三時得雨漲發，萬斛之舟隨流東下，疾如弩矢。及冬水落，瀏然見底，散石鱗次，而州渚之歧，沙石相排擁，舟益艱重不可行，故袁之屬縣無漕。

新喻屬臨江，漕二萬四千餘石，皆道羅霄江。自縣顧舟行五十里，至羅坊，水淺甚；自羅坊行九十里，至臨江治，水差深；再下三十里，水益深，可方舟達南昌兑軍。故新喻運漕以羅坊爲便，而縣西、南、北近袁，納米多順流。縣東附臨江，泝流至縣，遠者幾百里，殊患苦之。故縣東納米亦以羅坊爲便。

嘉慶八年，士民請建倉于羅坊，凡縣東區若干，圖若干，米若干，納于羅坊倉，計縣漕蓋得三之一減運五十里。敬與同官計之，僉以爲宜。於是請于府及行臺省，得允。十月倉成，十一月漕事畢。是役也，訓導胡君實左右之，其在事者，縣東縉紳之士及保正等皆有勞績焉，爰書名于左方。

【校記】

〔一〕篇名「新喻」二字原無，據目録補。

沙隴胡氏學田記

新喻之南郭曰沙隴胡氏，胡生嶺世家焉。生之曾大母傅，買田于官田灣，得畝四十有八，租五十石，子孫從師及就試所司，咸取給事。

在乾隆之二十八年，越年若干，傅卒，葬峽江。又越年若干，爲嘉慶元年，生與其宗賣官田灣之田，以直買峽江溪瀾之田，得租四十四石，于前額不符，又買沙隴之田，得租十四石，額遂溢，而請余爲之記。

古者士皆授田，自井田廢，而田私于農，故士遂無授田者。後世君子，于私田之公于族者，曰義田。義田之給于士者，曰學田。儻亦古者士田之遺意歟！是非特資其身也，蓋將養其廉恥，以爲德業之助，胡生與其宗勉之可也。

重修萬公祠記

瑞金踞五嶺尾脊，東户八閩〔一〕，而長汀爲汀州府治，所宿重戍扼之，故閩非大亂，兵無至瑞金者。縣西南越汀州之武平，以及于粤，多石陘荒絶。粤有饑擾，即躪瑞金，自前明至本朝凡數十。至明弘治中，賊循陘夜襲城，知縣萬公琛巷戰死，縣人立祠祀之，其事爲最著。蓋瑞金遇大亂則東備閩，小亂則南備粤，其勢如此。

而縣之北，爲所隸寧都州，州負廣昌，左挾石城，宿戍不及長汀。其溪谷深雜，與武平等。嘉慶八年，廣昌奸民廖幹周聚衆焚掠，寧都、石城奸民應之，瑞金亦有應者。大府以兵馳至，始勦絶。蓋瑞金于閩、粤，兵皆外至，可臨事偵探。其自内起者，常連寧都、石城，必先事部分乃能得要領。其勢又如此。

敬上事瑞金，去廖幹周之平一年矣。求士夫可與戰守者不可得，最後陳君象昭見曰：「明府君無憂瑞金。瑞金聚落無可容五百人，起事者若五百人以下，聚落中義勇能破之。」敬行縣時，潛勘驗，語皆信，知可幸無事。遂一意吏治，暇則以儒術鐫摩之。陳君之子雲渠，從敬游，好治經，能詞賦，亦喜言兵。嶺嶠多好奇之士，如陳君父子可尚也已。一日酒次，與雲渠言萬公祠已就圮，雲渠慨然任之。葺門垣，築階陳，塗墉壁，設欞楯，事竣爲位，以祀萬公。

敬與同志者左右將事，咸偲偲然若有所感焉。因記其事之始卒，使刻石于壁間，且詳瑞金兵事緩急難易之數，以告後之有責于斯土者。

【校記】

〔一〕「八閩」，原作「入閩」，同治八年本同，嘉慶二十年本、同治二年本、光緒十四年本皆作「八閩」，今據改。

【評語】

「細細鈎染，而渾古之氣溢於楮墨間。構局如鎖子骨，相銜接處一筆收，足有龍象獨行之勢，難在仍不失記體也。」　案：陶批末識「自記」二小字。

遊羅漢岩記

瑞金陳石山之南，曰羅漢岩。八月望後一日，與楊生、鍾生遊焉。大石翼然，下可列坐千人。沙門爲佛屋，據其廣之半，皆庳陋。大石之上爲天池，水常滿，少溢則漉于石之唇齒間，無徑可登。西行繞岩，岩盡而北而東，登數嶺有石隘，入隘數十丈，下過石穴，聞水聲琤然，天池也，出岩背矣。

《法住記》言佛涅盤時，以無上法付屬十六大阿羅漢，各與眷屬分住世界，此世所稱十六羅漢也。《四分律》言佛涅盤後，大迦葉差比丘得四百九十九人，皆是阿羅漢，阿難以愛恚癡怖見屏。後阿難聞拔闍子比丘偈得果，在王舍城共集三藏，此世所稱五百羅漢也。釋氏之言多鄙誕，鄙則愚夫婦易知，誕則易惑，故名山水及荒厓絕壑，人多以羅漢、觀世音名之。嶺北且數十處，此其一也。觀世音爲三〔一〕大菩薩之一，以《普門品》言聞聲赴救，四天下皆尊事之。

今士大夫擁高位厚貲，不知推所職以及遠，而詭談性命，相率不讀佛書，不奉佛法，恐亦未必見録于孔子也。既以語二生，因并記之。

【校記】

〔一〕「三」，同治二年本校改作「四」。案：三大菩薩之説亦有之，此不必改「四」。

【評語】

「看結語可見一切議論，不至破壞記體。」

「由羅漢并舉觀世音，却從觀世音放開作結，法熟而無不可。」案：陶批末識「自記」二小字。

東路記

南昌城下溯豫章江，南至贛州，東北折，溯貢水至瑞金，共一千五百里。敬上事及赴行臺省期會，皆由之，此西路也。

東路止八百九十里。嘉慶十一年十月二十六日己亥，奉回任檄，出進賢門，宿舒白香天香館，寢甚安。二十七日下晡發，行六十里，宿茌港。夜，大雨。二十八日早發，泥濘不可行，行六十里，宿進賢。大風，寒。二十九日晴，早發，行九十里，宿臨川署中。

秦臨川言于清端公成龍作縣事甚備。三十日上晡發，行六十里，宿栶樹亭。栶即桓，《山海經》注所謂葉似柳、子似楝者是也。桓音近華，華近和。《漢書·尹賞傳》注：「桓表，陳、宋之俗，言桓聲如和，謂之和表。師古曰：即華表也。」和又近何，俗遂作栶。十一月初一日甲辰朔，早發，行九十里，宿南城，過曾香墅、鄧蘭士、蘭士從弟薌州。初二日下晡發，取便道。吴白厂草堂在城南，不及過。行四十里，宿揚村。初三日行八十里，下晡至南豐。王南豐滁硯十一，閱之。渡河復五里，宿楓嶺。初四日行八十五里，宿甘竹，雨。初五日行三十里，下晡至廣昌，復三十里，宿竹橋。初六日行九十里，宿寧都州。初八日早發，行八十里，宿葛藤凹，雨。初九日行八十里，下晡至瑞金。初十日上事。

南昌至南城皆平道，南城之南始山行。麻姑山旁薄有靈氣。其西南隱然浮一峰〔一〕，雲氣界爲三成，如仙嶠搖漾不可測。最上一成，雲氣背落日如紅綃，真奇觀也。問之，則南豐西之軍封山，蓋拔見在二百里〔二〕之外。軍封之南至寧都，多石山，千幢萬旟皆南指，然無如軍封山者。

廣昌之北，旴水北流，至新建與豫章江會。廣昌之南二十里，溪皆南流，又三十里復北流，又三十里復南流，皆不可舟。四十里至寧都會梅水，可舟。寧都之南溪皆北流，六十里至九段嶺始南流，四十里至嚴阬復北流，五十里至麻子隩復南流，不可舟。三十里至瑞金，會貢水，可舟。皆東路也。貢水至雩都會寧都之梅水，至贛縣入章水，合爲豫章江，即西路也。豫章江至新建縣北，入鄱陽湖。

【校記】

〔一〕「一峰」，原作「十峰」。諸校本皆作「一峰」。案：校者實地考察，確爲一峰，據改。

〔二〕「二百里」，原作「三百里」。諸校本皆作「二百里」。案：校者實地考察，確爲二百里，據改。

【評語】

「真記體。」　案：陶批末識「自記」二小字。

遊翠微峰記一

自寧都西郭外北望羣山，有虎而踞者二峰，若相負。北峰爲翠微峰，「易堂九子」講學之所也。背郭十里，陟山西折而北，過前所望虎而踞之南峰，有厓，復北有巖，夾磴而上，西折有岡，岡之西爲金精洞，北即翠微峰。循岡行，有石門，木闌背扃之，仰視絶壁而已。岡之東望，果盒山有樓閣，於是欲返遊果盒山，而闔爲從遊所排，遂遊焉。

過石門，有南北厓，相去以尺數，倚立俯仰相隱閉。北厓爲隥以登，級三十有六。道絶植梯，級十有六，以出于穴。有木構，少息，爲第一巢。復登，爲梯隥之〔一〕，級二十有八，有巢，隘于前巢，不可息，爲第二巢。級十有七，爲第三巢。級八十有三，爲第四巢。皆可息。至此始出厓，日杲杲然射諸峰，峰如相蕩矣。復得隥八十有三，有坪爲「易堂」，已燬廢。其北有屋，魏氏居之。其旁後無他道，復循故道而下。

魏氏之先爲避亂計，故鑿山無左右折，上下皆懸身，以難其登。登山極勞弊，無遊覽之勝。然「九子」窮居是山，能各有所守，不欺其志，是則不可没者。「九子」：寧都魏際瑞、際瑞弟禧及禮、李騰蛟、丘維屏、彭任、曾燦，南昌林時益、彭士望。惟際瑞爲本朝招吴三桂賊將韓大任，被難焉。

【校記】

〔一〕「之」，王校：「雷云：『之』當作『三』，句領下云『級二十有八』、『級十有七』、『級八十有三』，即所謂『梯隥』也。」

遊翠微峰記二

下翠微峰，南西折至金精洞。洞北立石三，如古敦甗，洞構横閣褺之，石之奇不見。閣前横術之外，石呀然起于檻際，泉自石落，散如珠，絶境也。

洞之南，石山相倚如服匿。《地志》稱，漢仙女張麗英于此上升。其言不經。下金精洞復西行，石山中小者如屋，大者皆隱天，如鑄精鏐，如地不能負，渾渾澐澐，首銜尾逮，肩跂腋附，蓋三百步所。而北折得平疇數百畝，復折而東五百步所。出翠微峰之北，石山横蔽之，其奇如金精洞之西。復三百步所，至果盒山，石矗起數十丈，如冰相附。自南而西而北，隥而上焉。

寧都之山界閩粤，逶迤不可盡，而城西數十里皆石山，益奇古駭心目如此。余嘗行太行、泰山、衡山，多旁薄藴畜，如聖賢豪傑舉事，不與人以一端窺測。若兹山者，其俠徒隱士之流歟？是亦可以觀矣！

重修瑞金縣署記

府、州、縣用古諸侯禮，大門皆臺門。瑞金以閤爲大門，爲楹三次。内曰儀門，其名始于唐之節度使，後官寺皆冒焉。爲楹三，左右門即漢之閤門，三公則黄之。次内曰大堂，爲楹五，有東西廊，爲楹二十有四。左右列八房，以應官，其名始于唐之中書、尚書省，後官寺亦冒焉。八房者，曰承發，古都吏；曰吏，古功曹；曰户，曰屯〔一〕，曰工，古户曹；曰禮，古議曹；曰兵，古兵曹；曰刑，古決曹、賊曹也。次内曰宅門，爲楹三。《後漢書・明帝紀》云：「應門擊柝，鼓人升堂。」〔二〕古者，惟路寢有堂鼓，其置路門歟？應門之鼓曰應鼓，其應門亦置鼓歟？若是，則路門其亦置柝，如鼓之應歟？諸侯其以雉門、路門應柝與鼓歟？鐵磬即方響，南齊代鐘以記漏。漏五夜以二十五點節之，故名點。次内曰二堂，爲楹五。有東西廂，爲楹四。二堂之前皆治官事之地也。

其後曰上房，爲楹七，古謂之小寢。上房之東南曰東上房，爲楹三。有東西廂，爲楹二，古謂之高寢。與上房同周垣，古謂之宮牆。二堂之東曰庫房，爲楹三。古者，庫在庫門，藏車、甲，後世無車、甲，所藏貨賄而已。故内之乃府也，而以庫名焉。庫房之東曰東院，爲楹三。東院之南曰後門房，以居典謁，西向，爲楹四。二堂之西曰華廳，以燕賓，爲楹三。有東西廊，爲楹六。《玉篇》云：「廳，賓廚也。」唐以後以聽事之所爲廳，傎矣。《儀禮》：「侯氏聽于天子曰聽事。」以决事爲聽事，亦非也。華廳東後室爲籤押房，漢曰「畫諾」，君臣同辭。唐、宋曰「畫黄」，曰「押詔」，君之辭；曰「輪筆」，曰「判押」，曰「書行」，臣之辭。皆押也，宜押者籤之。《南史》：「籤前直叙所論，後云謹籤月日下。」是也。華廳之前曰前華廳，爲楹三。以上皆燕閒之地也。

華廳之後有周垣，垣以内，南北各爲楹三，以處賓僚。上房之後垣外迤，西曰廚房，爲楹三。自大門至廚房，共八十有六楹。

嘉慶十年四月十一日至瑞金，周視多頹損，旋葺治之。三閱月而功竣。後四年，去瑞金，爲之記以告後之人焉。

【校記】

〔一〕「曰屯」，王校：「俞云：『曰屯』，『曰』字乃『古』字之訛，以上例推之。」案：此「曰户，曰屯，曰工，古户曹」三者連言之，乃合「八房」之數，俞説非。

〔二〕「應門擊檯，鼓人升堂」，文見《後漢書・明帝紀》注引薛君《韓詩章句》，文作「應門擊柝，鼓人上堂」（清武英殿本）。

東麓先生家傳

先生諱巍，字功甫，號東麓。弘治十六年進士，由户部主事遷刑部員外郎，尋遷郎中。時武宗任用劉瑾，有急獄，瑾必欲置之死。先生知其冤，白之，忤瑾意。先生在部素廉謹，瑾怒無所泄，遂以例出爲湖廣按察司僉事，伺其失。瑾旋伏誅，得免。正德六年，霸州流賊劉六、劉七自河南來入境，率師逆擊，賊北走。其明年，賊復來犯。先生東擊賈勉兒于羅山，敗之。劉六、劉七乘間躪武昌，執殺巡撫馬炳然，掠其家，順流趨江西。先生旋軍南擊，敗之，還炳然妻子，斬首五百級。復旋軍，西擊四川流賊藍廷瑞、鄢本恕，于陝西石泉敗之。追至漢中，復敗之。以功遷按察司副使。十二年，從湖廣巡撫秦金討郴州、桂陽州叛傜龔福全，禽之。遂合南贛巡撫王守仁攻江西桶岡叛傜藍友貴，夷魚黄寨。奏食三品奉。十四年，寧王宸濠反，率師趨黄州，宸濠敗，罷師。

先生前後在軍凡八年，止進一官，不自得，欲投劾去。會侍郎吴廷舉奉命赴湖廣，與先生治永順宣慰司彭明輔獄。彭明輔者，與彭惠姻親。惠與保靖宣慰司彭九霄争兩江口地，明輔助惠攻殺，懼不直，以巨金鬻獄，先生拒之。廷舉素知先生功，以此益知先生，特疏薦爲湖廣巡撫。有幸臣索賄不遂，章上不報。後一年罷官，罷官後八年卒于家。

論曰：先生以拒賄受知于吴侍郎，即以不納賄見抑。彼江彬等不足責，何宰相無一人若是哉？正德當有明中葉，天下儌幸無事，人但爲先生惜耳。如高陽孫承宗者，廢棄十年，天下瓦裂，其又何如哉，又何如哉！

后谿先生家傳

先生諱釜，字器之，號后谿。年十七補縣學生，正德五年舉于應天，十四年試禮部中式。十六年世宗即位，與張璁同賜進士出身，知安陸州。時議起興獻王陵爲顯陵，達官、外戚、内侍以事至無時。有内侍責供帳，鬩擊州通判。先生令民擁通判去，曰：「罪在知州，毋累若也。」由是，内侍在中持事者皆不悦。

江夏民陰殺人，瘞尸山中，讐者訟之。民因令兄子竄去，反指所瘞誣讐者殺其兄子，獄不得決。先生承巡按御史檄鞫之曰：「若兄子，年幾何？」愕曰：「二十五矣。」乃發瘞驗之，髮盡白，獄遂決。

先生常有德于衛指揮使，指揮使畢盛饌實銀叵羅畢中，以暮抵先生。先生列吏卒堂下，將發畢，固請入室，不允，叩頭復持去。自後無干以私者。在州二年，以憂去。

後如京師補官，張璁爲侍郎，方向用，欲引先生附己，執手謬爲策曰：「若忤中貴人，恐中傷。賴天子甚聖，若疏其惡暴之，渠輩言不得入，非特免禍，且大用。」先生以璁等亂政，避其黨不對，大忤璁。復出知均州，治如在安陸。嘉靖七年，擢南京户部員外郎，旋晉郎中，調吏部。張璁曰：「吾温人也，温乏守，須得一好官。」因閲郎官籍，指先生名曰：「是人可。」吏部即具疏題補温州府知府。先生至温，一以法治，貴游之私人不得逞。張璁又曰：「温海邦，幸無事，守誠好官，毋乃屈耶。」吏部即具疏題補成都府知府。先生聞之不怡，曰：「吾不能枉道，幸有先人之廬，足容賤子也。」遂不赴官。三十五年卒，年七十三。

論曰：漢世孝廉重同歲生，至唐進士同年益厚，然未有若明之徇者也。當日人盡如先生，朝廷豈受門户之禍耶？先生守温，境内淫祠檄毁幾盡，此非隱微無愧不敢爲，張璁乃欲羅致之，謬矣。

【評語】

「叙事之文如純綿裹鐵，文格最高。」案：陶批末識「自記」二小字。

少南先生家傳

先生諱紹芳，字光世，號少南。嘉靖二十六年進士，由刑部主事洊擢員外郎、郎中，外轉湖廣按察司僉事、福建布政司參議。

先生性褊直。有同縣人改庶吉士者，先生曰：「一爲史官，竟置産百萬耶？」後其人位顯，爲所中罷官。

論曰：先生在刑部時，與李于鱗、王元美遊，今遺集視七子風尚相似，可知得力所自矣。

香山先生家傳

先生諱本初，字道生，號香山老人。年二十一補常州府學附生，以例貢國子監，居京師三十年不遇。崇禎十七年，舉賢良方正，除内閣中書，棄官歸。卒于順治十二年，年七十。先生與遜庵、衷白兩先生爲羣從兄弟，相師友。棄官後更名向，畫學董源，南田先生少時師之。

論曰：先生之學雜于浮圖、老氏，遜庵、衷白又甚焉。至忠孝之際，三先生未有以異也。自百氏横議，先王之道，崎嶇榛莽，分裂歧出，後之爲二氏者，得援吾道以附會雜亂之。是故唐以前言二氏，與吾道畫然者也；宋、元、明言二氏，皆竊吾道之近似以支拄排之者之口，士大夫益以爲精微可喜，通脱自得，從而浮其津，造其厓，雖學道之士不免焉。然而，顔清臣、蘇子瞻、張子韶諸人，大節炳然，百折不變，不爲虚緩頹放之學所誤。蓋五倫之道，根于天性，順推曲致，其力皆足以自遂。此以見吾道之自然，而二氏之爲矯拂也。三先生所得豈在彼哉？

衷白先生家傳

先生諱厥初，字伯生，號衷白，萬曆三十二年進士，由行人轉户部主事。天啓元年，水西蠻安邦彦反，先生以兵部主事受上方劍，馳至四川，督將吏平之。二年，魏忠賢子良卿叙慶陵功蔭指揮僉事，先生爲郎中，宜署牘，乃托辭請外補。補浙江按察副使，轉福建右參議，擢湖廣按察使。

崇禎二年，大清兵自遵化州入口，京師戒嚴，先生督鎮筸兵三千人勤王。是時，各省兵大集，糧不繼，沿途多逗撓。先生獨先至，且齎三月糧。兵部尚書梁廷棟閲師，入奏曰：「惲厥初非書生，大將才也。」帝遣内侍勞，且問方略，先生疏陳利害，得温旨。然兵部一切調發，無如先生言者，乃以疾乞休。福王稱帝南京，召爲光禄寺卿。先生曰：「疆場無勝算，而朝黨日争，時事可知。且江北四鎮分據，地隘兵衆。左良玉在上游，朝夕有王敦、桓温之禍，誰爲王、謝諸人哉？」乃不赴召。順治九年卒，年八十一。

論曰：吾惲氏仕者，先生與東麓先生最號知兵，然皆未竟其用。後先生多爲浮圖言，虞山錢陸燦至比之張無盡，豈知先生之不得已哉？然先生善觀時變，與爲進退，必籌可爲而後爲之，此則先生終隱之意也已。

遜庵先生家傳

先生諱日初，字仲升，號遜庵。祖紹芳，福建布政司左參議。父應侯，國子監生。先生由武進縣學生入國子監，中崇禎六年副榜貢生，遂久留京師。十六年，應詔上《備邊五策》，不報，先生知時事不可爲，乃歸。攜書三千卷，隱天台山中三年而兩京亡。唐王聿鍵入福州自立，而魯王以海亦稱監國于紹興。吏部侍郎姜垓薦先生知兵，魯王遣使聘先生，先生意以監國爲不然，固辭不起。大清兵下浙，避走福州。福州破，走廣州。廣州復破，爲浮圖，名明曇。已復至建寧之建陽。是時大兵席卷浙、閩、粤三省，唐王與弟聿鐭被執死，魯王亦敗走海外，湖廣何騰蛟、江西楊廷麟等皆前破滅，而明遺臣民擁殘旅倔彊走拒，遥奉永明王由榔。金壇人王祈聚衆入建寧，屬縣多響應，于是，建陽士民數百人噪于先生之門，固請。先生不得已至建寧見王祈，非初志也。先生曰：「建寧八閩門户，建寧守則諸郡安；然不得仙霞嶺，建寧終不守也。欲取仙霞嶺，宜先取浦城。」時先生長子楨自常州至，與副將謝南雲先趨浦城，失利，皆死。而御史徐雲兵連入數州縣，甚鋭。先生説令夜襲浦城，自督後軍繼進。會大雷雨，人馬銜泥淖，行不能速，將至城下已黎明，軍遂潰。大清總督陳錦、張存仁，侍郎李率泰統兵六萬來圍建寧。永明王使兵部尚書揭重熙赴援，先生復上書重熙，請徑取浦城，斷仙霞嶺餉道，俟餒亂，選精卒南下，與圍中諸將夾擊之。重熙至邵武不能進，建寧遂破。王祈力戰死，先生收散卒走廣信，尋入封禁山中，糧乏，勢益弱，喟然曰：「天下事壞散已數十年，如何救正？然莊烈帝殉社稷，普天率土，嚙齒腐心，小臣愚妄，謂即此可延天命，今迺至于此，徒毒百姓，何益？」遂散衆獨行，歸常州。久之，張煌言與鄭成功圍江寧，敗走。訛傳煌言弟鴻翼，先生門人，從師匿縣，官將收捕。先生色如常，曰：「吾當死久矣。」既而事解。卒年七十八，康熙十七年也。

先生少時，與楊廷樞、錢禧交，爲文章縱麗，于百氏無所不窺，尤喜宋儒書。時商業于同里張瑋，後會稽劉念臺先生宗周爲左都御史，瑋副之，因介先生師宗周，學由是益進。先生既不得已歸常州，仍服浮圖服，而言學者多宗之。無錫高世泰，忠憲公攀龍從子也，重葺東林書院，先生與同志習禮其間。知常州府駱鍾麟屢求見不納，去官後與一見，言《中庸》要領，喜而去曰：「不圖今日得聞大儒緒論也。」先生次子桓，幼子格，避兵時常從。後于建寧被略，桓不知所終，格自有傳。

論曰：先生以高才爲世家子，宜任天下事，然前既卷懷不用矣。區區建寧，不足當天下于一，顧欲藉烏合之衆，陸梁進退，與天命争衡，先生之知豈出此？抑謂據阨死拒，割裂畸餘，可稍延明朔，然大圜鴻覆，欲遺一隅何可得也？豈忠與知不并行歟？抑出處成敗，要由運算，有不自主者歟？說者斥先生既改服，復爲儒言，則一端之論也已。

南田先生家傳

先生諱格，字壽平，後以字行，改字正叔。少居城東，號東園草衣生。遷白雲渡，號白雲外史。既老，號南田老人。先生年十三，隨父遜庵先生依王祈于建寧。陳錦破建寧，被略。錦無子，其妻子之。後從錦遊杭之靈隱寺，遇遜庵于塗，遜庵因與寺主諦暉謀。俟錦妻入寺，紿言此子宜出家，不然且死。錦妻留之寺中，泣而去，先生始得歸。先生以父兄忠于明，不應舉，惟攻古文詞。其于畫，天性也。山水學王蒙，既與常熟王翬交，曰：「君獨步矣，吾不爲第二手也。」遂兼用徐熙、黄筌法作花鳥，自爲題識書之，世稱「南田三絶」。宋尚書犖語人曰：「南田畫，吾暗中摹索能辨之，世多贋作，其至處必不可贋。」王太常時敏遣使招致，先生方出遊，不時至，至則太常已病，喜甚，榻前一握手而逝。

先生家甚貧，風雨常閉門餓，以畫爲生，然非其人不與也。卒年五十四〔一〕。子念祖不能具喪，王翬葬之。

論曰：昔淮南王叙《離騷》，以爲其志潔，故稱物芳。蓋深知屈子者。先生泥塗軒冕，鶉居蟬飲，身世之際，可謂皭然。而世徒以畫知先生，末矣。然先生之志之潔，于畫何嘗不可見哉？

惲氏作畫，自香山先生始，遜庵先生以枯墨作山水，殊古簡，然非作家。後南田先生負重名，羣從子弟皆作畫，遂成風尚。今畫法多流蕩矣，敬謹擇其有意者著之于左。

珝，字相白，畫學南田先生。

源濬，字哲長，善吹鐵簫，號鐵簫老人。天津縣丞。畫法一準徐熙，下筆有芒角，生氣坌涌，如雲展潮行，惜稍俗耳。爲人爽邁任氣，必踐言。去官後卒于天津。

源景，字希述。冬官正轉工部主事。畫法黄筌。官京師垂五十年，無車馬，塵屋敝幃，不見厭苦之色。

冰，字清于，父鍾巖，南田先生族曾孫也。冰寫生芊眠藴藉，用粉精絶，迎日花朵俱有光。適同縣毛生鴻調，鴻調不應舉，築小樓夫婦居之，以吟詩作畫老焉。

宅仁，字原長，畫多贋南田先生，然質重，韻味無絶勝者。

與三，字德三，歙縣教諭。能山水華卉，筆法清婉。兄弟皆困乏，爲教諭不能贍其家，棄去，鬻畫京師。客雄縣，遂卒。

【校記】

〔一〕案：惲南田卒年説法不一。據《甌香館集》凡例：「先生卒年，惲鶴生傳五十有八，《續疑年録》同，而惲子居傳云五十四，《畫徵録》作六十餘，彼此互異。」案《石谷己丑畫柳跋》：「南田前有題予畫柳詩，今南田殁且二十年。」由己丑逆計，當爲康熙庚午，則鶴生傳似可信。又據張維驤《毘陵名人小傳》及《疑年録》亦稱惲南田生崇禎癸酉，卒康熙庚午，享年五十八，此或惲敬所記有誤。

羅臺山外傳

臺山名有高，瑞金人。父讓，生子三，長有京，次即臺山。年十六補縣學生，三十一充優貢生，三十四順天鄉試中式，四十六卒。子之明，縣學生。

臺山少好技擊，兼治兵家言，後與雩都宋昌圖同學于贛鄧元昌，修儒者之業，彬彬然適矣。其于書無所不窺，精思造微，湊隙而出，于道大著，遂喜佛氏之書。自京師歸，忽登樓縱火自焚，家人驚救，得不死。臺山遂狂走，入深山數月，後乃迹得之。服沙門服，不下髮，趺坐，與人言孝弟，而歌泣無時。下揚子，度錢塘，過甬東，多託迹佛寺中。奉化快手怪其服，意爲盜，合曹輩數十百人篡臺山，臺山徒手禦之，不可近。因詣縣，趺坐縣庭，與縣官爲禪語，縣官憕不解。同年生主事邵君洪時家居，識臺山，乃釋之。遂遊普陀，寓西湖，已復走京師，乃歸而卒〔一〕。所著有《尊聞居士集》行于時。

論曰：敬至瑞金，臺山没二十餘年矣，而士大夫多言臺山遺事者。臺山于倫甚修，所以處之甚厚，不得已乃至于如此，其諸無愧于爲聖賢之徒者歟？昔程子以佛氏爲逃其父，欲以中國之法治之。夫事在數千載以前，數萬里之外，又何以知其心之所存與事之所至，而爲是論哉？如臺山者可以觀矣。

【校記】

〔一〕「乃歸而卒」，同治八年本「乃」字作「及」，於義較通。

【評語】

「微而顯，志而晦，應書而不書，即書法也。」

謝南岡小傳

謝南岡，名枝崙，瑞金縣學生。貧甚，不能治生，又喜與人忤，人亦避去，常非笑之。性獨善詩。所居老屋數間，土垣皆頹倚，時閉門，過者聞苦吟聲而已。會督學使者按部，斥其詩，置四等，非笑者益大嘩。南岡遂盲，盲三十餘年而卒，年八十三。

論曰：敬于嘉慶十一年自南昌回縣，十二月甲戌朔，大風，寒。越一日乙亥，早起，自掃除蠹書，一册墮于架，取視之，則南岡詩也。有郎官爲之序，序言穢腐，已擲去。既念詩未知如何，復取視之，高邃古澀，包孕深遠。詢其居，則近在城南，而南岡已于朔日死矣。南岡遇之窮不待言，顧以余之好事，爲卑官于南岡所籍已二年，南岡不能自通以死，必死後而始知之，何以責居廟堂擁麾節者不知天下士耶？古之人，居下則自修而不求有聞，居上則切切然恐士之失所，有以也夫。

二僕傳

順喜，其父孫祥，丹陽人，賣身于敬族兄用霖。用霖賣孫祥及其妻張于子渭府君。順喜隨孫祥至，始八歲。少長，一切不肖皆爲之，惟事主則勤至，出于至誠。先府君卧病十二年，順喜日侍至丙夜，抑搔折手節、解疲肢無倦。後與楊和兒溺死采石江中。

楊和兒，河南洛陽人，隨董達章超然至京師。性戇甚，不得超然意，遂隨子寬至富陽，已復隨至都。子寬出都過河間，逆旅火，跳而行，是日覆車于圮，幾壓且溺，皆仗和兒得免。後復事子由。嘉慶九年，太孺人年七十，和兒自鎮江偕順喜泝江來新喻祝太孺人。三月二十八日次采石，有沙門丐于舟，舟人靳之。沙門曰：「生非我有也，財何吝邪？」舟行至中流而没。和兒于羣僕中最善順喜，其不肖多同爲之，而事主勤至則同，死亦同。

噫，二人之不肖，無死法也，而卒以非命死。觀沙門之言，其有數存邪！然天下有法宜死而反富壽，是數之不平固如是邪！且天何不能反此數，以爲事主者勸也？

後二僕傳

嗚呼！民之愛其生，性也；至不愛其生，而以戕賊作亂，豈一日之故哉？

瑞金處萬山，民性悍，喜邪説。敬視事期月矣，上下無所感動，咎其何辭？陳明光者，世業據，通符録，與湖陂司巡檢比而不喜典史吏卒。嘉慶十一年四月十三日庚寅，敬以事赴行省。明光之族人明偉有婦何，私其族人明讀。明讀挈而逃，明偉訴于明光，達巡檢，獲之，以何付明光。明光亦與何私，忌明讀，相鬬鬩。巡檢執械明讀，故陳族人惡巡檢，而不直明光。二十四日，族人鬨而至，明光知巡檢不足倚，以刀至頸取少血即撲地，使其妻劉訴縣。縣曹付典史往驗，又不直明光，而明偉之妻何，前爲族人擁去。明光既失何，復得不直名，于甲夜自起，暗噁獨飲酒，持刀奔巡檢司殺明讀，傷守者一人；奔典史署，殺皂隸一人，傷三人，復殺門子一人。典史闔門大噪，明光反走。道縣門，念終不得活，遂入傷鈴下二人，砍閽者孫福，傷肩，自後户走避。夏清、柳芳避入室，無後户，同死。方明光殺人時，無發聲及與支拒者。書手劉懷仁曰：「其諸爲符録所禁歟？」明光赴州審録，于路自恨曰：「縣官在，吾不至是也。」

夏清，仁和人。敬知富陽時來從，以小失遣去。嘉慶元年，敬餉軍銅仁，道五千里，而自武陵以南即出入叛苗中，幾一千餘里。夏清願從，餉銀十五萬兩，爲鞘一百五十，皆夏清主之。役旋，從至江山，敬以先府君之喪去官，復遣之。而敬貧甚，左右無一人，夏清復來，遂從入都，從至新喻，最後從至瑞金。前被殺一月，敬心忽不樂，欲遣之，不去而死。嗚呼，命也！

夫敬上推八世祖秀水丞慎所府君華卿，年五十二始生七世祖典儀正敬于府君紹曾，譜不載所自出。夏清常從除祠堂，奉祧主一出于室，敬就視之，曰「夏孺人神主男紹曾奉祀」。然後知出于夏也。夏孺人侍慎所府君當于官浙時，而清籍浙，其不偶然歟？

然輾轉千萬里，以死于瑞金，何也！

柳芳，武進人，傭書府户曹，不得意〔一〕。嘉慶五年從敬于新喻，凡投謁及詩、文、詞草稾，柳芳主之，能日書一萬字無塗注。前被殺三月已辭去，復反而死。

敬束下素嚴，夏清、柳芳皆布衣履，言語訥訥然，以此得久，然即死因也。

【校記】

〔一〕「意」，同治二年本作「志」。

【評語】

「左氏骨法，而神貌俱肖《五代史》。」　案：陶批末識「自記」二小字。

「只安防妥當，此種不可入書事體，以無大關係也。若從陳明光源起敘述入，則非法，且筆下糾擾矣。觀此可知前明及國初諸家僕人傳之非法也。」　案：此條據楊批過録，實質爲檃括先生《大雲山房言事》卷二《與來卿（其二）》中文字，録爲「自評」。

紀言

嘉慶元年，敬以富陽縣知縣餉貴州平苗軍。五月丁巳次益陽，有大星隕于西南，聲隆隆然。癸亥次武陵，一騎自西南來，白衣冠，聞嘉勇貝子薨。庚午次桃源，同餉軍者裘烏程世璘曰：「吾屬在浙，貝子方平林爽文凱旋，自三衢方舟下嚴陵江。舟設重樓，陳百戲，中流鼓吹競作，從官舟銜舳艫，并兩岸疾下。頃之，有嘩于從官舟者，乃一巴圖魯與都司飲，争酒佐。貝子出坐親鞫之，色甚和。貝子曰：『汝二人何功？』叩顙曰：『花翎，通諸羅道賜，比旋役，各進一官。』貝子曰：『今天子神聖，軍以功返，汝二人不知謹，虧朝廷體邪！然重懲汝，非優功盛旨也。』目左右曰：『花翎不稱，去之。』二人叩顙下，卒不問所坐何事。」方紹興應逵曰：「吾聞文武事貝子，貝子必優以官。頃有府經歷三年至同知，試用知縣五年至分守道者。」鍾慈谿德溥曰：「吾鄉人嘗事貝子，官亦分守道矣。往歲，貝子輿夫與守備争，毆之傷額，鄉人杖輿夫四十。貝子曰：『若忘富貴所自邪，何躪我也？』鄉人懼，數月不敢見。」

語有間，敬告之曰：「吾聞之張皋文，張皋文聞之副都御史方葆巖先生，維甸先生曰：『貝子援諸羅時，壯勇公海蘭察前行。行約百里，貝子督師夜繼進。大雨，天黑如覆盤，遇土山，駐軍山頂。貝子中坐，隨軍官圍貝子坐。外親軍，外正軍，皆圍坐。賊遊兵近山，踐泥濘過，火炬千萬。賊自炬中上窺山，黝黑無所見，疑有軍，發銃礮擊之。貝子令曰：「無出聲，無動。」久之，賊過盡，雨霽，天益明。壯勇公已入諸羅城，捷使至，軍始起行，無一傷，視銃礮子，歷落入山腹也。』先生又曰：『貝子征衛藏，有隘道幾一里。賊屯軍守隘北甚嚴，大軍屯隘南三十里許。貝子調軍伏隘東、西，而以前軍分五軍攻隘，迭退迭進。戰一日，蓋數十勝負。貝子在大軍中，前軍軍報沓至，不動。及二更，前軍大敗，退不止。賊逐前軍出隘南，忽銃礮聲大震，火炬盡爇，照耀如白晝。東、西伏軍皆起，賊驚退，相蹂躪，我軍躄之入隘，貝子急上馬，萬騎齊足。頃刻至隘口，前軍、伏軍已過隘，聞貝子至，勇氣百倍，大軍乘勢合攻。遂夷賊屯，追奔五十里而後止。』」

【評語】

「起法、排法、結法俱妙，下筆不受古人牢籠，而能直到古人。」　案：陶批末識「自記」二小字。

書山東知縣事

山東知縣者老矣，以進士授知縣，在縣八年。

縣之人有讐大姓者，誣以不軌，列頭目數十人，上變于巡撫。巡撫下上變者于獄，檄按察使督府都司以三百人馳掩之，按察使先令健步夜馳三百里，密檄縣爲備。知縣得檄，驚曰：「奈何？此良民也。」因問健步兵去縣幾何，曰：「昨發，度行不過百里，今去當二百里耳。」於是，知縣從健步，跨一馬疾迎兵，于百里外見按察使，曰：「大人所捕反者，非反者也。知縣能呼之來，若兵往，不能無驚竄，竄則反實矣。」按察使怒曰：「此大事，縣何脱？爾少誤，當坐縱反者斷頭。」知縣叩頭曰：「知縣在縣久，此數十人如家之人耳，婦稚、耕種、牧養能悉數之，豈不知反不反哉？如一人跳去者，願以八口殉，非直斷頭也。大人其馳使白察院，急止兵。大人單車來，此數十人迎馬首矣。」於是復上馬疾馳反縣，親至諸應捕者家，曰：「滅門矣，速從我可活。」乃羣從至縣，按察使亦至縣。知縣引而前，衆皆跪號哭。按察使愕然，良久，令衆至所司投獄，具情白于巡撫。

巡撫以屬司道、府司道、府治，無一驗，悉縱之，而斃上變者于獄。蓋自始變至事白不及十日，大吏遂皆以知縣爲能。

更一年，巡撫、按察使相繼遷去，會大計，主者當知縣年老官，勒休。

【評語】

「似孫可之。」 案：此條據陶批、關批、楊批過録，陶批末識「自記」二小字。

書王麗可事

陝西華陰縣丞王銑，字麗可，武進人，明御史忠烈公章後也。李自成陷京師，忠烈公服朝服罵賊死。兵部主事金忠節公鉉亦死御河。其後，湖廣巡按劉忠毅公熙祚死衡州端禮門。世稱「武進三忠」。

麗可白皙，弱而文，以四庫館謄録監生授華陰縣丞。居官貧甚，又常以介不合上官。嘉慶三年，白蓮教往來擾湖北、四川、陝西三省，官軍次第收捕，賊蔓延不可驟滅。行臺省督軍餉銀甚急，麗可承檄餉經略勒保營。祖之日祀忠烈公，泣已而謂人曰：「吾此行死矣，吾寧能效他人苟且耶？」二月十三日，行至雒南廟溝坡，坡迤高二里所。麗可已北下坡，而家人吴連押後隊逾坡脊未下，背望賊高均德大隊雜遝至坡南，探騎二縱轡馳上。吴連大呼：「賊來，速下馬避。」麗可回望不應，吴連復大呼，而賊探騎已至坡脊。吴連下馬叩首，賊不顧，馳下，左右夾麗可疾〔一〕馳去。幾一里，復勒騎馳回。一騎以矛刺〔二〕麗可，破面墜馬。一騎就刺胸及脅五創，皆洞過而死。年五十九。二騎馳會大隊，下坡營平地，留賊五人卓帳〔三〕守麗可尸。既一日，無議贖者，拔刀殘之而去。又二日，吴連求得尸，凡創五十餘，以禮殮。行臺省上奏，賜祭葬，子襲雲騎尉。其時，經略額勒登保禽高均德，送京師，伏誅西市。

【校記】

〔一〕「疾」，諸校本均作「絶」。

〔二〕「刺」，諸校本均作「剔」。

〔三〕「卓帳」，原作「車帳」，諸校本皆作「卓帳」。案：「卓」，立也，作「車帳」者非，今據改。

書獲劉之協事

高宗純皇帝乾隆五十九年，教匪大頭目、安徽太和劉之協以訟事赴質河南扶溝。十月十五日丁酉，聞陝西白河教匪事發，跨黄騾夜走，遂入郟縣，聚徒衆作賊，自稱天王劉之協。於是陝西、河南、湖北、四川教匪皆起，官軍勦捕降斬以千萬計，户部轉輸至萬萬。皇上嘉慶五年六月二十八日己卯，今分巡吉南贛寧道瀨山〔一〕廖公寅莅葉縣，捡之協送京師，伏誅西市。教匪既失本帥〔二〕，遂解竄。經略額勒登保等以次討滅，四省乃平。

先是，廖公長公子以省覲至葉，葉居賊衝，列兵城門爲守計。長公子雜候騎出五里所，于柳樹下見一人貌怪偉，露膊坐，眉入于鬢，即賊黨冀大榮也。疑之，返以色目告城門兵朱中林。歸署舍脱鞾韈，方濯足，而大榮已從之協至城門，與中林相識，踦梱語，中林紿使入城。大榮指之協曰：「張掌匱也。」强之入參飲于肆，而陰洩于中林。長公子聞報，徒跣赴肆中，手拉之協佩刀，斷其褌繫。之協俯護褌，遂扼項仆之。廖公率吏卒縛之協，擁至縣。蓋之協敗于鄧州，去其衆，思迂道入南陽再起，故過葉也。

皇上以廖公功賜花翎，簡放鎮江府知府，旋擢今職。河南遷官者數人，冀大榮亦賜把總銜，今益貴矣。

長公子者，名思芳。敬前在南昌，長公子不以介紹見，下馬入門，爽拔之氣照左右，曰：「思芳行天下，多願交思芳，思芳拒之。今聞兄高義，故至此。思芳不喜讀書，毋混〔三〕我；然忠孝大節不敢辱，知我也。」其自命如此。

惲子居曰：敬以屬吏事廖公幾七年，厚德退讓君子也。及交長公子，始知公少時常貯米竹簏，負走三十里餉二親，創背，陰雨常瘤瘤然。又聞在河南，驕帥有索賄者，力拒之，拔刀砍館垣，斷其刃，帥氣懾而去。蓋仁者之勇，發不可遏。知長公子之風，爲有所自矣。

【校記】

〔一〕「瀨山」，原作「瀨水」，同治八年本同，嘉慶十六年本、嘉慶二十年本、同治二年本、光緒十四年本均作「瀨山」，今據改。

〔二〕「帥」，原作「師」，嘉慶十六年本、嘉慶二十年本、同治八年本同，同治二年本、光緒十四年本校改作「帥」，今據改。

〔三〕「混」，同治二年本作「溷」。

【評語】

「如見其事不難，難在并事之情皆見。『掌匱』見邸報，與朝制同，不止用當時語也。『護禪』一段自《北史》、《唐書》脱化。能如是，則叙天下事無窒礙矣。」案：陶批末識「自記」二小字。

先賢仲子廟立石文

嘉慶十六年七月丁丑，江西瑞金縣知縣惲敬謹立石先賢仲子廟之庭中〔一〕，而刻文曰：

昔者，仲子仕于衛大夫孔悝。衛靈公出亡之世子蒯聵争其子出公輒之國，執孔悝以求立，仲子死焉。後儒竊有異議者，敬以爲不然，請爲主客之辭，以盡其事之勢與義，而折其衷于孔子。

按《史記·孔子世家》：「魯哀公六年，孔子自楚反衛。」此去楚之年也。《十二諸侯年表》：「哀公八年，孔子至衛。」此至衛之年也。其時當出公之六年，出公之定爲君久矣。則試問出公之定爲君，義乎？不義乎？則謹應之曰：《左傳》靈公之謂公子郢也，曰「予無子」，是靈公未赦蒯聵也，蒯聵不得自爲赦也。曰「將立女」，是靈公不以蒯聵爲世子也，蒯聵不得自居于世子也。然則《春秋》之書衛世子奈何？曰：蒯聵之出亡，以將殺南子也。靈公蓋爲南子諱焉，未嘗以廢告諸侯也。《春秋》用史官之法，蒯聵之書世子，宜也。雖然，靈公之心則以爲廢之云爾。人子者，心父母之心，斷斷不宜自居于世子。是故蒯聵不宜立者也，宜立者出公而已。立公子郢，非法也。

問出公之拒父何如？則謹應之曰：出公未嘗拒父也。衛靈公生于魯昭公二年，其卒年四十七，而蒯聵爲其子，出公爲其子之子。蒯聵先有姊衛姬，度出公之即位也，内外十歲耳。元年，蒯聵入戚。二年春，圍戚，衛之臣石曼姑等爲之，非出公也。出公長而勢已不可爲矣。歸罪出公，從君之辭也。

問石曼姑之拒蒯聵何如？則謹應之曰：蒯聵者，非曼姑之所宜拒也。蒯聵得罪靈公，靈公可以父絶之，出公不得以子絶之。是故蒯聵不可爲衛之君，而可爲衛君之父。不可爲衛之君，所以定靈公、蒯聵父子也；可爲衛君之父，所以定蒯聵、出公父子也。孔子曰：「必也正名乎。」正靈公父子之名，則蒯聵宜逐。宜逐奈何？終身不入國可也。正蒯聵父子之名，則出公不宜拒。不宜拒奈何？蒯聵在戚，出公以國養可也。以是言之，出公之定爲君無過也。定爲君無過，斯仕于出公者無過也，仕于孔悝者益無過也。

則試問高子之不死何如？則謹應之曰：高子者，公臣也，士師也。蒯聵之入，高子無軍師之謀，故無死事之義，無親暱之任，故無從亡之義。孔子曰「柴也其來」，以此也。

則試問仲子之死何如？則謹應之曰：仲子者，家臣也，邑宰也。以孔悝爲主君，視其禍而不之〔二〕救，禮歟？孔子之于衛也，蒯聵與其亡不與其爭，出公與其立亦不與其爭，是故蒯聵之入，出公之亡，仲子不與也。曰太子焉用孔叔？曰：必舍孔叔，知有孔悝而已。所謂食焉不避其難也。孔子曰「由也其死」，以此也。

夫以一聖知二賢，豈有不揆于義，以其愚而決其來，以其勇而決其死哉？且夫聖人之道，五倫而已。不辨于君臣，則父子、兄弟、夫婦、朋友之倫不序；不辨于去就死生，則君臣之倫不明。君臣之始事去就爲大，君臣之終事死生爲大。仲子之仕孔悝也，君子將以推明乎去就之義。其死孔悝之難也，君子將以求當乎死生之仁。顏淵死，子曰：「天喪予，天喪予！」子路死，子曰：「天祝予，天祝予！」曾是去就死生之不辨，而冒然爲之者？此後儒之過言也。世之爲聖人之徒者，其視茲刻焉。

【校記】

〔一〕「庭中」，王校：「俞云：當作『中庭』。」

〔二〕「之」，原作「知」，據諸校本改。

【評語】

「整而奇，立石文中別爲一格。論事直，細入毫芒，大函天地。」案：陶批末識「自記」二小字。

新喻縣文昌宮碑銘

嘉慶六年九月二十六日，江西省臨江府新喻縣奉本府正堂牌開：爲移咨事轉奉布政使司奉巡撫部院，准禮部咨議奏文昌帝君仿照崇祀關帝典禮致祭一摺，奉旨，依議，欽此，移咨遵照辦理等因到縣。

該縣每年春秋祀文昌帝君，動地丁銀二十六兩，牛一，羊一，豕一，登一，鉶二，簠簋各二，籩豆各十，鑪一，鐙二，帛一，香盤一，尊一，爵三。承祭官朝服行三跪九叩禮。祀文昌帝君三代，羊一，豕一，登一，鉶二，簠簋各二，籩豆各八，鑪一，鐙一，帛三，香盤三，尊三，爵九。承祭官行二跪六叩禮。時敬奉檄襄文武鄉試在南昌，十二月十一日回縣任事，與儒學訓導胡君暨縣中同官屬縉紳先生耆老謀所以安神者。於是筮地，得吉于虎闞山至聖先師廟之西偏。爲門三楹，東西塾爲殿三楹，序夾室階陳皆備，祀文昌帝君。少後爲殿三楹，祀文昌帝君三代。爲位于八年四月戊辰，越六月己巳〔一〕落其成，斫礱丹雘如禮。

是日，肇祀于新宮。牲腯酒馨，旌旄從風，羣執事給敏以暇，終事益虔。環門而觀者，忻舞相告，喁喁于廣術，皆知神之具醉飽，而有以福吾喻之人也。敬肅受嘉胙，爰揚厥美，刻之廟石，而系以詩。詩曰：

油油清渝，虎闞其坻。倚厓爲墻，蕩蕩持持。釁門居阽，焕乎樓闔〔二〕。其脩五雉，畫霞爲畛。作宮于旁，維神則宜。我父我子，協于筳著〔三〕。乃糾乃歛，乃削其坪。其廷則直，乃碣乃楹。庖犧肆醴，業虡之所。自門而階，而堂而户。皤皤文學，弟子具來。役夫不勞，不匱于財。維神聰明，欽其信直。登筵憑几，强飲强食。維吾喻民，各服其疇。禾麥茂茂，滿吾車篝。維吾喻民，舟車所通。伐梓捕鯉，以有以豐。維神之職，厥曰司禄。維吾喻士，以貞延福。天子之德，際天并海。維神相之，便章同軌。吾喻一隅，如治待型。千山萬水，尺鼎先成。小大稽首，荷神之庥。于萬斯年，毋怠毋尤。

【校記】

〔一〕「六月己巳」，原作「翼日己巳」，諸校本皆作「六月己巳」，嘉慶十六年本作「六月初六日己巳」。案：嘉慶八年六月初六，合於己巳之日，今據改。

〔二〕「闡」，同治八年本同，嘉慶十六年本、嘉慶二十年本、同治二年本、光緒十四年本作「軔」。

〔三〕「筳蓍」，原作「筵蓍」，嘉慶十六年本、嘉慶二十年本、同治二年本、光緒十四年本作「筳蓍」，同治八年本誤作「筵蓍」。案：筳、蓍皆占卜之草，作「筳蓍」爲是，今據改。

【評語】

「公牘入碑，本古法，銘辭似相如。」　案：陶批末識「自記」二小字。

文昌宫碑陰録

古者，天子祀天、地、社、稷、宗廟，五祀而已。《祭法》：「有天下者祭百神。」山林、川谷、丘陵是也。《周官・大宗伯》：「以貍辜祭四方百物。」八蜡是也。漢用方士之説，祀典多無稽。後世佛氏日昌，所祀神皆託之西域，及所謂四天下焉。道士生中土，祖方士之言，效佛氏爲誑誘。陶弘景、寇謙之、杜光庭諸人，妄構真靈，紀官簒職，復舉中土君臣之名迹及叢祠淫鬼，錯入徵之，其説至後世益乖歧，無可信考者。

文昌帝君之祀，不知其所始。崔鴻《後秦録》：「姚萇隨楊安伐蜀，至梓潼嶺見一神人，謂之曰：『君早還秦，秦無主，其在君乎！』萇請其姓氏，曰『張惡子也』。後據秦稱帝，即其地立張相公廟祠〔一〕之。」常璩《華陽國志》：「梓潼縣善版祠，一名惡子，民歲上雷杼十枚。」璩志終于永和三年，在萇稱帝前五十餘年，是萇之前已祀惡子矣。唐封順濟王，宋改封英顯王，元以道士之説，封輔元開化文昌司禄弘仁帝君。於是，山經地志、稗乘外書附會不經之辭，布滿天下。道士悉刺取之，以意牽合，録爲《化書》。而學士大夫之好怪者，竊其妄説，捕聲附影，瞶聽瞽説。嗚呼，可謂不祥也已！

在前明之季年，大臣議禮者，以爲宜罷其祀，是又不然。夫王者受命進退羣神之祀，凡以爲民已耳。其合乎天神、地祇、人鬼之典法者，秩宗之所掌，縫掖諸生之所誦習，百世不廢者也。其不合乎天神、地祇、人鬼之典法，而能見靈爽，爲徵驗，捍禦水旱兵革，爲天下所奔走，王者亦秩而祀之，所以從民望也。

本朝承平既久，上下以休養爲福，愚氓積煽，遂盜兵戈。今全蜀就平，楚陝亦靖，皇帝以文昌帝君爲蜀之神，歸功底定，祇闕其祀。有司考定禮樂，頒之四埏，意以天下之集寧，則將士之宣力不暇，百姓之效順也。然以天下之大，智者、愚者皆赫然于天人之交際，百神之呵護，則國家之大祉〔二〕，百世之所以治安也。敬以愚瞀，隨肩州縣下吏，無以仰輔朝廷之制作，竊以私見鄙識窺測萬一如此。若夫道士所言，如里巫巷祝，視鬼造妖，以惑蚩蚩者之視聽，豈足信哉？豈足信哉？敬以其行世已久，恐爲大蔽，爰取其太甚者條辨之，列于左方，使天下知朝廷所以祀文昌帝君，在彼不在此，庶幾后夔、伯夷之倫所是許焉。

《王氏見聞録》：「嶲州越嶲縣張翁畜蛇，令欲殺之。一夕雷電，縣陷爲巨湫，蛇爲陷河神張惡子。」謹按：梓潼嶺即七曲山。《華陽國志》：「五丁迎秦女，見蛇，拙之，山崩。」即其地也。因五丁之説，附會蛇爲梓潼嶺之神，遂取卭都地陷之説益之，即《見聞録》所傳是也。考《後漢書·西南夷傳》：「武帝初置卭都縣，無幾而地陷爲污澤，因名爲卭池。」無陷河神之説。卭都至隋始改爲越巂縣，《見聞録》之言其出隋、唐間野人歟？又《明一統志》稱，神爲越巂人報讐，避居梓潼，蓋始以神附會爲蛇，繼復以蛇附會爲人。《化書》又託之戚夫人、趙王如意，皆可謂無忌憚也。

《太平寰宇記》：「濟順王本張惡子，晉人，戰死而廟存。」《文獻通考》從之。謹按：《華陽國志》、《元和郡國志》俱無晉人戰死之説，是後人以秣陵尉蔣子文戰死爲神附會之無疑。《路史》：「黄帝子揮造弓矢，受封于張，爲張氏。」《詩傳》：「張仲，賢臣也。」《箋》：「吉甫之友也。」《化書》以張仲著于《詩》，附會神爲張仲，且以爲張宿之精。謹按：《史記·天官書》：「張素爲廚，主觴客。」《晉書·天文志》：「張六星，主珍寶、宗廟所用及衣服。」于張氏何與耶？于張仲之孝友何與耶？《酉陽雜俎》：「天翁姓張名堅，竊騎劉天翁白龍，至玄宫易百官，劉天翁失治，爲太山守。」是張角謀代漢之妖言也。「竈神姓張名單，有六女，皆名察。」以張爲廚，故竈神張姓，張六星，故神六女，皆妖言不可從。

《晉書·天文志》：「文昌六星，在北斗魁前，天之六府也。」「四曰司禄、司中、司隸，賞功進。」與《天官書》「四曰司命，五曰司中，六曰司禄」不同。《星經》又言：「六曰司法。」蓋古之言天者，以四獸配四時，占生殺。其附天樞者，皆占宫廷，命名徵驗，取近是而已。《化書》既以文昌帝君爲魁前之司禄，又以爲外垣之上相，吾誰欺？欺天乎？蓋唐宋之時，士大夫及進士過梓潼嶺得送者，皆爲宰相，得殿魁，如《鐵圍山叢談》所記多矣。妄者遂有司禄之説，其尤妄者證以星之司禄，并尊以星之上相，以相煽動，而不知二星之不相屬也。本朝朱錫鬯氏求其説而不得，謂文昌祀蜀之文翁，何其益誕耶？

《説文》：「魁，羹斗也。从斗，鬼聲。」臣鍇曰：「謂斗首爲魁，柄爲標也。」蓋器名耳。星象之故北斗、南斗、小斗、中斗同名，皆以首爲魁，柄爲標，於是轉訓爲首者爲魁，《漢書》「里魁」、「黨魁」是也。復轉訓試名之冠其曹者爲魁，《老學庵筆記》「宋元憲夢大魁天下」，《揮麈録》吕〔三〕文穆等以大魁至鼎席是也。今乃以斗倚鬼爲魁星之神，復以文昌在斗魁之前，而祀之于文昌宫，大可弥也。其他如《化書》所言以白騾進僖宗，乃因明皇青騾入蜀而附會之。朱衣神則因歐陽文忠公而附會之，不知《鯸鯖録》所言乃刺關節者得售以誣文忠，不可訓也。

【校記】

〔一〕「祠」，嘉慶十六年本、嘉慶二十年本、同治八年本、光緒十四年本同，同治二年本校改作「祀」。案：崔鴻《十六國春秋・後秦録》原作「祠」（明萬曆刻本），今存其舊。

〔二〕「祉」，原作「神」，據諸校本改。

〔三〕「吕」，原作「昌」，諸校本皆作「吕」。沈校：「案『昌』字似『吕』字之誤，蓋謂吕蒙正也。」案：吕蒙正，謚文穆，引文出自《揮麈前録》卷二第四十九條作「吕文穆」（《四部叢刊》景印汲古閣景宋鈔本），今據改。

【評語】

「宏厚如西京議禮文。」 案：此條據陶批、關批過録，陶批末識「自記」二小字。

都昌元將軍廟碑銘

天下有形必有神，而有血氣者最驗。有血氣之中，毛羽鱗介并在五蟲，而人爲最驗。人之骨肉筋血毛髮一體也，而心爲最驗。人心之神與毛羽鱗介之神，推之天地之神，昭明肸蠁，微分巨合，充塞乎無間。是以日月之明，山嶽之成，江湖之盈，其積形之神與有血氣者常往來。而人之所接皆以人之事事神，爲之像設，爲之廟庭，爲之牲牢、酒醴，爲之官爵、名號，蓋神之依于人道固如此。然而神依于人以爲禍爲福，而所憑或假之毛羽鱗介者，何也？其物皆老則血氣聚，聚則變；其物若有知若無知，則血氣專，專則通。日月、山嶽、江湖即以其神之變與通者憑之，故聖人能知萬物之情狀，而後能知鬼神之情狀。

都昌元將軍自明洪武中敕封，附祀于左蠡山之湖神廟。嘉慶十有四年，江西巡撫先福公立廟特祀，奏請加號，敕封顯應元將軍，公用古碑法勒部咨于石。敬與都昌知縣陳君煦交過左蠡，爲碑文言其所以神，以發明朝廷進退百神之義，詒陳君，使立石于廟庭。銘曰：

萬物之動，一道所蕃。沄沄渾渾，根支萬千。其分如沙，其合如水。神哉神哉，何此何彼。惟元將軍，黑帝股肱。雲旗千尋，指揮鯨鵬。左蠡之山，據湖三面。爰宅將軍，爲門爲殿。天子之命，顯應孔昭。萬艘安行，五兩蕭蕭。水之爲波，乃氣之浡。以理平之，微于絲忽。上達九天，下通九淵。將軍所屆，其雲沛然。吏走民奔，擊鮮進旨。鼓鐘硡硡，將軍歆此。天子甚聖，百神是懷。滁江障海，萬福具來。

【評語】

「千人辟易之氣，萬劫照燿之理，山重塹複之勢，風迴雲轉之情。」案：陶批末識「自記」二小字。

海會庵放生河碑銘

《金剛經》云：「應無所住而生其心。」夫生其心，亦無所住而已。無所住，則生即無生也。此法也。不取法，乃非法也。不取非法，乃非非法也。如此者，心之量一切具足，包括天地，通徹古今，聖人愚人，善禽惡獸，如大海中浮漚，大空中飛塵揚〔一〕焰，皆吾心之量所攝受。順其生死則道通，逆其生死則道窒，是故無生之法以有生爲用，有生之法以生生爲用。無生者，性之域，有生生者，情之倪。此大雄氏所以重能仁，而《楞伽經》必以斷殺爲入門第一義諦也。

嗚呼，四生在天下，至水族之愚，可謂極可悲憫矣，而世反輕殺之，何哉？蘇州葑門外海會庵舊有放生池，爲弓徑若干，圍若干，不足以蕃脱網者。其地又爲周垣所迫，無可擴，而庵臨大河，民爲斷絶流，日殺無算。蓋一垣之隔，而死生判焉。且生之之數與殺之之數相懸實甚，亦君子之心所宜動也。嘉慶十年，歸安張公來視行中書省，以蘇俗侈，侈則多殺，時勸導之。今年春，放生池董事何灯等請以河之東西橋所拒之中爲放生河，禁捕者，且鐫放生河之名于橋以示後。其秋，公奉命撫江西，董事遂立石庵之中庭，志不忘德〔二〕焉。銘曰：

惟帝好生極天地，殺害生者全生生。横目之民其壽康，近自輦轂周環瀛。觀物無始互啖食，旁及羽介兼毛鱗。至仁惻然不忍言，誰徹砧俎祛羶腥。其中救一德千萬，千萬億命皆圓成。公奉德意治江介，欲挽殘饕歸清淳。放生之河偶事蒧，爲琢貞石垂休銘。

【校記】

〔一〕「揚」，原作「場」，據諸校本改。王校：「俞云：『揚』疑作『陽』。」

〔二〕「志不忘德」，「志」、「忘」二字原誤倒，今據諸本乙正。

【評語】

「三乘義諦，四通八闢，銘辭起用重筆提振，中用重筆鈎勒，末止用輕筆，落落莫莫，一點便過，用意最是。」

劉先生祠堂壁銘并叙

敬嘗讀《史記·倉公傳》，切脈辨聲色，審經絡藏府，皆攝心專氣之言。而《扁鵲傳》言長桑君、趙簡子、虢太子事，殊怪偉不可訓。倉公學扁鵲者也，何不同若此哉？蓋天下之至神，皆天下之至精者也。神者不可傳，精者可傳，倉公傳扁鵲之精者也。唯精者可以至于神。其生也，出明入幽，如《扁鵲傳》所言是矣。而其死能出幽入明，或食于一鄉，或食于一郡一縣，或食于天下，或時驗或時不驗，蓋視其生之時心解之麤密、氣用之强弱而應之。

吾常所祀劉先生雲山者，名朝宇，江陵人。以醫行江淮間，不遇；去之都，益不遇；去之保定，遂死。死之後見神于常，爲人治病多愈。常之人事之已百年矣。乾隆之五十一年，敬遊太原，得胃疾，脘時張欲裂。夢色揚而髯者進飲，覺暴下，下數日已，已後復下，時下時已，幾一年而疾除。入都以語常之人，常之人曰：「此劉先生也。」後五年，敬還常，拜先生祠，而銘其壁焉。銘曰：

世之人用心之靈，如耳目之聰明，以形爲之扃；用耳目之聰明，如手足之運行，以物爲之程。故以之爲道不至，而爲術不成。耳目手足皆腐者也，心如耳目手足，而欲死而有知，此元氣之所不能已乎哉！盍觀之先生。

【評語】

「精闢超渾，唐宋諸家所無。」

「銘辭是退之敵手。」（吴仲倫）案：此條據陶批、王批過録。

卷四

前太子少保雲貴總督劉公祠版文

嘉慶十有五年二月，敬自瑞金以事至南昌，前太子少保、雲貴總督劉公之孫、署餘干縣知縣焜泣而請曰：「先少保仕高宗朝，受殊遇，以儒臣節制西封。會緬甸兵事方起，所遣將失律，先少保引罪致其身。純皇帝推始終恩禮，許歸葬。然子孫以先少保未復前資，不敢銘墓，不敢碑，不敢狀于史氏，今四十五〔一〕年矣。大懼没先人之行，無以見先人。謹惟先少保自述年譜一卷，始康熙四十年，終乾隆三十一年，書事悉如史法。吾子其次爲文，焜將書之祠版。焜世世子孫，願能坐甲執兵，爲國家捍守邊徼，驅縛狼貙，以畢我先少保之志。朝廷蠲濯前迹，收録後效。當世鴻達君子，得由吾子之文而闡揚之。焜死且不朽。」語竟，伏地泣不能起。敬禮不敢辭。

按譜，公諱玉麟，字譽兆，姓劉氏，世爲兗州府曹州人。曹州升府，爲曹州府菏澤縣人。曾祖捷，兖州府學廩膳生，貤贈資政大夫。祖拱辰，父澄清，曹州學歲貢生，俱贈資政大夫。曾祖妣袁氏，祖妣田氏、袁氏，前妣張氏、妣張氏，俱贈夫人。公年始十五，補兖州府學生，二十補廩膳生，二十三充拔貢生，二十五考取八旗官學教習，二十六補正藍旗官學教習，應順天鄉試中式，二十七引見以教諭用，二十八選觀城縣學教諭。純皇帝乾隆元年，公舉博學鴻詞，御試列二等第三名，授翰林院檢討，年三十六矣。三十八奉特旨改名藻，記名以御史用，充順天鄉試同考官。三十九充會試同考官，升右春坊右中允，升侍講，轉侍讀，上書房行走。四十升太常寺少卿，轉通政司右通政，升都察院左僉都御史。自公爲檢討至僉都御史，皆純皇帝特簡，在廷以爲榮。是時純皇帝御極已五年，躬節儉以率天下，而海内無事，物力充殷。公虞有以豐豫之説進者，凡園囿燕遊贄御之事，屢愷切言之，純皇帝悉嘉納。四十一升内閣學士，充順天鄉試正考官，充江蘇學政。四十三以失察寶應縣學生劉洞罪狀，降三級調用，補宗人府府丞。至京，仍上書房行走。六月，以母張太夫人年老，乞養親，得允。五十奔皇長子定安親王之喪至京，賜復内閣學士原銜。五十四丁張太夫人憂。五十六服闋。時純皇帝幸闕里，公送駕至德州，授陝西布政使。

公在籍侍養，凡十有二年。年譜中，止載朝廷賜予并所奉温旨。敬次至此，焜復泣曰：「先少保在養親假中，至德州迎駕者二，入都祝皇太后萬壽者一。始奔皇長子定安親王之喪，繼奔孝賢皇后之喪。其餘日，朝夕侍張太夫人，飲食起居皆躬事。蓋事親以事君，不敢欺如此。」

是時，准噶爾豪賊阿睦爾撒納内附復叛，官軍勦之。公始之官陝西，察哈爾、吉林兵方由陝西赴軍。自潼關廳至長武縣東西八百里，設軍臺七所。其平道分設車三百輛，騎七百匹，其山道分設騎千五百五十匹；臺設草六十萬斤、豆二千石。公日與按察使、驛傳道釐其事，軍行無留。直隸送軍前馬萬一百六十匹、駱駝千六百頭，陝西送軍前羸千二百頭，四川送軍前馬千三百九十匹，過陝西亦無留。明年，定邊將軍兆惠遂連戰破賊，阿睦爾撒納走死。

五十七調湖北布政使，升雲南巡撫。雲南運京銅下四川，峽險甚，自乾隆四年至二十一年共沉三百十九萬四千一十五斤。户部奏雲南四正運，運原額京銅；二加運，運廣西停鑄之銅。而第二運至峽，當四、五、六前後三月江漲之時，多失事，議分二運于前後五運以避險。公以正運乃解官顧船，加運自漢口以上即地方官撥船，合之不便，議并四正運爲三運，二加運爲一運。八月自瀘州開第一運，十月開第二運，十二月開第三運，次年二月開加運。每年止四運，而四、五、六、七前後四月無銅船出峽，于避險爲益慎。奉旨依議。

六十三署貴州巡撫，加太子少保。六十四回雲南巡撫任，升雲貴總督。六十五加兵部尚書銜。雲南〔二〕西、南二面俱鄰緬甸，西爲永昌，南爲普洱。是時，緬甸貴家土司宫裏雁與木疏酋戰敗，竄孟坑，其妻囊占率衆内附我。孟連土司刀派春脇取其貲，囊占怒，殺派春。永昌知府楊重穀遂誘誅宫裏雁，囊占走，煽緬甸諸土司犯邊。公方撥土練守永昌，而普洱之孟艮土司有族人召散者，糾緬甸賊數千，攻掠九龍江等地，甚猖獗。公馳至普洱，遣總兵劉成得、參將劉明智往剿焉。先是，公在雲南，雲南無事垂十年，純皇帝倚任無與比。一旦東西皆擾，公内不自安，而參將何瓊詔、遊擊明誥、守備楊坤違節制，擅渡九龍江，大敗。潰卒還，以三人戰没告。方入奏，而三人自緬甸遁還，公益不自安，當三人逗撓律，而純皇帝以三人乃臨陣退縮，皆斬。奉旨降公湖北巡撫。公望闕叩首如禮，閉户作書處後事。擲筆，抽佩刀自刎。時乾隆三十一年二月二十三也，年六十六。後一月，部議至雲南，以前事革職。

公娶徐氏，繼娶田氏，再繼娶李氏。長子本，菏澤縣附貢生。次子木，山西蒲州府同知。季子林，候選布政司經歷。孫焜，壬子舉人，前知江西南康、龍泉縣，今署餘干縣。次子木出。

敬於是復于焜曰：古者，大臣有坐盤水加劍，造請室而請罪，小罪自弛，大罪北面自裁，其三公則賜之上尊、養牛，使者中道因以不起聞。若是者，雖以禮相切，直與取而殺之無異也。至蓋寬饒、蕭望之、朱博，皆以下吏就死，其畏罪與辱明甚。今公始左遷，純皇帝遇夙厚，可復用，而奮不自顧至于如此，蓋公事皇上誠至，一不得當即以爲孤負明恩，無以自立于天下。此蓋古人所難，非蓋寬饒、蕭望之、朱博諸君子等，不可以不銘。於是系之銘曰：

至聖御宇，禮及大臣。非賄非奸，皆釋以恩。惟公之咎，成于將士。天子仁明，左遷則已。觥觥我公，志古皋夔。一眚不汙，星隕山頹。命牘抽豪，爰攄厥志。刻之廷陳，告千萬世。

【校記】

〔一〕「四十五」，原作「五十五」，嘉慶二十年本、同治八年本同。同治二年本、光緒十四年本校改作

「四十五」。王校：「『五』當作『四』，劉之自刎在乾隆三十一年，至嘉慶十五年，寔四十五年。」今據改。

〔二〕「雲南」，原作「雲貴」，同治八年本同，嘉慶二十年本、同治二年本、光緒十四年本作「雲南」，今據改。

【評語】

「步伐精嚴，體裁鴻雅，中一段自《霍光傳》脱化。」案：陶批末識「自記」二小字。

兵部侍郎銜署直隸總督裘公神道碑銘

公諱行簡，字敬之，姓裘氏。始祖萬頃仕宋，爲大理寺司直，自會稽遷新建，遂世爲江西南昌府新建縣人。曾祖琅，歲貢生。祖君弼，刑科給事中。父曰修，太子少傅，工部尚書，謚文達。妣一品夫人熊氏。文達公生子四：長麟，翰林院編修；次師，國子監生，皆早卒。次即公；次行恕，湖北漢陽縣知縣。

公年二十，丁文達公艱。服闋，高宗純皇帝欽賜舉人，内閣中書，推文達公舊恩也。

旋直軍機處，遷侍讀，擢山西寧武府知府，調平陽府，以熊太夫人年老請内用，補户部陝西司員外郎，仍直軍機處，升刑部福建司郎中。本朝之制，凡章奏陳達，制詔宣降，軍機大臣取進止，章京行之内閣六部，或徑下各直省及外藩。公在直二十餘年，内嫻掌故，外悉四方之政，於是朝野之論，皆以爲能可大用。今上加意人才，大臣多以公名舉奏，升内閣侍讀學士，奉命祭南海。是時教匪未靖，經略額勒登保公駐略陽。公奏請陝西、四川帶兵大臣，扼衝嚴守，使陝匪不入川，川匪不入陝，然後逼使東竄。經略以大兵蹙之，可計日梟縛。復命後升太僕寺少卿，奉特旨偕大理寺少卿窩里額公犒軍，公奏請自寶雞至褒城棧道，兵卡宜復設，且於要害設大營，隔賊走路，兼通大軍糧運。而其時，經略引嫌請止舉劾麾下功罪，公奏請五路帶兵大臣所統將士皆聽舉劾，移書四川總督威勤伯勒保公，爲陳廉頗、藺相如相下之義，兩帥大和。公論事多中機宜、得大體類如此。途次鳳縣，升太僕寺卿。次西安，除河南布政使，調江寧布政使，賜花翎。丁熊太夫人艱，未禫，除福建布政使，旋調直隸布政使兼按察使、護直隸總督。先是天下大政事、賑貸、轉輸、供億，皆以州、縣爲經由藪匯，錢穀出入多未釐正。高宗純皇帝欲以曠蕩之恩滌之，暨今上登極，下詔盡免廢負。而地方大吏，鈎稽簿領，束于成格，不能一概除豁，官民或借以爲煩擾之具。公以爲非清帑無以塞僥倖，去煩苛，遂一以清帑爲首事。福建布政司册目十有一，公于中分子目一千五百有畸。於是支解者豪黍皆見，吏不能欺，得銀若干萬兩。直隸民逋，議分年隨輸〔二〕，官逋議分年罰繳，得銀若干萬兩。前後兩省，凡清帑若干萬兩。旋奉特旨，以兵部侍郎銜署直隸總督。嘉慶十一年，永定河溢，公舟行視堵築。九月庚午，感急疾卒，年五十有三。遺表聞，予實授總督卹典，賜葬銀五百兩，碑銀三百五十兩，祭銀二十有五兩，謚恭勤。

配莊夫人，禮部侍郎存與公女。子六：長元善，欽賜舉人，候補内閣中書；次元淳，國子監生；次元俊，副榜貢生，候補鹽場大使；次元遜，候補通判；次元穆；次元英。孫開甲，元善出。女六，皆適名族。

某年、月、日，元善等奉諭旨葬公于新建慈菇鄉之硃砂岡，立碑設祭如禮。敬于元善相習，知公爲詳，謹條其大端，碑于墓道之左。銘曰：

文達蓄德，是延恭勤。上品之才，如擢寒門。截鵠斷犀，導鋒微至。精心一往，用其不二。遂涉吏事，佩乎青朱。囊封之言，天子是俞。治戎以和，治事以肅。大將柔心，小胥重足。甫授節鉞，爲方鎮臣。祁雨未周，已墜其雲。幽幽青原，戴吾君賜。子孫繩繩，于千萬世。

【校記】

〔一〕「隨輪」，同治二年本作「遣輪」。

【評語】

「清帑一段能推見本朝愛民勤政，極大規模，文格亦峻，上有蘊蓄。」　案：陶批未識「自記」二小字。

「先生《致袁春州書》云：于文襄所作《文達公墓志》乃墓表體，袁子才所作《文達公神道碑》，又雜墓志體，其間書法不合處甚多，兹作則不敢妄下一語也。」　案：此條據楊批過録，實質爲先生《大雲山房言事》卷一《與袁春州》中文字，録作「自評」。

「其意以未竟用爲綱領。」　案：此條據楊批過録。

前四川提督董公神道碑銘

高宗純皇帝乾隆四十一年，大小金川平，頭人七圖葛拉爾思甲布傳送行在，純皇帝命軍機大臣問爲逆狀，對甚悉。復言陷底木達時，四川提督董天弼將所部二百人，抽短兵力戰，不可敗。夜半，領兵頭人以鳥槍數百幹環擊殺之。先是在軍諸大臣劾董公失守要隘，純皇帝徙公之子聯穀等伊犂，至是赦還，復聯穀舉人原資，賜内閣中書。聯穀等乃招魂葬公于城南之兆。

公諱天弼，字霖蒼，先世明永樂中自無爲州遷大興，遂世爲大興人。曾祖大才，祖承詔，父其倫，皆贈明威將軍。母劉氏，贈淑人。

公雍正十〔二〕年武進士，授四川提標前營守備。從討占對，升馬邊營都司。從討大金川，軍功加三等，升峩邊營遊擊。大金川旋請降，罷師，升章臘營參將。調綏寧營，再調提標中營，率師討巴唐，平之，升維州營副將。小金川與黨霸争地，公單騎入其境，諭以禍福，兩土司皆聽命。郭羅克者，黑帳房部落也，掠衛藏入貢剌麻僧。公奉總督檄，出黄勝關察之。郭羅克不承，公夜合雜谷兵逼賊巢，先發鳥槍驚其馬，羣馬盡逸，賊不得遁，生捡其酋麻兹滚布，得所掠物。事定，升松潘營總兵，旋賜花翎，升四川提督。

乾隆三十六年，小金川酋僧格桑復叛，圍沃日土司于達圍。公由卧龍關往勦，拔密耳，賊據斑斕山死守，公仰攻八日，糧匱，士卒拔草茹之，不得已退軍至關。大學士温福公自雲南來，亦至關。公請統大軍堅守，自將重慶兵一千，循黄草坪救沃日。道甲金達山〔二〕，較斑瀾尤斗峻，不可上，乃下令軍中求間道，得近山得勝溝。溝在兩厓間，厓壁高數仞，賊夾溝設守卡厓上。會大風雪，公將健卒，夜伏馬鞍行溝中，賊守者皆不覺，遂直抵達圍破賊，達圍圍始解。乘勝拔日隆關，迎大軍會于關下。時大軍久不得公軍問，諸大臣已劾公逗撓，而公以用奇大勝，得免死爲卒伍，將兵五百人，守資利寨。參贊額駙王色與公論軍事，大奇之，入請賜副將銜。拔曾頭溝，升重慶營總兵。拔卓克采，復賜花翎。拔横梗山梁，抵谷葛，復繞坎竹溝間道進攻，燒大木城一，旁擊碉寨數十，皆下。連拔没藥山、大版昭，復迎大軍會于布朗郭宗。時南路參贊阿桂公亦拔美諾賊巢，僧格桑由底木達賊巢，竄入大金川，大軍拔底木達。是役也，公常爲軍鋒，而得勝溝、坎竹溝之捷，冒死入險地以迎大軍，功爲最。三十八年，純皇帝聞大金川酋索諾木嘗助小金川，命温福公爲定邊將軍討之，擢公爲四川提督守黨霸。將軍奏底木達新定，乃賊巢，且諸軍要隘，公宿將，宜鎮之。與兵五百人，守底木達。底木達當賊衝，勢危甚，而將軍復調兵三百赴大營，其後路接應兵一千二百亦徹之。當是時，將軍自屯木果木，軍屢勝之後，不以賊爲意。七圖葛拉爾思甲布等千餘人乘軍惰，因先後詭降。將軍開軍門納之，使雜厮養，七圖安堵爾等因得入大營，誘降人爲内應，且探知底木達兵弱無後援，遂定計先犯底木達，道通，即劫木果木大營。六月初一日，賊自山後擁衆來犯，公遂遇害，年六十二。後九日，賊劫大營，將軍亦死焉。

公貌瓌瑋，美須髯，臨陣常身先士卒，所向無前。有哈薩克二赤驃馬，極雄健，將軍常索之。公曰：「天弼上陣，倚此二馬，金川小醜必蕩平。俟手梟二逆，并二馬上將軍。」嗚呼，孰知公之志以此竟不遂哉！

後純皇帝命阿桂公爲定西將軍，進戰皆捷。僧格桑死，獲其尸。攻克索諾木賊巢，于葛拉依俘送京師。設鎮安營鎮其地，如公所預策焉。今皇上御極，録死事，後予公世襲恩騎尉。

公配吴夫人，繼田夫人。子六：長聯穀，由中書爲淮安府裏河同知；次聯理，與公同死事；次聯壐，縣學廩生；次聯琛、聯珩，早卒；次聯瑄，國子監生。女七，俱適名族。公殁三十八年，陽湖惲敬爲文刻石于公墓之左。銘曰：

天縱高宗，收諸逆夷，歸四海家。將將臣臣，罪罪功功，慄不敢譁。公起遠疏，志攫鯨鯢，擲之泥沙。將尊師微，爲賊所窺，來蹈其瑕。生誣幾死，死誣不生，孰詫而嗟。高宗至明，死興其孤，生高其牙。將士感銜，皇武所周，廓無垠涯。公神之行，沛然江流，勢不可遮。二馬尚從，歷塊蹴塵，上躡蒸霞。刻石墓左，公顧頷之，我銘無夸。

【校記】

〔一〕「十年」，王校：「雍正十年壬子無武會試，『十』字或當作『十一』。」

〔二〕「甲金達山」，原作「由金達山」，同治八年本同，嘉慶二十年本、同治二年本、光緒十四年本作「甲金達山」。案：甲金達山，山名（見清阿桂等撰《平定兩金川方略》，《景印文淵閣四庫全書》本），今稱夾金山，據改。

【評語】

「叙事筆力直逼子長、孟堅，用意精微周匝，亦足抗衡齊首。」案：陶批末識「自記」二小字。

「觀此見當時國典之重，軍律之嚴，似此偉節孤忠，事白後汔不得諡，亦無有爲陳請者，非寡恩也，全盛之世固然。」案：此條據楊批過録。

廣西按察使朱公神道碑銘

公諱爾漢，字麗江，姓朱氏，先世自鄞遷餘姚。曾祖名進，祖大彬，不仕。父健，遷大興,官絳州吏目。大彬、健,皆贈朝議大夫。前母林氏,母熊氏,皆贈淑人。

公神明挺動,有識斷,能得人死力,奴客悉以兵法部之。自初入仕,即在行間,後遂與教匪相終始。少時,吏于户部,以吏目分發甘肅,署寧夏典史,再署岷州吏目。被議,輸貲復官,借補靖遠典史,赴衛藏迎班禪額爾德尼入朝,道聞熊太淑人之喪,去官。服闋,赴甘肅候補。時平凉鹽茶廳回豪田五作亂,公與通判吴君廷芳、知縣黄君家駒守靖遠城,賊仰攻一日,引去。靖遠回豪哈得成等一百三十有八人,期夜半爲内應,公鈎得賊情,令守者悉登,無驗不得上下。漏初下,乘馬至哈得成之門,陽科其穀餉軍,因拘焉。所分遣捕賊人,亦誘捦城下餘賊。而賊雜守者在城上且數十人,縣胥鐵光保最爲劇賊。公登城,給使獻刀,即反接,以布襪其口,直掖下城,遂令鳴角。城上捕賊人聞角聲,皆拍賊肩曰:「視地!」賊視地則扼而反接之,于是無脱者。夜將半,城外賊復引向城,公呼語之,復引去。於是,公以知兵聞,升署隆德縣事。諭底店據砦降回徙之,補隆德縣知縣,升直隸涇州知州。預捦教匪頭目劉松并其孥,升鞏昌府知府。

嘉慶元年,教匪起陝西白河,湖北當陽亦起。二年,賊大入四川,總統宜綿公駐達州,檄公參軍事。是時賊渠王三槐拒總統于方山坪。白岩山者極險固,賊渠林亮工、樊人傑屯山上，與方山坪爲聲援。將軍舒亮公、提督穆克登布公屯山前之韓彭坳。公將成都兵三百，募兵三千，屯山後之排亞口。排亞口之上曰金鳳觀、曰草店、曰鴨坪，公一日盡攻克之。復進，有木柵當隘，不見賊，唯一犬號號然。我兵有躍而攀柵者，賊乃自匡旁引刀斷其指，我兵擲火焚柵。賊鳴鑼掣所樹旗，左右招賊，賊大至。公慮斷後路，退師。時九月九日也。先是，與韓彭坳爲師期，而韓彭坳之師中道而綏，賊得專力山後，我兵不能克。十月，奉節賊千餘人援白岩，公敗之，捦賊渠邱廣福。十一月，白岩賊久困欲走，傾巢來犯，戰一晝夜不得路，仍退至屯。公以親搏〔一〕戰創甚，回鞏昌，道遇河州總兵保興公，曰：「君文官，乃能爾，吾輩當何如？」後保興公與王三槐戰于三匯，遂死事。

三年，公運甘肅麥十萬石餉軍，行至成縣，賊渠高均德將衆七千窺麥。公與涇州知州沈君清、都司馬君良棟敗賊于格樓霸，生捦賊軍師李得勝。四年，賊渠張漢潮犯秦州，公赴成縣會勦，而鞏昌警至，馳還，賊已據城東鴛鴦河。公夜掠賊卡，至城守始固，賊不敢攻，以功升鞏秦階道。

生番鐵布者，世居西傾山中，凡十餘萬人。乘教匪猖獗，時出盜内地。主兵内怖四川教匪，謀留軍勦鐵布。公以鐵布未叛亂，且地險，一構兵非數年不平。鐵布奉回教，公召其阿渾諭曰：「鐵布非反者，然爲惡不已，且移軍至奈何？其不爲惡，知盜蹤者速來首。」於是來首者踵至。公一日出姓名紙一，曰：「此鐵布盜也。」復出圖紙一，曰：「盜巢及出没要隘盡于此。」分遣一百數十人捕之，其來首者助之縛，悉就捡，鐵布乃定。

六年，陝西、湖北、四川教匪捕斬略盡，餘賊多竄甘肅。公將千六百人遮尾之，前後數十戰，而西河砦、東溝㴔、南家渠、卷洞溝、硝厓廠、睡佛洞諸戰皆大勝，生捡其渠。八年，甘肅教匪平，上功狀第一，賜花翎。

公用兵常分數隊，迭前迭後，賊不知衆寡。隊各就地勢結陣，槍箭不妄發，賊近在三十步始發之。賊陣動，則追殺；不動，結陣而待，賊攻則彼此互援，常以此獲勝。其助戰者，鄉勇侯達海，侍衛李榮華，武舉劉養鵬，千總銜鄒坤桂、攀桂，皆操刺健兒也。旋調肇羅道，升廣西按察使，署布政使。十二年三月十八日，卒于按察使任，年六十有三。

配江淑人。子：長浩，江西候補知府；次沅，浙江候補運判。女：長適天津知縣黄德棻；次適陝西候補縣丞陸湝。公葬通州里橋之祖塋。銘曰：

教匪之至，以萬衆先。公所部兵，極于三千。摧孱蹈弱，遂無重堅。大將倚之，如臂在肩。斬蜀之棼，决秦之阻。陣如撒星，戰如集雨。手撫瘡痍，目馴貔虎。帳合千旌，城堅萬杵。皇帝眷功，以擢以褒。貂蟬之錫，出于兜鍪。善哉始終，無有瑕尤。子子孫孫，蒙國之庥。

【校記】

〔一〕「搏」，原作「博」，王校：「雷云：當作『搏』。」今據改。

太子少師體仁閣大學士戴公神道碑銘

嘉慶十有六年四月戊申朔，太子少師體仁閣大學士戴公薨。事聞，皇上軫悼。己酉，榮郡王奉命奠。甲寅，皇上親臨喪次，奠爵三。戊午，贈太子太師，謚文端，祀賢良祠。壬申，禮部遵行諭祭禮。是年十二月甲子，公之喪至南昌。越一年，十一月甲申，公之子嘉端遵行諭葬禮，葬公于南昌岡前嶺之兆。立祭葬碑如令式，而神道之左，禮宜銘。

先是，公以省墓歸南昌，敬見于丙舍。公慨然久之，仰視日，舉酒曰：「吾身後文屬子矣，子無辭。」時敬起立負牆，曰：「願吾師爲富鄭公、文潞公。」曾幾何時，公遽捐館舍，言之爲憮然。然敬與弟子籍最先，在京師視公含斂，今復襄窀穸之事，其敢自外？謹次公之事如左。

公諱衢亨，字荷之，一字蓮士。曾祖時懋，由江都遷大庾，誥贈通奉大夫，累贈光禄大夫。曾祖妣傅氏、周氏、梁氏，誥贈夫人，累贈一品夫人。祖佩，贈官如曾祖。祖妣温氏，贈封如曾祖妣。父第元，太僕寺少卿，誥授通奉大夫，累贈光禄大夫。妣彭氏，誥封夫人，累贈一品夫人。

公年十七，本省鄉試中式。二十二，應天津召試，欽賜内閣中書，直軍機處。乾隆四十三年，公年二十四，會試中式，賜一甲一名進士及第，授翰林院修撰，旋充湖北正考官。復命後，奉旨仍直軍機處，充江南副考官，督山西學政。繼丁内外艱，服闋，充湖南正考官，督廣東學政，升右中允，累擢侍講、左庶子、侍講侍讀學士。嘉慶元年，皇上登極，凡大典禮諸巨製，悉出公一人。公之受深知，膺殊眷，内贊緝熙之業，外宣康定之猷，蓋于是乎始。二年，賜三品京卿銜，隨軍機大臣學習，轉少詹事，升内閣學士，補禮部右侍郎，轉户部。四年，高宗純皇帝賓天，朝廷黜陟誅賞之事甚殷，公夙夜攀慕且趨事，遂疾，乞假。假滿，兼吏部左侍郎。五年，轉户部左侍郎。六年，教習庶吉士，升兵部尚書。十二月，教匪平，加太子少保，世襲雲騎尉。八年，調工部。十年，調户部，充會試總裁，直南書房。十二年，協辦大學士，充經筵日講起居注官、翰林院掌院學士，充順天府鄉試正考官。十三年，奉命視南河，予假省墓。十四年，皇上五旬萬壽，加太子少師。十五年，授體仁閣大學士，管理工部事務。十六年三月，皇上以綏懷西北屬國，幸五臺，公扈從。臨發，送敬于正寢之門，復理前丙舍語。敬愕然不敢對，辭去。閏月回蹕，公途次得疾。至正定，疾甚，奉命歸京師治疾，馳至圓明園邸第。敬往問，公不語二日矣。是日遂不起，年五十有七。

敬允惟唐宋以來，羣輔肩背相望，然或賢矣而不得其時，則節耀而功不暨；得其時矣而不得其主，則業豐而禮不終。若夫功暨禮終，朝野動色，而世有先賢之狀，家藏舊事之録，褒揚過溢，漸至攘誣，斯亦古者大臣之心所必不敢承者也。惟我聖清一家作述，太祖、太宗肇造丕基，世祖、聖祖并包寰海，世宗、高宗以勤以養，訖于無外。歷溯國家創業守成，諸大臣皆匑匑粥粥，如不勝衣，其麻懿之謨，鴻讜之論，敷陳密微者，朝廷時布之遠邇，以爲天下光。蓋有道之世，進退之權，毁譽之柄，皆自上操之，道固如此。

前教匪戡定，皇上以公知無不言、言無不盡詔天下。公薨，復申繹之。而公所面取進止，雖同直勳舊大寮及公之親屬，無有能知其説者。於是而知公之爲國家非淺近所能測識，不可没也。

公性清通，無聲色之好。朝退，四坐皆士大夫，言人人殊，公不置可否，而朝廷設施，有見之數月、數歲之後者。其燕閒之論，則以爲先代黨禍，皆驟加摧落，有激而成，若以事漸去之，必無他變。論度支，主減費，守常賦；論治河，主謹隄防，不改道；而論三省教匪，則以爲小醜跳梁無遠略，當以忠勇將帥驅殄之，勿使文臣支格其間。此即公立朝大指也。

公娶陶夫人。子一，嘉端，徐宜人出，年始十一，欽賜舉人，世襲騎都尉。銘曰：

王澤之和，萬物承之。芃芃盎盎，在于所施。河收其洶，山斂其崿。篤生哲輔，如磨如錯。始對大策，遂冠仙瀛。出馳使車，入奉樞庭。皇上龍飛，試之心膂。操圓循規，引方合矩。蕩乎而升，芒乎而作。景星在天，青狼自落。雲駛月運，舟行岸移。扁之當楣，爲萬事儀。如何徂謝，曾不崇朝。丹旐南來，霜洌風蕭。兼金之純，大玉之粹。巧鏤萬變，其真則貴。九州四隩，視此刻辭。後世之公，敢告不欺。

【評語】

「前以排比叙次家世、科名、官位，至此提筆作數十百曲，盤空擣虚，左回右轉，以極力震蕩之，古山自言用東坡《司馬温公碑》之法，而顛倒其局。至變化則取子長，嚴整則取孟堅也。」

案：此條據王批過録，實則檃括二集卷二《上舉主陳笠帆先生書》（其二）中文字。又，「古山」爲惲敬之號。

張皋文墓志銘

張皋文名惠言，先世自宋初由滁州遷武進，遂世爲武進人。曾祖采，祖金第，父蟾賓，皆縣學生。母姜氏。

皋文生四年而孤，姜太孺人守志，家甚貧。皋文年十四，遂以童子教授里中，十七補縣學附生，十九試高等，補廪膳生。乾隆五十一年，本省鄉試中式。明年，赴禮部會試，中中正榜，例充内閣中書，以特奏通榜，皆報罷。是年考取景山宫官學教習。五十九年，教習期滿，例得引見，聞姜太孺人疾，請急歸，遂居母喪。嘉慶四年，今皇帝始親政，試天下進士加慎，皋文中式。時大學士、大興朱文正公珪爲吏部尚書，以皋文學行特奏，改庶吉士，充實録館纂修官、武英殿協修官。蓋皋文前後七試禮部而後遇，年三十有九矣。六年，散館，奉旨以部屬用。文正復特奏，改授翰林院編修。七年六月辛亥，以疾卒，年四十二。

皋文清羸，須眉作青紺色，面有風稜，而性特和易。與人交無賢不肖，皆樂之。至義之所在，必達然後已。其鄉試中式，文正以侍郎主考。皋文自出其門，未嘗求私見，以所能自異，默然隨羣弟子進退而已。文正潛察得之則大喜，故屢進達之，而皋文齗齗以善相諍，不敢隱。文正言天子當以寬大得民，皋文言國家承平百餘年，至仁涵育，遠出漢、唐、宋之上，吏民習于寬大，故奸孽萌芽其間，宜大伸罰以肅内外之政；文正言天子當優有過大臣，皋文言庸猥之輩，倖致通顯，復壞朝廷法度，惜全之當何所用？文正喜進淹雅之士，皋文言當進内治官府、外治疆埸〔一〕者。與同縣洪編修亮吉于廣坐諍之。亮吉後以上書不實遣戍，赦歸田里。皋文則竟死矣。

方皋文爲庶吉士時，今皇帝加上列聖尊號。盛京太廟舊藏寶，例遣官磨治，篆所加尊號刻入之。皋文以能篆書受廷推，言于當事者，宜自京師下所司等上上玉刻成，遣使奉藏，其舊藏寶不得磨治。當事者以爲然，格于例，不果奏。又言于當事者，翰林院乃皇帝侍從，奉命篆列聖寶，宜奏請馳驛，不得由部給火牌。亦格于例，不果奏。已而歎曰：「天下事皆如是邪！吾位卑，能言之而已。」皋文篆書初學李陽冰，後學漢碑額及石鼓文，嘗曰：「少温言篆書如鐵石陷入屋壁，此最精。《晉書》篆勢，是晉人語，非蔡中郎語也。」少爲辭賦，嘗擬司馬相如、揚雄之言。及壯，爲古文，效韓氏愈、歐陽氏修。言《易》主虞氏翻，言《禮》主鄭氏玄。始至京師，與王灼賓麓、陳石麟子穆及敬友最善，嘗曰：「文章，末也，爲人非表裏純白，豈足爲第一流哉？」

皋文娶于吴，子成孫，女適國子監生董士錫。銘曰：

車辥馬攻駕千里，隆隆之輪躓于阤。勿乎皋文誰訊此，銘之幽扃俟來祀。

【校記】

〔一〕「疆場」，原作「疆埸」，嘉慶十六年本、同治八年本、光緒十四年本同，嘉慶二十年本、同治二年本作「疆場」，王校作「疆場」，今據改。

【評語】

「中一段用《趙世家》及《韓安國列傳》法。」案：陶批末識「自記」二小字。

舅氏清如先生墓志銘

先生諱環，字清如，一字夢暘，自號東里居士。而清如之字特著，士之能學者皆稱之曰清如先生。

先生少時喜兵家言，後出入于縱横家、法家，最喜道家「雄雌」、「白黑」之説，推陰陽進退，人事盈歉，其緒餘爲步引芝菌，神鬼誕欺，怪迂之術，皆好之。爲文章峭簡精强，必己出。讀書條解支劈，鑿虚躡空，旁抉曲導，必窺意理之所至。四十後，爲陸象山、王陽明二家之言，已又以爲未盡，反之張子、邵子之説。蓋先生之學凡五變，而精力亦彫涸，不足以赴所志矣。然好古求是，克治彊勉，爲之于天下不爲之日，有篤老不變者。

先生教人諄諄，必數千言反覆之，如刳心著地，示以必信；如旁翼後推，必引之康莊，坐之奥室，不計其人何如。亦時或不置一語，而意已可喻。先生接人，腐生、賈客、田翁皆欲導之于善，而責貴人爲甚。常言爲己一介不可苟，爲天下計不可守苛節，無益于時。時獨身至海塘河工，度地勢，求聖祖、高宗之所講明者，彊聒之當事，一再見屏勿恤。湖北教匪初起，先生以爲嘉勇貝子方以勦逆苗駐湖南，苗自守賊不足慮，宜急徹兵至湖北，期一月掃除，勿使蔓溢。昏暮走大學士誠謀英勇文成公及大學士忠襄伯之門，欲白事，門者拒之。最後至大學士諸城劉文清公之門，得入，文清公謝不敏，遂怒而出，而城門已闔，不得已宿于護軍校之邏舍。其拳拳于世如此。

年二十四補縣學附生，二十七補廩膳生，五十一充歲貢生，五十七本省鄉試中式。六十六大挑二等，留京師，恭與千叟宴。七十選甘泉縣訓導。嘉慶十一年十一月甲子，卒于官，年七十七。

曾祖留耕府君，諱垣。祖琢庵府君，諱章，府學生。父賓石府君，諱之罡，府學生，貤贈文林郎，甘泉縣訓導。前母段孺人，母卜孺人，皆贈太孺人。配朱孺人。子二：長旦興，順天舉人，以好奇遠遊，不知所往；次旦勳，國子監生。女一，適袁穀。孫良弼，國子監生，旦興出。同產姊一，適卜師誠；妹一，敬母太孺人也。

先生出滎陽鄭氏，始遷祖光遠，南唐保大中自歙來丞晉陵，遂世爲武進人。南唐以前，系絶無可考，其附會皆非也。銘曰：

南宋季葉，以儒居奇，貿公與卿。其下擁徒，鉤帶百千，或攘而爭。有明變學，别推波流，背古式程。于于縫掖，爲詭爲迂，大道其盲。惟我聖清，束天下術，收之朝廷。士愿而循，應科歷官，如水地行。先生大呼，排道學門，衆睽且驚。如負千鈞，夜登崇阿，杲不得征。緊聞先子，先生之學，廢人任己。任己之極，刻思而一，通天地始。廢人之極，外無應者，卒隘于理。聖門狂狷，不逆所稟，行乃不違。嗚呼先生，志〔一〕勤言勞，知者其誰！

【校記】

〔一〕「志」，原作「至」，同治八年本同，嘉慶十六年本、嘉慶二十年本、同治二年本、光緒十四年本作「志」，今據改。

【評語】

「極力推重，過退之《施先生銘》，然無一語溢美。」　案：陶批末識「自記」二小字。

前臨川縣知縣彭君墓志銘

嘉慶十一年，皇帝廑念江西吏治，簡刑部侍郎金公光悌巡撫其地。金公爲當世鴻達敏毅君子，以好士名天下。問士于僚佐，僉稱臨川縣知縣彭君淑第一，金公曰然。然臨川吏民，訐其縣官事違格，非奏請解所任，竟其事，無以直縣官。十二年三月癸卯朔，批摺下，軍機處奉旨革職挐問。是日，彭君遊南昌城南，適病寒，歸邸舍。少飲即僵卧，越六日戊申，竟不起。十八日庚申，軍機處廷寄乃至江西，金公爲不怡累日。臨川多姦蠹，素稱難治，知縣屢以訐去官。前行臺省擇能者以屬君，君引疾，敬强起之。至縣，即以法發遣黠吏黄河清等，故爲其黨持短長，遂敗。嗚呼，可哀也已。

君字谷修，秋潭其自號也，湖北長楊人。乾隆三十五年恩科鄉試中式，大挑一等，分發江西試用知縣，委署瑞昌、弋〔二〕陽縣事，題署崇仁縣知縣。丁本生母劉太孺人憂，服除，起署瑞金縣事，題補吉水縣知縣。大計卓異，引見，奉旨回任候升，旋署浮梁縣事，調臨川縣知縣。凡爲知縣十九年，行臺省以君年勞，題署廣信府同知。未及引見而卒。年六十一。

曾祖上達。祖廷芝，縣學生。父商賢，本生父祖賢，候選教諭。妻官氏。子二：長富柟，浙江試用知縣；次人檀，縣學廩膳生。女三：長適同縣劉倬；次適東湖候選、從九品甘清；次君卒後二月乃生，側室吴氏出。

君治縣，一意振厲，所至皆有聲。爲人精悍，而言笑儻蕩。裘馬室宇皆鮮整，酒酣論古今事，騰躍揮霍，不主故常，期可施之于實用。詩深峭，無近今浮華習氣。前署瑞金，屏賓佐，獨身赴縣，途次即捡治惡少年數十輩。一日判一百八十餘牘皆竟。召學官弟子登縣東山，作《重九淋漓飲賦》。敬至瑞金時，人士尚能言之不置也。銘曰：

宋元郡縣勢積輕，鞭械之外無餘刑。顧役久踞姦所并，丞簿尉史各意行。閭豪偷長交縱橫，吏卒逐捕無尺兵。詆購得姦縛圄囹，所犯十罪九息停。其一上言獄不平，檄催獻狀流如星。或竟置對口與爭，垂囊長吏儕黔萌。一朝掣挽弓絶弸，張趙坐罪皆虧名。嗚呼彭君古健者，收淚勒此幽臺銘。

【校記】

〔一〕「弋」，原作「戈」，嘉慶十六年本作「弋」，沈校：「按瑞昌無戈陽縣，當是弋陽縣之訛。」今據改。

【評語】

「止志劾官一事，因前後治瑞金，復以餘筆寫瑞金一事，而全神皆振。銘中一健字作斷筆，力横絶，須看咽住處，有無限淒涼。」

「秋潭之卒，頗有他説，故詳書日月及疾狀。銘中縱筆言州縣之難，非止惜秋潭，亦爲治道起見。」 案：陶批末識「自記」二小字。

兵部額外主事王君墓志銘

君諱育琮，字秉玉，世爲武進人。曾祖滋生。祖家梓，國子監生。父光燮，以進士起家，終福建連江縣知縣。母白氏，生母黄氏。君自爲諸生，好高吟大嘯，不循俗流矩度，而内行修潔無疵，與人交無城府邊幅。乾隆五十三年鄉試中式，明年會試中式，殿試賜進士出身，授兵部額外主事，武選司行走。部中諸曹故事，掌印郎中主可否，其次郎中、員外郎，其次主事。若額外主事，雖同官，以後進，嘗嚴事諸僚。掾史持牘至，視己名署訖不敢問。如呈牘于尚書侍郎所，隨諸僚刺促行次立，俟署已乃退。尚書侍郎亦不問一言，如未見者。君至部，意有所否則不署。時湖南搜捕苗匪，上功狀不平，郎中以下皆已署。君曰：「吾不能爲此。」尚書命改牘平之，諸僚知其誠，不忤也。京朝官雖倍禄，時苦乏，君以不治生益困。正月朔，不能具朝衣冠入殿門陳賀。旦日，偶驅車過所知，駐大清門外，下車九叩首，人大非笑之，君曰：「屬者，吾發于心，不能自已，不叩首不能復上車行。公等所謂禮，非吾所及也。」噫，君之心于朝廷嚴摯如此，使得竟其用，肯飾纖芥以欺朝廷哉？

君能篆書，爲文縱麗自喜，以嘉慶元年七月甲子卒於京師，年四十一。娶吴氏，繼娶徐氏，再娶黄氏。無子，以仲弟寶雲之子成錦、叔弟育璣之子成鉽〔一〕爲嗣。成錦，國子監生；成鉽，順天舉人。八年正月丙子葬于城東之原。銘曰：

玉之駹，石之硞也，無珉之尤也。竹之溝，節之𣍧也，無萑之摎也。性壹氣行，堅直不可煣也。琢之，雕之，鏃之，羽之，聖人之求也。

【校記】

〔一〕「鉽」，原作「鍼」，據諸校本改。

寧都州學正聞君墓志銘

乾隆三十一年，上命王大臣，以身言差天下舉人之久次吏部者，一等試知縣，二等試學正、教諭、訓導，著爲令，曰大挑，更數年一舉行。至嘉慶六年，而聞君星杰與焉。

先是海内殷繁，朝廷至行省臺〔一〕皆法令具備，知縣但據案行文書，而坐擁脂膏。不肖者遂以爲囊橐，其賢者不日遷去，或十年即建旌節，於是舉人皆願爲一等。聞君儒者，不以爲然。當推排位，廷中以十人爲班，主者援筆曰第七，可一等，即有宣聞君名者。聞君久之曰：「星杰第八耳。」於是改置二等。聞君出，語人曰：「以冒得官，雖三公吾不爲也。」十年，授寧都州學正。十一年十二月初九日壬午，卒于官，年五十有五。

陽湖惲敬聞之曰：聞君蓋能不妄進者，于法宜銘。按狀，君諱星杰，字羽儀，世爲袁州萬載人。年二十七充府學生，三十七補廩膳生，三十八鄉試中式。曾祖歸，從九品銜。祖達，國子監生。父望光，府學生。妣易太孺人，生妣王太孺人。配王孺人。子三：宗恕、宗旭、宗弼。弼，縣學生。銘曰：

青原沈沈石嗛嗛，中有幽宫白日揜。三公何盈君何歉，以禮爲室廉爲門。彼貴苟得非吾倫，子孫勿忘視斯文。

【校記】

〔一〕「行省臺」，王校：「潘云：當作『行臺省』。」

【評語】

「自退之《藍田縣丞壁記》脱化。」

袁州府訓導李君墓志銘

君諱步廷，字瀛仙，姓李氏。先世自吉州遷寧都，世爲贛州府寧都縣人。本朝升寧都爲直隸州，遂爲州人。曾祖成泰，祖國良，父榮，母邱氏。

君年二十一補州學附學生，三十四鄉試中式，三赴會試不第。大挑二等，選袁州府訓導。乾隆五十七年卒于官，年五十有二。

君文辭修飭，其行事造次必以禮，一門之内雍雍然。娶曾氏，繼娶羅氏。子四：長彬，州學附學生，曾出，早卒；次楨，州學廩膳生；次作雲，國子監生；次振玉，州學附學生。女二：長適彭，次適邱，皆羅出。

本朝學校之官，府曰教授，州曰學正，縣曰教諭，其佐皆曰訓導。以師道爲官任，儒者多樂居之。其不肖者，以官冷不可耐，常與府、州、縣官之不肖者比而爲熱。熱甚或遷而爲縣，以至爲州、府官，或埶甚而敗，或埶未甚而敗。而訓導不掌印，其埶者常與教授、學正、教諭之掌印者相猗求。其以德藝與諸生切劘能其官，往往不可得。

敬自至新喻，去袁州百餘里，即聞李君賢。至瑞金，去寧都亦百餘里，益聞李君賢，皆以爲能其官。敬分校所取士賴生池有學行，復介君之子楨來受經，楨復介其從兄諫相見，皆知孝友，于世事退愼。將卜葬李君，以銘請敬，于是不愧，爲李君銘。銘曰：

其身康，其慮定，其趨道也徑，故君子爲埶不如爲冷也。車馳奔，與禍隣。吾誰歸？歸李君。

饒府君墓志銘

本朝取士之制，監于有明而遞損益之。乾隆五十一年奏〔一〕定第一場試四子書文三首，五言八韻排律詩一首；第二場試五經文五首；第三場試策五道。敬嘗言，文者，精神之所動，才力德度之所見，故自將相及有司百執事，其能不能，俱可于三場决之。而老師宿儒，硜硜如，斷斷如，守先王之道，待後之學者，與聖賢大小純駁不同，然皆各有得力，老死而不自足。嗚呼，是亦有取士之責者所宜知也。

敬充江西同考官，得卷呈主考，三呈三見屏。徹闈後來謁，爲副榜貢生饒廷詡，因得盡讀其文，于所謂老師宿儒，蓋無愧焉。廷詡復以尊府君狀請銘，蓋前後五世皆高才，生而皆不遇，可感也已！

按狀，府君諱珊，字仲節，姓饒氏。先世自靖江遷彭澤之寶梁阪，曾祖萬英，祖有任，皆縣學生。父鞏，歲貢生，雩都縣訓導。母賴氏，繼母胡氏。府君少力學，補九江府學生，屢應鄉試不得解。而子廷詡，補九江府學生，遂罷舉。嘗告廷詡曰：仕以利人，度不能，不如無仕。世之仕者，未嘗求名。夫名不可求也，而世乃求利焉，何也？

府君殁于嘉慶二年六月庚辰，年六十有四。娶歐陽氏，生子四：長即廷詡；次廷謹；次廷諄，國子監生；次廷謳。謹、謳早夭。女如男之數：長嫁府學生曾杰，次嫁縣學生周大觀，次嫁高鳳，次嫁曾瑛。銘曰：

味也者，孰知其正？色也者，孰知其正？吾又烏知貴之非賤，富之非貧邪？又烏知翕翕者之愈，而泠泠之反病也？噫！

【校記】

〔一〕「奏」，原空闕，同治八年本同，嘉慶十六年本、嘉慶二十年本、同治二年本、光緒十四年本有，今據補。

饒陶南墓志銘

狗、馬、牛皆四足，儈牛者察筋骨、毛尾、蹄角，知其强弱之質，順逆之性，修促之數，十不失一；然移之馬則不知，移之狗益不知，移之虎、豹、犀、象則望而走。今夫龍亦四足也，使龍加首于牖，儈牛者驚怖視之，其又奚知？而四足之外，充之爲無足，爲多足，其又奚知？雖然，是儈牛者于牛固十不失一也，稍下十而失四五焉，再下十而失七八焉。蓋天下物不可限，惟盡性、盡人性、盡物性者，知亦不可限，其餘皆限之，類如此。

彭澤饒廷訒爲人端慎，能文章，最長于江西五家四書文之法，奥衍清瀏，無有能得其用意者。前後應十五舉不得解。乾隆五十三年恩科，已得而復失之，充副榜貢生，以貧授經南昌。嘉慶十四年十月二十四日，寄死于橋步街藥肆，年五十。不能殮，其友惲子居與同志殮之，歸其喪于彭澤。爲之銘，使其子禮葬之。

廷訒字陶南，曾祖有任，祖鞏，父珊，母歐陽氏。配宋氏。子文敷。銘曰：

以貧死，以貧葬；以賤死，以賤祭。一客不弔亦不悔，魄歸黄泉魂上天，爲銘永之千萬年。

【評語】

「如累棋，如躍劍，惟豪黍不失，故能出奇無窮。」

彭澤縣教諭宋君墓志銘

江西東南并嶺嶠，州、縣以十數，縫掖之士萬人，其著于世者，于瑞金曰羅君有高，于新城曰魯君士驥，于雩都曰宋君華國，三人皆以贛鄧自軒先生元昌爲本師，其學宗子朱子，其言守前明薛文清公、本朝陸清獻公，如積矩然。後羅君遇家難，遁而攻浮屠氏之書；魯君奔走令長，非其好，棄去；獨宋君官儒官，始終行其意。故其爲文，羅君奥衍而多俶詭之詞，魯君端雅自惜邊幅，宋君則冲夷如不欲爲文。

敬初至江西，三人皆已没世。得其文讀之，常推見其爲人。瑞金陳生蓮青，受業于宋君。宋君之子惟騊與陳生交，謀宋君窀穸之事，因陳生以銘來請。

按狀，君名華國，字雨宜，自號立庢居士。先世由廬陵遷雩都之賴村。曾祖敬禧，縣學生。祖日景，早世。父啓攸，恩貢生。母譚氏。君年二十爲縣學附生，明年爲廩膳生，年三十充拔貢生，五十選石城縣教諭。旋丁太孺人艱，服闋，署吉水縣訓導，補彭澤縣教諭，引疾乞長假。卒于嘉慶八年十一月戊申，年六十有九。配劉氏。子二：長惟騊，舉人；次惟騆，縣學廩膳生。

君壯歲而孤，家貧，授經以養母，太孺人忘其貧。官石城，迎太孺人養署舍，朝夕無倦容。及太孺人卒，適大雨，山水驟至，壞署舍，君號于神，太孺人柩卒無損。伯兄昌國〔一〕艱于子，爲三置妾，竟舉子。季弟光國早世，君聞其名則掩耳而走，終身皆然。官石城、吉水，教士以禮，毋怠于其業，毋訐訟以爲常。

敬嘗考江西道學之傳，子朱子之後，一傳爲劉子澄、黄直卿。子澄臨江人，直卿久官于江西。皆不愧其師説。再傳爲向浯、饒魯，已離其宗。三傳則多爲詭僞之士所託，有絶可歎詫者。自軒先生奮于百世之下，追而從之。君與羅君、魯君同事自軒先生，乃各有其所就。蓋志氣之彊弱，性情之緩急，天時人事之推禪，皆于學有消長。進退異同之故，其始甚微，而其積甚巨，大賢以下皆然，不可不察也。

敬于羅君、魯君，止讀其文。于君，兼得考其行事，以爲喜幸，爰不辭而爲之銘。

銘曰：

以問學爲入，以文行爲出。其于道也，至則如晝之日，不至則如夜之月。然聖人之教不越路，不由徑者，車行地無異轍，人行地無異迹也。不循其轍，不蹈其迹，是爲無行地之説。噫，如君者，其知之，其能知之。

【校記】

〔一〕「伯兄昌國」，「國」字原作「圖」，同治二年本作「國」。案上文言「君名華國」，下文言「季弟光國」，則「昌國」、「華國」、「光國」之名相配，今據改。嘉慶十六年本作「伯兄某」、「季弟某」，不載其名。

【評語】

「四山風雨，雜沓而來，倏然而止，青空無聲，驗之車轍，無一毫越過也。銘奇㒓，儒釋之分，朱陸之辨，衡平繩直，何容口舌争耶！」

「三人皆未見，止從文字想像其得力處，故後一段言學消長、得失、異同，皆渾渾寫去，然學道者讀之不通身汗下，必非聖賢路上人。」　案：陶批末識「自記」二小字。

寧都營參將博羅里公墓志銘

公諱博羅里，字祥卿，國拉記氏，鑲藍旗富明阿佐領下人。聖祖仁皇帝康熙十三年，發關外精勇實京師，公之曾祖松𥨊羅隨檄入關，早卒。祖阿里瑪，父史達，驍騎校。母那拉氏。公以將家子爲護軍，擢護軍校、護軍參領，先後凡三十八年。高宗純皇帝歲幸熱河，獮木蘭圍場皆從，其他幸所亦從。今皇上嘉慶元年，兵部舉年勞引見，奉旨發江西，以參將補用。是年，署建昌營遊擊。三年，隨勦義寧州教匪有功，旋署寧都營參將。營制，把總以下升授，巡撫、總兵官主之；千總以上，總督主之。江西營屬兩江總督，故總督兵房吏權極重，與副將以下爲兄弟稱。公于例當即補寧都營參將，兵房吏以書通，公罵其使曰：「吾皇上領兵大員，如苟且，何面目見皇上？若主胥也，吾與若主何兄弟？」兵房吏遂摭事掎之，不得補。四年，署袁州營副將。十年，署撫標中軍參將。十一年，復補寧都營參將。去前署寧都營八年矣。公曰：「此命也，吾何尤？」

公短小，須眉稜起，不讀書，天性剛介。其嫉惡如不勝，如不欲容之于世，然能改則歡然相從，曰：「當如是也。」在官不以家累從，自寢室至廳事掃除必潔，器必整，犁旦即起，自拂牀榻，盥漱畢，衣韡危坐。日出，治軍書，接賓，已復危坐。日晡，射矢十，日入即息，以爲常。奉入之外，不侵將士一錢，亦不令他人得侵之。故將士皆敬公，終日侍無懈者。凡遇總兵官過所部，公出奉銀二百兩，葺垣舍，峙芻茭，以所餘置頓。曰：「朝廷將士，冒風雨寒暑來，豈可不一餐？外此，吾不敢。」所屬都司、守備欲助公，公不允，曰：「吾多所餘，諸君有身家。身家安，乃可爲皇上盡力。勿以吾故，令諸君乏也。」戰守兵亦有身家，諸君能諒之足矣。」總兵官聞之，常先造謝，待以殊禮。寧都有在籍大官，甫識公，皐厚儀以進，公曰：「朋友之饋無不可，雖然，若未知吾何如人，不可饋，吾不知若何如人，亦不可受。少遲之，異日定交後可耳。」牙中兵夜直千總營，千總姣之，兵走訴公，公訶曰：「何得污長官！」逐出，千總喜。明日，公坐便坐，呼軍吏具申文，劾千總廢弛，請革職，而以前訴，別書禀，同函申。三日後，千總知上劾，闖然至堂皇大詬，一營皆不平，請杖之。公曰：「彼有老母，劾其官，罪當矣。以此事得杖，何面目復生？是殺其子母也。」于是寧都民大悦，公出，皆擁觀，以得見誇于人。刑部尚書金公光悌巡撫江西，聞公名，調署撫標中軍參將。

公進退以禮，會有急獄繫四人，發中軍，其一人當繫，未得指揮，後呼囚止四，金公斥之。公曰：「參將不知獄情，大人指揮繫四人，參將不敢五也。如參將面從，受大人斥，是長大人過，大人何用千里調一面從參將爲中軍？」是日，金公下演武廳試騎射，公拍刀侍甚久。金公勞之曰：「少休，好參將也。」十三年，復署袁州營副將。十四年，以疾乞長假。十五年四月五日，卒于南昌私館，年六十七。是日尚危坐，日晡始就卧，曰：「吾不起矣。」時敬在南昌，視公含斂加詳。

公娶母氏之黨，生子玉福，禮部祠祭司拜唐阿。孫喜忠、喜明。七月二十四日，玉福來江西扶柩歸京師，敬因次公行事素所見知者，俾志公之墓。銘曰：

狷之絶物，自高如狂。而遇所施，先峻其防。失至于隘，我與公同。盛明之朝，人亦見容。啓手啓足，公行不復。我愧沾沾，云何其淑！

【評語】

「用《李將軍列傳》法。」

張府君墓志銘

敬始官江西新喻，即聞永豐張瓊英有行，能學術。新喻鄰永豐，而瓊英官瑞金縣學教諭，去千數百里，不得見。及敬調瑞金，瓊英已官安徽天長縣知縣。而瑞金士大夫皆賢之，飲酒必舉瓊英所居，曰：「鶴舫先生時臨我。」出其詩曰：「此所贈也。」少年必相尚曰：「我，鶴舫先生弟子也。」後敬以公事赴南昌，道出吉安。時瓊英以疾去官歸，授經青原山中，相遇。今年，復相遇于南昌。瓊英棄知縣，願就府教授，敬以此高之。瓊英以尊府君狀請志銘，敬不敢辭。

按狀，府君名奏勳，字匡世，縣學廩膳生，勅封修職郎，瑞金縣學教諭。世爲永豐人。曾祖眉友，縣學生。祖睿干。父振皋，拔貢生，雩都縣教諭。母郭氏。

府君性和易，喜爲文章，教子弟有禮法。生平不佞佛亦不斥佛，曰：「吾爲儒，儒之道，自盡而已。」凡道書丹經皆不觀，曰：「修身謹疾而已，天下豈有仙人？」嘉慶十一年七月二十八日卒，年七十。配聶氏，勅封孺人，十二年七月十八日卒，年七十一。是年九月一日葬于東坑之原。二十九日，聶孺人祔焉。子三：瓊英，字珩賓，嘉慶六年進士，饒州府教授；次瓊芝，次瓊荃，皆縣學生。銘曰：

二氏溺人，徧大九州，盡未來際。居貴當富，冀延福命，惑同婦寺。其中賢智，好談精渺，雲縱波肆。肌血貫注，如父子性，師師弟弟。豈知律教，溢爲禪悦〔一〕，義外立義。上昇不驗，遁言尸解，守尸尸敝。全真之説，以仙援佛，類彼非類。而爲儒者，後身先口，以諍而辞。吁嗟大道，爲識所界，萬端破碎。府君持論，能平則正，勿謂近易。刻之堅石，永永無泐，爰告後世。

【校記】

〔一〕「悦」，同治二年本作「説」。

刑部主事曹君墓志銘

君諱惪華，字迪諧，一字山甫，姓曹氏。宋寶慶中，兵部尚書彦約自歙遷都昌。十傳至廷賓，自都昌遷新建之蘆阬。三傳至文寶，自蘆阬復遷魯江。君曾祖家甲，福建龍溪縣知縣。祖繩柱，福建布政使。父穎先，候選州同知。妣萬氏。君年十九，爲南昌府學生。次年，爲廩膳生。乾隆四十八年，江西鄉試中式。五十八年，會試中式。六十年，殿試賜同進士出身，以内閣中書用。是年，考取軍機章京。嘉慶二年，補内閣中書。三年，充山東副主考。四年，充方略館纂修。七年，升刑部江蘇司主事。九年，充方略館提調。十一年，總辦秋審。十二年二月初九日，卒于官，年五十有七。配彭氏。子二：紳業、綈業。女，長適候選從九品熊文濬，次適太學生彭邦彤。

君貌豐下，須眉羅羅，然進止語言甚温雅。而耳重聽，語非促膝不聞。所官内閣及刑部皆繁要，又督攝皆天子親信，才德重臣。故少年厲鋒穎求合，反多不得當，君以重聽聞于勳舊，諸老先生皆加意察之，然君從容十餘年，無一事齟齬者。憲皇帝雍正五年，設軍機處，論者以爲如宋之樞密院。然樞密院止掌兵事，與中書省并重而已。本朝軍機處主受天下之成，如宋中書平章事；主内制，如宋翰林學士；主徵發、賞罰、功罪，如宋樞密使。三者，惟明之内閣兼之。今内閣在午門，不能常見，止輿擬進呈。軍機處在乾清門，大臣每面取進止，益嚴重，故軍機章京常急速趨事以爲能。然君亦從容十餘年，無一事齟齬者。嗚呼，諸老先生能容君，與君能見容于諸老先生，足以稱矣。

先是，純皇帝南巡，君獻賦行在，賜緞二匹。後君外舅彭文勤公元瑞直内廷，純皇帝清問及之，朝士以爲君成進士，必賜及第，而竟列三甲。内閣侍讀員缺，例用内閣中書一人、軍機中書一人，故行走者皆洊陟侍讀。會直隸總督題十三州、縣被水，復題誤爲十二，君正之。皇上嘉其勤，朝士以爲君必擢侍讀，而竟以平教匪議叙升主事。若是者，其命邪！然非君能安之，何以及此？

君能詩，善篆、分，不恒作，行書、正書皆精能。畫山水學南宋，溢爲花鳥、人物、草蟲，得其意，然多偶然爲之，不徇〔一〕貴游請屬。自君之曾祖、祖以進士起家，羣從悉貴盛，而君從父文恪公秀先以侍從官〔二〕六卿。君生長世胄，始終清素自守，有寒門所不能者。君歿後一年，紳業、綈業自京邸扶柩還新建，將卜葬，以敬與君爲鄉試同年生請銘。銘曰：

收視者明，返聽者聰，餘于道則其事習，其藝工，故形之選，非德之充也。

【校記】

〔一〕「殉」，同治二年本作「徇」。

〔二〕「侍從官」，原作「待從官」，嘉慶二十年本、同治八年本同。嘉慶十六年本、同治二年本、光緒十四年本作「侍從官」，今據改。

【評語】

「曾子鞏因之。古之人有功德材行志義之美者，懼後世之不知，則必銘而見之，或納於廟，或存於墓，一也。」案：此條據陶批過録。

外舅高府君墓志銘

府君姓高氏，名光啓，字曙初，世爲武進人。曾祖爾傅，江浦縣教諭。祖閭，江西萬年縣縣丞。父希準，勅封文林郎。妣程氏，勅贈孺人。文林君推産兄弟，洎府君長而家益貧，文林君磊落不爲意。程太孺人常早起，無可炊則危坐鼓琴。府君聽之淒然，傷不能養，脱身走京師，就太孺人之弟文恭公景伊于邸第。已而太孺人卒，因移家依文恭。文恭清厲自守，無所餘，府君則藉客授所入以養親。前後七應順天鄉試，不得解。四庫館謄録考滿，選山東菏澤縣縣丞，署定陶、武城、齊河縣事，調汶上縣縣丞，擢掖縣知縣。考最，署平度州知州。其時，大吏有以縱恣伏法者，連僚屬多人，法至死戍，其中有不幸者。而府君適以失囚，幾上劾，急捕得免，曰：「疇官之法可知矣，吾豈可危吾親？」遂乞養歸。府君之弟、沅陵縣縣丞桂在湖南，并呼之歸曰：「吾宦雖不成，然視入都時足以養矣，與弟共之可也。」

歸五月，而文林君即世。又十年，府君終不出，卒于家，嘉慶五年八月丙寅也。勅授文林郎、掖縣知縣，例授奉政大夫、候選同知。年六十有五。

府君性淳篤，未嘗以聲色加人。而吏事修舉，人不能欺。少日往來文恭邸第十餘年，其時，同州如劉文定綸之清慎，錢文敏維城之警健，莊侍郎存與之淵雅，皆朝廷偉人。文恭則以長者在崇班中，能持正無所阿徇。府君請益諸君子，而言行則性近文恭，故能善其始終内外如此。敬赴江西時，常拜府君于庭。後歸而見府君同産妹之夫趙甌北先生翼，觀其文章議論邁往無等。追思府君之爲人，温然盎然，與先生若有徑庭，而終身相厚善，蓋各安其中之所獨至者。使敬得侍文恭，其志意氣局又當何如？而惜乎其未及見也。

府君娶孫宜人，繼吴宜人。子二：長德英，候選府通判，沅陵君子，府君子之，繼府君卒；次德洋，候選知縣，吴宜人出。女三：長歸于敬，次適國子監生徐士燨，次適劉焜望。二十年九月戊子，卜葬于城東五路橋之原。銘曰：

宜于己，宜于人。譽兄弟，繩子孫。兆于斯，奠幽室。以寧爲天靈爲日，天昭日明永無極。

楊貫汀墓志銘

明南京國子監博士楊澹餘先生以任，爲瑞金文學儒者。其七世孫曰縣學廩膳生元申，字貫汀，能文，有行檢。敬初至瑞金，貫汀學焉。兄五人，其三人前卒。曰元棗，字美汀；曰元芻，字牧汀。皆縣學生，敬皆得交。美汀不久卒，敬以計吏入都，及返而貫汀已卒。問牧汀，牧汀亦卒。

嗚呼，瑞金如貫汀方可進于古之學者，而兄弟相繼頽落如此。澹餘先生年三十五未竟用世之志，著述未畢業。今貫汀亦年三十五，不大可感歟！

貫汀卒于嘉慶十五年九月十九日。曾祖方堅，祖于昭，皆縣學生。父其恂，母張氏。貫汀娶于賴，子會九。銘曰：

殤非夭，彭非修。如其然，吾何尤？

【評語】

「是貫汀志無人可移。」 案：陶批末識「自記」二小字。

徐恭人墓志銘

嘉慶八年五月甲辰，朝議大夫、南昌府知府楊君煒之恭人徐恭人卒于治所之内寢。九年，子鼎高、書高以朝議之命，歸葬于陽湖城南之原。恭人世爲武進人，曾祖永寧，大理寺左評事。祖朝柱，内閣中書，候補主事。父熊占，福建福州府通判。前母楊安人，母高安人，繼母楊安人。恭人年十八歸朝議，自朝議爲庶吉士及知縣于柘城、商丘、固始、平鄉，同知于南安、袁州，恭人皆從。其卒年五十有二，勅封孺人，進宜人、恭人。子二：鼎高，太學生，考取實録館謄録；書高，太學生。女四：長適商丘拔貢生陳彬，次適仁和太學生金孝集，次適同縣鹽運分司湯貽恩，其季字吴縣太學生張昆元。

朝議狀恭人曰：恭人嫻婦儀，事繼母得其歡心。逮事先大夫涪州府君，而事先太恭人陳太恭人二十餘年以禮如一日。好讀書，尤悉于史事。予性戇，當官無所避，常讀《馮道傳》，詆之。恭人曰：「長樂老名節掃地矣。雖然，其所遇之人何如哉？虎豹蛇蝎而能使之皆馴，當必有道矣。」

惲子居曰：大哉此言！天下爲君子者，能知所以處小人之道，則下無鈎黨之禍，上無棄賢任佞之敗；然惟有名節者方可議處小人，而能處小人者，其名節又必如泰山大河，磊落汪洋，可信于天下後世之匹夫匹婦方爲善耳。恭人不可不銘。銘曰：

婦德愉愉，氤兮若蘭。玉珮鏘鳴，以肅以歡。紘綖大帶，及于瀡瀡。蒸蒸之化，視斯則已。有美碩人，宜于厥家。敬相夫子，如輔在車。立朝之要，一言日益。憎主詢多，毋構于隙。鳳凰不擊，鷙鳥革心。麟之般般，嶽嶽在林。凡百君子，其敬聽之。貞珉不泐，永此刻辭。

甘宜人祔葬墓志銘

甘宜人，奉新人。曾祖諱汝來，太子太保、吏部尚書，謚莊恪。祖諱禾，禮部主事。父諱立功，翰林院編修。母熊氏，浙江巡撫諱學鵬女也。宜人年十九歸南昌曹君庠業。曹君以拔貢生授玉山縣訓導，歷知浙江武義、錢塘，福建龍溪諸縣，遷知廣西新寧州，奉特旨知四川直隸茂州，調瀘州〔一〕，署夔州府事。先宜人卒。宜人卒于嘉慶八年六月二十三日，年四十有五。以十一年二月己丑祔葬于新建城西曹君之兆。子二：長熊，舉人，候補内閣中書；次熙。女二：長嫁南昌候選從九品鄔宣諭，次許嫁吴縣國子監生蔣兆鄂。

江西入本朝大家之守家法者，于南昌府所隸，曰曹、曰甘、曰熊、曰彭、曰裘，皆起家侍從至大僚，而曹氏自地山先生秀先以重厚端實爲朝廷大君子，甘與熊兼著治幹風節。宜人熊之自出，教成于甘，而女于曹，故才質德行皆有儀法。昔韓退之志京兆韋夫人，援《詩·碩人》之義以叙宗親，蓋大家子孫顧惜門第，而女子益爲繩矩約束，多適于禮者。敬爰按中書之狀，比其事以銘宜人之幽，使後有所考焉。銘曰：

膝下婉婉，服于聲詩。不幘之言，王母色怡。言歸于曹，重闈是養。綏纓有節，燠寒無恙。割田而貸，脱珥而輸。姻族熙熙，以義爲腴。夫子之型，子也是式。勿爲秋霜，煦之以日。綿綿荒原，松檟永存。宜人之德，施于孫孫。

【校記】

〔一〕「瀘州」，嘉慶十六年本、同治八年本同。嘉慶二十年本、同治二年本、光緒十四年本作「濬州」。

姜太孺人墓志銘

本朝之制，命婦不得以節旌門，所以教士大夫之家守禮明讓也。張皋文曰：「聖天子整一海内，激揚大典，輕重以倫，法備矣。若爲子者之心，以爲有列于朝，吾母不寵旌門，將以邀天子之命，不幾于以子之貴加母之節歟？其罪與没親之善等。」皋文成進士，改庶吉士，其明年當以高宗純皇帝升祔禮成，覃恩海内，因亟呈牒禮部，爲母姜太孺人請旌門。事下府、縣，然後復呈牒禮部，如庶吉士例賜孺人，始卜日改葬。皋文師友多大官，爲文章宗師，顧以敬之言爲不欺後世，屬之銘。嗚呼，皋文可謂能事其親者矣！

按狀，太孺人武進人，父本，濰縣學增廣生。母胡氏。太孺人年十九歸皋文尊府君、同縣府學廩膳生蟾賓，二十九而寡。貧甚，日不得一食。卒守志不易，撫孤以訖于成人。乾隆五十九年十月十八日卒，卒年五十九。子二人：長即皋文，名惠言，孤始四歲，翰林院編修；次翊，遺腹生，縣學生。女一人，適國子監生董達章。銘曰：

之死難，寧飢死而不死尤難，而甘之及三十年，宜其子之賢也。

李夫人墓志銘

嘉慶十年四月乙丑，前資政大夫、巡撫廣西、南康謝公啓昆之叔子學坰，葬其嫡母李夫人之柩于新建大山之原。去夫人之卒十有九年矣。先是，資政之仲子學崇與學坰議葬事既定，于正月赴都下補官。而孟子學增早卒，其孤振晉傅重與季子學培皆幼，故夫人之葬惟學坰釐其事加詳，且以兄學崇之命爲辭，請敬爲之志。

夫人，資政同縣人。曾祖執中，歲貢生。祖上謙。父逢湛，國子監生。母王氏。夫人年十五歸資政于南康，後三十五年，爲乾隆五十二年正月甲申，南昌私第火，夫人卒，年五十。誥封恭人，晉贈夫人。子四：學增，二品蔭生，候選主事，繼室劉夫人出；學崇，嘉慶七年進士，翰林院庶吉士；學坰，候選員外郎，皆側室盧孺人出；學培，候選府同知，衞孺人出。孫振晉，二品蔭生。夫人生女一，盧孺人生女一，管孺人生女三，高孺人生女一。自資政爲庶常、編修，夫人常從，及資政外爲鎮江知府，移揚州、寧國，亦從。其卒也，資政以寧國府知府家居，用五行家言，緩葬。後資政由南河河庫道擢浙江按察使，遷山西、浙江布政使，最後巡撫廣西，皆遠宦，間以上事道出南昌，不及葬。迨資政卒，用形法家言，不合葬。

夫人素賢能逮下，及見學增、學崇之生，學坰、學培皆後夫人之卒始生，而學坰竟克葬夫人，亦夫人之賢其得于子，義與命宜如是也。銘曰：

夫邪子邪？貴邪富邪？夜宮其晝邪？已焉哉！

【評語】

「書法謹嚴如《春秋》，較之尹河南各志止求簡者不同。」案：陶批末識「自記」二小字。

董孺人權厝志

吾常董潯州思駉以户部員外郎出守，卒于官。恭人高氏與敬妻爲同高祖姑姪，恭人之女董孺人歸國子監生楊鼎高。鼎高從其尊府煒守南昌，而孺人歿于官舍。日者言歲陰所在，于法不宜葬，遂卜日權厝于城南之原。

孺人年十七于歸，歿以嘉慶八年正月甲子，年二十有九。去姑徐恭人之喪不及一年，去先後丁孺人之喪逾一年。蓋南昌與鼎高及鼎高之弟書高，二年之間相繼遭此變故，是可哀也已。而孺人之母高恭人居本貫，鼎高亦以事回里，均未得臨孺人之喪。子三，嘉寶、應寶、三寶；女一，皆幼小，失所恃重，可哀也已。

敬以姻族知孺人之賢，教于室，而宜于楊氏之家，爰爲之銘曰：

生慈于姑，死從之，心勿悁也。先後之不年，天爲之，不知其所然也。母也天只，勿損所安也。吁嗟所生，惟夫子怙之，勿棄捐也。

【評語】

「杼軸與《楊貫汀志》同，銘幽宕。」

「《韓非子・解老》篇：『萬物之所然也。』子居爲文，無一字無來歷，世人弗妄彈射。」　案：陶批末識「自記」二小字。

亡妻陳孺人權厝志

孺人武進陳氏，名雲，父士寧，母鎮氏。孺人年十九歸同縣惲敬，日纑高昌棉十兩，織日得布一匹，自先大人、太孺人與敬悉衣之。二十六，敬赴試禮部，遂留京師，太孺人以孺人多病，禁勿織，孺人撚雜綫，蹙之爲菊、牡丹、鳳子、鷫鷞數十類，俱創意不襲舊式，或綴雜綾絹爲之，率三日可得白金一兩，助甘旨。暇則讀《論語》、《孝經》，蓋如是者十年。敬終不成進士，就知縣，始從官于富陽。二年，調江山，旋聞先大人之喪，孺人以疾歸，遂不起，年三十九。時嘉慶二年閏月丙辰也。生子以道，女玉嬰，皆不育。烏乎，可哀也已！

先是，敬官富陽時，大吏非意侵辱，敬以禮拒之。適湖南苗擾辰沅間，因急檄，使護銀十五萬兩餉軍，道出賊中。孺人聞檄至，驚得胸膈疾。而代者日求敬公事缺陷，欲擠之以快大吏，不得，則以小事惱敬家口。孺人畏憤，疾益篤，及敬餉軍役返，上事江山，常小差，後卒以是疾死。

烏乎，人孰不願其夫之仕者？然未仕不過勤苦而已，既仕乃至如此，此豈可盡委之于命邪？敬蓋自尤之不暇，而暇他尤邪！以是年十一月辛未權厝牛車之西阡。敬喪先大人始祥，禮不宜有所撰著，然事旨有非他人所可言者，没之又不忍，禮亦宜許自言，遂爲之銘曰：

名乎有詭成者矣，而願之乎，而不願之乎？宦乎有巧達者矣，而善之乎，而不善之乎？遇乎有日豐者矣，而獨歎乎，抑吾之歎而歎而乎？其若是儉乎？噫！

女嬰壙銘

惲敬子居之女嬰，生于乾隆四十八年七月八日。時敬館陽湖横林之徐氏，三月後一歸視之。明年正月，往京師。又二年，敬方遊太原。五月十六日，嬰以痘殤，葬居西師子墩，屬武進縣通江鄉。九月，家問至太原。後，嘉慶二年，嬰之母陳孺人卒，無子。敬蓋年四十矣，感奔走之苦，身世無所就而煢恤如是，追埋銘于嬰之壙前前五步，志永傷焉。銘曰：

吾未見嬰之生也，而死亦然。以是爲天屬，其疑于薄也，盍悔旃！

國子監生周君墓表

敬治新喻之三年，召鄉三老，求孝弟于家、恤于里黨者，旌其閭。于是，國子監生爲琳、縣學廩膳生爲瓚，狀而請曰：「先人之棄琳、瓚，在嘉慶五年二月丙申，八年十月乙酉葬于西郭之北原。分宜林大任銘諸幽。今明府君陳高義，激揚吾喻之人能哀先人而表其行，是賜先人以不朽也。」敬惟昔者歐陽文忠公爲乾德令，表屯田員外郎李仲芳以石隄捍水，有功于縣民，應山處士連舜賓賙貧匱者，卒後二十年，文忠公亦表之，遂不敢辭。

按狀，周氏世居吉水之泥田，十七世祖長卿爲新喻教授，遂家新喻。君諱志濂，字江臣，入貲爲國子監生。處父母兄弟能歡，爲祠堂，祀元公爲始祖，祭器衣服皆備。祭田若干畝，贏以周宗之人。縣有緱山書院，燬于火，君復置之。率縣人修孔子廟，以餘力爲屋十二楹，館縣之試行省者。縣漕二萬四千石，君以倉隘，增徙之，復請于縣，爲社倉于雲路門，至今貧者得貰其穀。蓋君之力于事以施其德多如此。

曾祖天民，祖可從，父廷標，母傅氏。君卒年八十有二。娶同縣廖氏，子爲琳，女適縣學生胡繼良。繼娶山陰祁氏，子爲瓚，女適縣學廩膳生萬介齡。

敬既次周君之行，乃揚于衆曰：「人之善，性也。雖然，爲之者必視其分焉。世嘗有秉均軸，擁麾節，所行得罪于天下後世，而鄉之人懷其惠，尸而祝之者，是不明于大小公私之分而已。夫有天下之任者，以利天下爲善；有一州一郡縣之任者，以利一州一郡縣爲善；有一鄉之任者，以利一鄉爲善。如周君所爲，令秉鈞軸、擁麾節者爲之，無增于其身之善，亦無減于其身之惡，何也？大小公私不相敵也。今周君處下，竭其才量，爲善于其鄉，皆視其分爲之；且周君爲其分之所宜爲，訖有事實功效，垂之永永，蓋非虛辭揖讓、取長厚名者所能至。其足爲爲善者坊乎！」遂書之碣，而列于墓左。

浙江分巡杭嘉湖道陝西候補道李公墓表

國家倚東南財賦，而浙江居十之三。大府總督浙江、福建者行部過浙江，所取州、縣公使銀且二十萬。州、縣力匱，則盜正帑應徵索，而歲稽其上供之數，以後歲所供揜之。自前協辦大學士覺羅吉慶公巡撫浙江，躬廉潔率屬，歲裒所餘益帑，總督徵索悉不應，其爪牙支格者悉以禮遣之。行之數年，而浙江之財賦大贏。其時，左右吉慶公提綱舉凡，使衆畫一者，曰分巡杭嘉湖道李公翮，警敏强毅君子也。

公山東金鄉人，字逸翰。曾祖怦，祖爾傑，皆縣學生。父來鵬，副榜貢生。妣周氏。公以乾隆三十八年〔一〕進士補祠祭司主事，升儀制司員外郎、郎中，改福建道監察御史，升禮科給事中，轉吏科掌印給事中，除分巡杭嘉湖道，署布政使，一署按察使。再以周太恭人年老乞養歸。後服闋赴部，奉旨發陝西，以道員用。旋以疾歸，卒年六十有六。

公在禮部，以清謹聞；充雲南副考試官〔二〕，以能得士聞；爲御史給事中，以敢言聞。有列卿之子冒得官，公發其罪，同官有庇囚者，公亦發之。高宗純皇帝常〔三〕下特旨奬其伉直。巡視中城、北城，明科教，肅姦宄，平道塗，飭市城，衆不敢犯。赴官陝西，抵留霸廳，教匪大至。公募鄉勇拒守七晝夜，賊始退，留霸獲全。移駐興安，奏記領兵大臣，請鄉勇各守堡，無調發，有警則互援，自是鄉勇心始固。教匪不能侵，多解散者。在行間，與衆共甘苦，上下山谷皆單騎，歷險阻，忍飢渴，以致得疾，不竟其用，論者尤惜焉。

始公之在浙江也，吉慶公知公賢，事皆取決，而總督以前事銜公。會公復署按察使，義烏民何世來等倡邪教，相署置，造違禁物，有以急變告者。公曰：「此愚民耳。」白吉慶公毋以兵過江，自馳至義烏，檄府、縣官次第縛之，以邪教入〔四〕奏。而總督得守備報，具反狀奏之，且擁重兵自福建向浙江，揚言浙江縱反者當窮治。吉慶公大撓，公曰：「福建摺過浙江屬耳，今浙江急驛以邪教所署置及違禁物續奏，可先達至尊。至尊知福建邀功，不録也。」後得旨，令總督還福建，毋妄動。終公去職，總督未嘗能以聲色加公。後一年，總督之事遂敗。

敬初仕浙江，公已交替，嘗謁公。公貌循循然如無所能者，而浙中大小吏言及公之抗總督，皆動色，以爲不可及。嗚呼，屬官不敢犯大府，虞其以法相中耳。一嚬笑，一指揮，不敢逆，而公乃驟褫其公使銀至二十萬，其毒公當何如？然大府之技，充之至以黨逆中人止矣。而公脱然始終，名高身泰，雖公之智計足以投抵間隙，摧落機牙，然非宸扆之抑邪、旻穹之右善，何以至此？其至此，則人理天道之的然可見者也。世之俯首終身，如檻羊紲犬者亦奚爲哉，亦奚爲哉！

且敬嘗計之，一行省可減二十萬，十行省即可減二百萬，歲歲儲峙，不外靡〔五〕，不私没，朝廷内撫諸夏，外御屬國，用何患不充？事何患不理？用充事理，則有司取之于民何患不平？況乎不狥大府之欲，僚屬必不敢汙。不屈大府之威，政事必不敢暇。一事就軌，萬理咸備，敬均可爲天下决之。公之行甚修，事甚辦，而此一事所係極重，又敬仕浙江時所習知者。故推論以表公之阡，使後世有所興起焉。

公配周恭人，繼配周恭人，側室朱宜人。子四：庭芬，國子監生，候選州同知；庭禧，拔貢生，南城兵馬司指揮；庭業，優貢生，正白旗官學教習；庭英，幼。女三：長適候選縣丞周嘉謨，次適周之勉，次適候選知縣楊大勳。

嘉慶十五年十一月初九日，庭芬等葬公于金鄉小樓莊之兆。陽湖惲敬謹表。

【校記】

〔一〕「三十八年」，王校：「『八』當作『七』或作『六』。按三十八年癸巳無會試。」

〔二〕「官」，原作「宫」，同治八年本同，嘉慶二十年本、同治二年本、光緒十四年本作「官」，今據改。

〔三〕「常」，同治二年本作「嘗」。

〔四〕「入」，原空闕，嘉慶二十年本、同治二年本、同治八年本同，光緒十四年本補「入」字，今據補。

〔五〕「靡」，同治八年本同，嘉慶二十年本、光緒十四年本作「縻」，同治二年本作「糜」。

【評語】

「墓志銘可言情，可言小事，墓表則斷不可。神道碑、廟碑凡宏麗寬博之言皆可揄揚，墓表必發明實事，乃定法也。此文止表浙江二事，自爲首尾，文即以之爲首尾，而中間櫽括諸事以隔之。馬、班常用此法而能不見，韓文偶用之即見，乃才之大小淺深也。然歐公志尹河南，遂至爲文自辨，蓋舉一羽而知鳳，睹一毛而知麟，非買菜求益者所能曉也。或以忌諱爲慮，則其事已見上諭及邸鈔，非一家私言也。」案：此條據楊批過録，實櫽括自《大雲山房言事》卷二《與李愛堂》中文字，録爲評語。

王盛墓石記

嘉慶元年，浙江富陽縣知縣惲敬解餉軍銀十五萬兩至貴州銅仁交納。役旋，經江西豐城，隨行民壯王盛物故，葬之城西高原。五年，赴任新喻，爲立石墓次。盛亦殁于王事也，後之君子勿侵毁焉可也。

鸚武冢石〔一〕記

惲子居上新喻，助前事陸允鐸公錢二百餘萬。允鐸報以鸚武一架，相隨十年。瑞金受代，居新建，貍摑鸚武，傷髀而死。余伯維葬之園中紫檀梅花樹下。《賢愚經》曰：「須達長者有二鸚武，一名律提，一名賒律提，聞阿難説四諦，歡喜持誦，後爲貍所食。展轉生天，凡七返，復生人中得辟支果。」嗚呼，佛經三藏，蓋十之八如《賢愚經》焉。

【校記】

〔一〕篇名「石」字原無，據目録補。

祭張皋文文

維年月日，謹于新喻之崇慶寺設位致祭于吾友張皋文之靈，曰：

四瀛茫茫，日月何迺？目眢心忳，已矣誰儔？吁嗟皋文，産予同州。有唱予和，有酢余醻。豪攢英族，子拔其尤。前攀愈翺，旁睨師侯。百世之行，萬人之學。雷絶電歇，河截其流。吁嗟皋文，作噩之春。同謁文學，揖予于門。宛兮清揚，其神則尊。予弱而狂，一語未申。單閼之舉，子罷予解。北上折翼，噭于中野。歲舍四遷，厥宫巨蟹。子偕郡計，卸車都下。逆旅相值〔一〕，比戟交弓。秦齊一馳，屹乎西東。志合心齊，如金在鎔。澄沙汰礫，以精爲同。聚散之迹，垂載十五。遇蓼求甘，得薺慮苦。春官駮放，歸途載阻。共職四門，艱屯可數。籧篨構屋，月傲半千。土坐炎炎，石炭親然。其塵刺鼻，漲地熇天。瀦水横堂，敗壁臨筵。鷄栖有車，駕驣以俟。伸指論值，計錢當里。

均茵而乘，斂衣覆履。搖搖淩淖，艅艎在水。待假而裘，待質而炊。不肥斯臞，毋覦于危。簸今而友，揚古而師。一語脱唇，萬目睽睽。予吏于浙，子憂去官。視予富渚，開余以寬。綿綿疾疢，言與死隣。子决爲活，冀道之伸。予葬先子，子官于朝。白璧燿光，匪襲可韜。公卿側席，首乎羣髦。予亦來都，注官于曹。渝水官符，朝下夕赴。送予闉闍，頓軛而語。誰知死别，成此終古。訃來當食，投箸吐哺。無爲爲善，斯言太苦。

吁嗟皋文，人孰不貴仁義？如子之勉焉勿棄，予知其難易。皚皚之白，勿拭則滓。吁嗟皋文，人孰不願富貴？如子之傀焉勿及，予知其得失。滔滔之轍，勿詭則躓。

吁嗟皋文，生不昏惰，死其有知。千里行匶，勿淹勿危。妻單子稚，内外誰支？念此零丁，惻愴肝脾。葬子崇岡，二甫能力。伐石之辭，惟予是職。尚饗！

【校記】

〔一〕「值」，同治二年本作「置」。